UNCANNY VALLEY

神秘硅谷

[美]安娜·维纳——著
唐奇——译

中国人民大学出版社
·北京·

| 目　录 |

缘起 ················ 01

成长 ················ 153

尾声 ················ 261

致谢 ················ 271

缘 起

1

这可能是硅谷创业大戏的高潮、转折点,或者终场的序幕,取决于你问谁了——愤世嫉俗者称之为泡沫,乐观主义者称之为未来;而我未来的同事们被史无前例的巨大潜力所蛊惑,兴奋地称之为"生态系统"。一家社交网站以1 000多亿美元的估值上市,人人都说他们讨厌这个网站,却每天都要登录它。笑逐颜开的网站创始人通过视频聊天敲响了上市的钟声,旧金山的房租从此一飞冲天。一个微博平台有2亿注册用户,平台让他们感觉跟名人和其他现实生活中讨厌的陌生人无比亲近。人工智能和虚拟现实再次大行其道。自动驾驶汽车被认为势不可当。一切都在移动化。一切都在云端。"云"是位于得克萨斯或科克市或巴伐利亚的一个没有标记的数据中心,但是没有人在乎。无论如何,每个人都相信它。

这是新乐观主义的年代:没有障碍、没有限制、无忧无虑的乐观主义,资本、权力和机遇的乐观主义。无论金钱在哪里易手,富于企业家精神的技术人员和MBA一定会紧追不舍。"颠覆性"这个词大行其道,一切都已经准备好接受它的洗礼:活页乐谱、礼服租赁、烹饪、购物、婚礼策划、银行业务、剃须、信用额度、干洗、安全期避孕。一个允许人们出租闲置车道的网站从沙丘路①的精英公司那里获得了400万美元融资。一个面向宠物市场的网站筹集了5 000万美元,用一款提供宠物看护和遛狗服务的应用程序颠覆了社区12岁青少年的生活。一款优惠券应用程序让无数闲极无聊又充满好奇的都市人花钱购买各种千奇百怪的产品和服务(在这款应用程序诞生之前,他们从来不知道自己需要这些东西);有一段时间,人们沉迷于抗皱毒素、高空秋千和私处漂白,只是因为有优惠。

这是独角兽时代的黎明:投资人对创业公司的估值超过10亿美元。一位著名风险投资人在国际财经类报纸的专栏中说:软件正在吞噬世界。突然间,数不清的融资演讲、新闻发布会和招聘广告开始引用这种说法,仿佛它能证明什么似的;仿佛它不是一个毫无诗意的蹩脚比喻,而是某种证据。

在硅谷以外的地方,人们似乎没把这一切太当回事。人们普遍认为,就像上次泡沫一样,一切都会过去。但是,与此同时,科技行业的发展已经超出了未来学家和硬件爱好者的领域,开始构成日常生活的新框架。

当时的我没有意识到这些——丝毫没有留意过。我的手机上甚至没有任何应用程序。我刚满25岁,跟一个几乎不认识的室友住在布鲁克林边缘,公寓里摆满了二手家具,几乎可以写一部历史小说了。我的生活不怎么稳定,但还算惬意:在曼哈顿一家小型版权代理公司做助理;有为数不多的几个好朋友,我在他们

---

① 硅谷的一条街道,风险投资公司的聚集地。本书脚注如无特别说明,均为译者注。——译者

身上练习克服我的社交恐惧症,主要是通过回避他们。

不过,山雨欲来,转折点已经不远了。我每天都在考虑申请读研究生。我的工作就是按部就班,没有成长空间。经过三年时间,替别人接电话那种偷窥的快感已经消失殆尽。我不再想从废稿堆的退稿意见中寻找乐趣,也不想继续把作者的合同和版税声明放在不属于它们的地方,比如我办公桌的抽屉里。我的兼职工作是为一家小出版社润色书稿,最近工作量也在减少,因为我刚刚和给我这份工作的编辑分了手。这段关系充满焦虑,令人筋疲力尽:他比我大几岁,想要结婚,却不能停止拈花惹草。有一个周末,他借用我的笔记本电脑,还给我的时候忘了退出他的账号。我读到了他跟一个风情万种的民谣女歌手通过人人喊打的社交网络调情的聊天记录,让他的不忠曝了光。那一年,我格外讨厌那个网站。

我对硅谷一无所知,而且满足于这种无知。这并不是说我是个勒德分子①——学会阅读之前我就会点鼠标了。我只是从来没有过商业这根弦。和所有从事案头工作的人一样,我大部分醒着的时间都盯着电脑,一天到晚敲键盘,穿插着浏览不相干的网站。在家里,我把时间浪费在浏览别人发布的照片和胡思乱想上,要不我早就忘记这些人了;我没完没了地跟朋友发电子邮件,交流不专业的专业意见和约会建议;我阅读那些已经停刊的文学杂志的网络版,通过数字橱窗欣赏那些我买不起的衣服;我

---

① 原指19世纪英国工业革命时期因为机器代替了人力而失业的技术工人,现在引申为持有反机械化和反自动化观点的人。

创建了几个博客,给它们起了"有意义的生活"之类的励志的名字,徒劳地希望它们能够帮助我过上那样的生活,最后全都半途而废。不过,我从来没有想过,有一天自己会成为互联网背后的工作人员之一,因为我根本没有想过互联网背后还有人。

当时,一家手工巧克力工厂被认为是北布鲁克林的地标,人们热切地谈论着城市家园计划①,我的生活像许多20多岁的年轻人一样矫揉造作。我用一架我祖父用过的老式中画幅相机拍照片,然后扫描进我濒临崩溃的笔记本电脑里,让它的风扇转得山响,再把这些照片上传到我的博客上。在布什维克的排练场地,我坐在坏掉的扩音器和散热器旁,翻阅过期的流行杂志,看着不同的暗恋对象吸手卷香烟、拨弄鼓槌、在吉他上弹出滑音,聚精会神地聆听他们的即兴演奏,随时准备着他们来征求我的意见——但是他们从来没来过。我跟制作口袋书或原木家具的男人(还有一个实验烘焙师)约会。我的待办事项清单总是包括一些老派的琐事,比如给我很少用的留声机买一根新的唱针,或者给我从来不记得戴的手表买电池。我拒绝拥有微波炉。

如果说我认为科技行业对我的生活有什么重要性,也仅限于我专业领域内的流通问题。20世纪90年代,一家网络电商从在万维网上卖书起家——不是因为它的创始人热爱文学,而是因为他热爱消费者和消费的效率——已经发展成为出售家用电器、电子产品、食品杂货、大众时装、儿童玩具、餐具和各种中国制造

---

① 美国的城市旧房改造与回迁计划。

的非生活必需品的数字特卖场。征服了零售业的其他领域之后，这家网络电商回到出发点，似乎正在尝试用各种各样的方法摧毁出版业。它甚至开始启用自己的出版品牌，我文学界的朋友们对此嗤之以鼻，批评其粗制滥造、厚颜无耻。但是，我们都忽略了一个事实：我们有许多理由对这个网站心存感激。出版业是靠描写虐恋和吸血鬼的畅销小说维持运转的，而这些小说正是从网络电商的自出版电子书市场孵化器中诞生的。几年之内，网站创始人——一个长得有点像笨笨龟的南方人——将成为世界首富，经历电影蒙太奇似的改头换面；但是当时，我们并没有想到他。对我们来说，唯一重要的是这个网站占据了全部图书销售的半壁江山，这意味着它已经控制了最重要的杠杆：定价和分销。它控制了我们。

我不知道网络电商受到科技行业的推崇，是因为它残酷无情、数据驱动的企业文化，还是因为它独有的推荐算法处于应用机器学习的前沿（这套算法会在描写破碎家庭的小说旁边推荐真空吸尘袋和尿不湿）。我不知道网络电商还拥有一项利润丰厚的姊妹业务——云计算服务，通过庞大的服务器集群国际网络为其他公司的网站和应用程序提供后台基础设施。我不知道如果不让网络电商或者它的创始人变得更加富有，就几乎不可能使用互联网。我只知道二者都是我应该讨厌的，而且我的确讨厌它们，我一有机会就义愤填膺地大声疾呼。

总的来说，科技行业是一个遥远而抽象的概念。那年秋天，全世界最大的两家出版公司合并，震动了整个出版业；这两家巨头一共雇用了上万名员工，总价值超过20亿美元。一家20亿美元的公司——其权力和财富对我来说不可想象。我不知道世界上还有只有12名员工的独角兽公司①。

我在旧金山安顿下来以后才听说这种事。那一年，我在廉价酒吧跟出版业的朋友小酌，抱怨我们毫无希望的未来；也是在那一年，我的许多新朋友、同事和暗恋对象悄无声息地赚到了他们的第一桶金。这些朋友中，有人开始开公司创业，有人决定给二十几岁的自己放两年假。我却坐在老板办公室外一张狭窄的桌子前，追踪版权代理公司的支出，尝试用年薪作为一种衡量单位，来判断自己的价值——去年冬天我加了薪，从29 000美元涨到了31 000美元，没有福利。我的价值是多少？是我老板的新沙发的5倍，等于20套定制文具。当我未来的同事聘请理财顾问，去巴厘岛冥想静修、追求自我实现时，我还在用真空吸尘器清除出租公寓墙上的蟑螂、吸大麻、骑自行车去东河沿岸听仓库音乐会，努力逃避一种强烈的恐惧感。

这是踌躇满志、充满希望的一年，是意气风发、突飞猛进的一年——在别的城市、别的行业、别人的生活中。

---

① 投资界对估值10亿美元以上、创办时间相对较短、还未上市的公司的称谓。

2

一个宿醉未消的下午,我在版权代理公司吃着沙拉,读到一篇关于一家创业公司的文章。这家公司已经筹集到 300 万美元,将为图书出版业带来一场革命。故事开头是三位联合创始人的照片,他们在田园牧歌般的背景前开怀大笑,就像兄弟会在拍毕业照一样。三个人都穿着衬衫,好像刚刚讲完什么有趣的笑话。他们看上去那么放松、那么自信。他们看起来像那种用电动牙刷、从来不在旧货店买东西的人。他们会关注股票市场,不会把脏餐巾留在桌子上。在这种人身边,我总觉得自己是个隐形人。

这篇报道说,革命将通过一款基于订阅模式的手机阅读应用程序展开。这款应用程序打出"每月仅需××美元即可访问海量电子图书"的广告语,听起来很划算。当然,美好的承诺背后,必定有用极小号字体附加说明的细则。尽管如此,这个想法还是非常吸引人。

手机阅读应用程序是出版业的一个新概念。在这个行业,新观念很少出现,也从未得到回报。出版业似乎总是处在崩溃的边缘,始终没什么改观。不仅仅是网络电商的垄断,也不仅仅是 20 亿美元的并购,尽管这些都加剧了我们的焦虑。还有传统要想在出版业获得成功或者维持生存，唯一的方法似乎就是继承遗产、嫁入豪门，或者等待我们的同龄人叛逃或者死去。

在助理圈子里，我和我的朋友们担心：随着这个行业继续萎缩，我们还能不能找到一席之地。能够免费得到精装本的新书当然不错，但是如果我们自己买得起就更好了。在纽约，一个人可以靠每年 30 000 美元维持生活——还有数百万人挣不到这个数呢。但是，每月到手的 1 400 美元很难适应出版业纸醉金迷的奢侈生活方式：交际酒会、晚宴派对、300 美元的裹身裙、格林堡或布鲁克林高地的嵌入式书架。

我认识的每个助理暗地里都依赖某种第二收入来源：编辑、调酒师、女招待、慷慨的亲戚。除了彼此之外，这些现金流很少对外人公开。当我们的上司午餐点了水煮三文鱼和玫瑰酒时，谈钱似乎是一种侮辱。他似乎认为低工资是必要的成人仪式，而不是一种系统性的剥削。这种想法让他有一种患难与共的感觉，特别是与我们患难与共。

事实是，我们都是可以替代的。市场上有的是拿奖学金、有一长串无薪实习经历的英语专业毕业生，远比版权代理和出版社的空缺职位多得多。人才储备源源不绝。穿米色沙漠靴的男人和穿芥末黄毛衣的女人在两翼等待，手里攥着用奶油色纸张打印的简历。在某种程度上，这个行业依靠的正是高人才流失率。

不过，我出版业的朋友和我都很固执。我们喜欢和书打交道，我们紧紧握住我们的文化资本不放。许多人抱怨干这行太苦太累，但是我们已经做好吃苦受累的准备。一种选择性的道德逻辑似乎为这个行业注入了活力：没错，出版业没能迅速创新，但是我们——热爱文学、充满激情、捍卫人类情感表达的人——肯定不会输给那些公司，它们的高管甚至根本不爱看书。我们有品位，而且是正义的一方。我们如坐针毡，一文不名。

我尤其一文不名。不是贫穷，从来不是。我的家境还不错，我的人生是一种自上而下的流动。和许多同龄人一样，我能够在出版业工作，是因为我有安全网。我大学毕业时没有债务，这完全不是我自己的功劳：从我还是 B 超影像中一块模糊的斑点时起，我的父母和祖父母就开始为我存学费。没有人需要我供养。我偷偷地欠了一点信用卡上的钱，但我不想找家里要钱。借钱付房租、付医药费，甚至一时冲动给自己买了一条裹身裙，这种事情总是让我感觉自己在许多方面都很失败。我为不能自食其力感到羞愧，也为我慷慨、宽容的父母实际上是在为一家成功的版权代理公司提供资助而感到羞愧。我在他们的医疗保险单上还剩一年时间。这种情况是不可持续的。我是不可持续的。

我的父母一直希望我学习医学或法律，为自己创造一个稳定而安全的环境。我母亲是作家，与非营利组织合作；我父亲从事金融服务。他们的人生一帆风顺，但他们都很强调独立性。我哥哥毕业于经济危机之前，在我这个年纪已经拥有了一份成功的事业。他们都不理解出版业慢热的熬年头制度，也不理解这个行业那种日薄西山的怀旧魅力。我母亲经常温柔地问我，为什么 25 岁了还是个助理——煮咖啡、拿外套。她并不是在寻求一种结构性的解释。

我的愿望很普通。我想在这个世界上找到自己的位置，做一个独立、有用、善良的人。我想赚钱，因为我想获得肯定、自信和价值感。我想被认真对待。最主要的是，我不想让任何人为我担心。

尽管我非常怀疑，在我关心的问题上，电子书创业公司的联合创始人可能已经以牺牲出版者、作者和版权代理为代价，加入了错误的一方——网络电商一方、即将获得胜利的一方——但是我羡慕他们那种未来尽在掌握的乐观自信。他们对行业的发展有自己的愿景，并且为实现目标大开绿灯。他们身上有一些不同寻常的吸引力。

我不知道 300 万美元被认为是一笔不太大的融资。我不知道大多数创业公司要经历不止一轮融资，300 万美元只是试验性的零花钱。对我来说，这笔钱就是一面旗帜，是永恒的象征，就像一张让人能够为所欲为的空白支票。我想，出版业的未来就在这里。我想投身其中。

2013 年初，经过一系列漫不经心、模棱两可的面试，我加入了电子书创业公司。我对高科技专家怀有根深蒂固的刻板印象——反社会、邋遢、笨拙、性饥渴——但是公司的联合创始人直接颠覆了这一形象，他们也不会自称高科技专家。CEO（首席执行官）行动敏捷、棱角分明、充满自信。CTO（首席技术官）是个温和的系统思考者，谦逊且有耐心。自称 CPO（首席产品官）的创始人最受欢迎，他在东海岸上过艺术学校，牛仔裤紧绷在大腿上,我感觉自己好像早就认识他了一样:他就像我大学里的朋友,不过更成功。我的年纪比他们三个人都大。

与联合创始人的谈话非常轻松,面试更像是约会喝咖啡,而不是我在其他地方经历过的那种令人汗流浃背的正式审问,以至于我一度怀疑:他们三个人是不是只是想出来玩玩?毕竟,他们最近刚从这个国家的另一头搬过来。他们并不想在纽约生活,显然他们更喜欢充满活力的西部;但是他们需要靠近他们正在颠覆的这个行业,来建立合作关系,就像迷途羔羊的守护神一样。我猜他们只是孤独。

当然,他们并不孤独。他们专注而满足。三个人的脸都刮得很干净,皮肤也保养得很好。他们的衬衣总是干净挺括,纽扣得体地扣到锁骨。他们的女朋友都是优秀的女性,头发像洗发水广告中一样漂亮。他们一起锻炼,在需要预订的餐厅用餐。他们住在曼哈顿市中心的一居室公寓里,显然不需要心理治疗。他们有共同的愿景和通盘计划,他们并不羞于谈论它,也不羞于公开表现自己的雄心壮志。他们刚从湾区大型科技公司的初级职位和暑期实习岗位上走下来,谈起自己的工作,却像在公司工作了一辈子的资深业内人士一样。他们慷慨地主动提供商业建议,仿佛他们不是刚在某个地方工作了一两年,而是已经建立了传奇般的职业生涯一样。他们踌躇满志。我真想成为他们那样的人,也想被他们喜欢。

因为这个职位是专门为我设置的,所以有三个月的试用期。职责范围对我们所有人来说都很模糊:应用程序内置书籍的编排、文案写作、各种各样的秘书工作。作为一名全职合同工，我的时薪是20美元，仍然没有福利。预付金似乎不高，但是我计算了一下年薪，很满意地看到我的年薪相当于4万美元。

当我告诉出版业的朋友我要跳槽去哪里时，他们纷纷表示怀疑。他们提出一大堆让我觉得难以回答的问题：订阅模式不会削减作者的版税吗？这本质上不是资本主义对公共图书馆系统的侵蚀吗？一个这样的应用程序最多不就是个寄生虫吗？这与网络电商到底有什么区别？这个应用程序的成功不会以牺牲文学、文化和社会为代价吗？对于这些担忧，我没有什么好办法来回应。大多数时候，我努力不去想它们。我自鸣得意地把朋友们的大部分问题翻译成——很简单：那我们呢？

创业公司的办公室位于运河街上的一座砖石建筑。附近的街区，CEO 称之为诺丽塔，CTO 称之为小意大利，CPO 称之为唐人街。即使在工作日，周边也挤满了游客。大人手握塞满馅料的芝士卷，喝双份的小杯浓缩咖啡；他们的孩子盯着商店橱窗，里面摆着落满灰尘的帕尔马干酪盘。严格说来，我们的办公室并不是一间办公室，而是一家更加成熟的创业公司的 LOFT[①] 式总部里的一张空桌子，这家公司的业务是让人们以拍卖的形式在互联网上买卖艺术品。我从来没有充分理解拍卖这种商业模式。我总是想象，拍卖的乐趣就在于炫耀财富和体验高人一等的感觉。当

[①] 通常指由旧工厂或旧仓库改造而成的上下双层复式结构、少有内墙隔断的高挑开敞空间。

时，我没有意识到，对于科技行业的人来说，这种炫富的方式不仅笨拙，而且过时了。再也没有比把钱藏在浏览器背后更文明的了。

办公室铺着吱吱作响的木地板；一面墙边是长长的厨房餐台，上面摆放着手冲咖啡壶和小包装的本地烘焙咖啡豆。浴室有淋浴设施。我上班的第一天，在桌子上发现了一份欢迎礼：一摞关于技术的精装书，由创始人亲笔签名，蜡封还印上了公司logo——一只蚌壳坦露出一颗完美的珍珠（不可避免地让人联想到女性外阴的形状）。

电子书创业公司拥有数百万美元资金，从职位头衔看，也有一支稳定、有组织的工作团队；但是，应用程序本身还是内部测试版，只有少数朋友、家人和投资人使用。除了我以外，只有另外一名员工——一个叫卡姆的手机工程师。创始人很高兴能从一个照片编辑应用商那里把他挖过来。我们五个人围坐在办公室最里面的红木桌旁，喝着咖啡，就像一个一直在开会的董事会。

在我的职业生涯中，我的专业性第一次得到了尊重。关于应用程序的阅读体验、库存质量，以及如何最有效地迎合在线阅读社区，人们会询问我的意见，并且认真聆听答案。虽然我对技术架构存在误解，而且缺乏战略远见，但我觉得自己是个有用的人。看着一家公司逐渐成型，感觉自己能够做出贡献，实在是令人兴奋。

为了庆祝 CTO 的生日，我们去市中心看了一场关于反恐专家的电影。电影开头是一组"9·11"时被困在世贸中心的人们的电话录音剪辑。我不想看下去了,但是我不知道如何优雅地离开,而不用向其他人做出解释。14岁时,我从高中西班牙语教室的窗户目睹了这一切——我的学校距离双子塔只有四个街区。

我考虑过装病:肠胃炎、生理期。我考虑过不辞而别。我怨恨自己没有事先调查好电影的内容,怨恨自己不能像一个有着普通生活经历的普通人一样,做一些普通的事情,比如跟同事一起看一场动作电影,而不会陷入不可救药的创伤后应激障碍。我坐立不安,以至于在影院里弄丢了一只耳环。片尾的演职员表播完、灯光亮起来后,CTO趴在地上给我找耳环,并且招呼其他人一起找。看着他们为了我在地板上爬来爬去,手掌在黏糊糊的化纤地毯上摸索,我无比尴尬,也被深深地感动了。等了一小会儿,我说自己找到了耳环,男孩子们欢呼起来。大家站起来,扣好夹克衫,背上背包;没有人注意到我悄悄地摘下了剩下的那只耳环,塞进口袋里。

我们走上深冬的街头,来到街角的一家日本甜品吧。我从来没去过甜品吧,更不用说日本的了。男孩子们被琳琅满目的甜品迷住了。他们互相提醒这次是公司买单,可以尽情地点餐。他们把勺子伸进彼此的碗里,还不停地把盘子推到我面前,每一样都要让我尝尝,到最后我已经吃不下了。跟他们四个人坐在一起,我试图想象其他顾客会怎么看我们这群人。我觉得自己像一个保姆、一个备胎、一个监护人、一个小姐姐、一个妻子、一个情人。我太幸运了,简直难以置信。那天晚上散场后,我独自走到市中心最远的一个地铁站,细细回味着这一切。

我跟创始人以外的另一个员工卡姆成了朋友。中午休息时,我们到附近去冒险,带着三明治或者装着越南菜的漏水的外卖盒子回来。我们在会议室里吃东西,他耐心地回答我关于前端开发和后端编程之间有什么区别的问题。有一次,我们谈到,作为一家创业公司的第一名和第二名员工,肩上有哪些担子和责任。虽然公司还没有公开发布产品,但是已经炙手可热。"我认为这是我们加入公司的最好时机。"他向我保证,"我认为我们处于非常有利的位置。"他要么是不知道我是一名合同工,要么就是对我能够在试用期结束后被正式雇用相当乐观。

小卡是个温柔、低调的人。他爱他的女朋友和她的猫,我喜欢听他谈论她们。我唯一一次看到他发脾气,是我组织了一个公司读书俱乐部,而联合创始人都没有跟进。开发应用程序已经让他们忙不过来了,他们说:谁有时间参加读书俱乐部?我理解他们,也不是特别介意,但是小卡在公司聊天室严厉地指责了他们,然后带我出去兜风。他坚持说他们没有礼貌,他们做得不对;他坚持说我是在努力打造公司的企业文化。

他只说对了一半。最初的几周里,我起草了网站的版权声明;帮忙从一份顶尖大学的短名单里招聘工程师;编辑了用户隐私协议,让它的语气更像一位朋友而不是律师。做完这一切之后,我的工作就只剩下了寻找一处长期办公场所和给创始人订购零食:独立包装的奶酪饼干、巧克力棒、蓝莓酸奶。就为这些事，他们付给我的工资似乎太高了。

工作时吃零食对我来说是个新概念。在版权代理公司，在午餐以外的工作时间吃东西简直是奇耻大辱，大嚼百吉饼或椒盐卷饼被认为是懒散和不专业的表现。在以前的工作中，我总是不能坚持在午餐之前不去碰便当盒，这是缺乏自制力的表现，是我在应该产后发胖的年纪还保留着婴儿肥的原因。相反，大男孩们一天到晚吃零食。他们在电脑前吃薯片，用纸巾擦手，喝苏打水，把键盘旁边的易拉罐揉成一团。我细心地记录下他们的喜好，尽量保持新鲜感：这周是一盒小柑橘，下周是几袋干酪爆米花。

想到小卡，我决定承担起培育企业文化的责任。我坚持举办读书俱乐部，创始人仍然无暇顾及。我组织了团队出游，包括参观一座富丽堂皇的私人图书馆。图书馆的主人是一位著名金融家、19世纪的银行业巨头。我们在建筑物里徜徉，欣赏着顶天立地的壮观书架、螺旋楼梯和镀金的天花板，拍照片发到社交媒体上。我们一致同意，我们的应用程序就应该给人这种感觉：奢华而不威严；无穷无尽。

私人图书馆之行大获成功。但事实是，三个二十出头的百万富翁不需要我带他们参加以阅读为主题的校外活动——让我给他们订购零食还更划算一些。虽然有小卡的鼓励，但他们不需要我来打造企业文化。实际上，他们根本不需要我。就我们这个小公司而言，文化是以创始人为中心的。虽然有时候他们会有小小的争执，但是我从来没见过有人带着怒气离开会议室。他们最开心的事就是在沙发上放松、一起玩电子游戏、喝本地啤酒。他们不需要团队建设，大多数时候我们也不搞团队建设。我们在建立一家公司——或者说他们在建立一家公司，而我在旁边看着。

我们在西20街一个最好的街区找到了一处新的办公地点，一些狂妄自大的人把这个地区称为纽约的硅谷。这间办公室也属于另外一家创业公司，不过这次情况不同了。租下它的创业公司从事媒体业务，其员工人数忽多忽少，就像是公司在不断地减肥又反弹。在一次团队会议上，我们的CEO严肃地透露，这家媒体公司已经转型过好几次了。我问他这意味着什么，四个男人全都满腹狐疑地看着我。转型意味着他们为了创造收入改变商业模式；转型意味着别人担心他们会跑路；转型意味着他们成了一个警世故事。只有两位创始人留了下来，缩到办公室的一隅。钱一花光，其他人都被解雇了。

这些被解雇员工的阴影挥之不去，提醒着我们要更加努力地工作。我们大部分时间都埋头坐在办公桌前，在陈设简陋的办公室里疯狂地互相发送着即时信息。我们一起吃午餐、讨论战略，然后回到电脑前，刻意回避目光接触。我们召开充满激情的漫长会议，讨论伙伴关系和设计问题，拖到深夜时就叫外卖吃比萨。每件事情都那么紧迫、那么孤注一掷。

一天下午，CEO把我们召集到会议室，演示他要在与出版商会面时使用的融资演讲稿。他开篇就说，我们的时代是订阅模式的时代。千禧一代不喜欢拥有，他们喜欢体验（他这么说时，就好像自己不是其中一员似的）。这不仅是一种新的市场策略，而且是一种新的文化意识形态。在订阅和共享经济中，领先的数字化平台允许人们通过流媒体看电影、听专辑、玩游戏、租借晚礼服和正装三件套、预订陌生人家的床位、搭陌生人的顺风车。音乐、电影、电视、零售和交通都已经被颠覆。该轮到图书了。CEO 翻到一张幻灯片,上面展示了各种成功的订阅平台的 logo,正中央是我们的 logo。

科技产品是关于生活方式的产品,CEO 说。随着他继续介绍,我渐渐明白,手机阅读应用程序的功能与其说是阅读,不如说是传递一种信号,表明你是一个喜欢阅读的人、一个使用应用程序带来前卫的阅读体验和创意设计的人。我总结出,这款应用程序的理想用户是那些自认为是阅读者但实际上并不是的人。授权费是要花钱的,任何人每个月多读几本书,都会使授权费支出超过订阅费收入。图书是一个机遇,CEO 说,但不是最终的结果。它只是一种类型的内容,而且只是第一步。扩张才是最终的结果。或许吧。我相信他们会有办法的。

千禧一代感兴趣的是体验,比如租用那些他们不可能拥有的东西的体验。CEO 从来没有承认其背后的原因可能与学生贷款、经济衰退,或者数字分销时代文化产品的市场价值直线下降有关。在他的未来愿景中没有危机,只有机遇。

我很矛盾,不知道能不能相信他。CEO 很有魅力,全身心地投入公司和公司的愿景。或许他和其他两位创始人也很聪明。硅谷的投资人一定也是这么想的,但是他们似乎对业务中我最关心的部分——图书——漠不关心。CEO 的演讲稿甚至把海明威的名字拼错了。

更重要的是，这种从图书开始、向其他领域扩张的模式和网络电商太相似了。我开始琢磨，他们究竟为什么要雇用我。我之前一直假设，他们雇用我是因为我了解图书，我能够成为新旧势力之间的桥梁。我幻想自己是一名翻译者，我以为自己是必不可少的。后来我才发现，在科技行业，大家都喜欢拿女性从业者做宣传，即使不是真的给女性升职，至少也要在公司的市场营销材料中大书特书。我开始认为，或许我对审美比对业务更有价值。

当时还有一件事我不能理解：创始人都希望我在没有具体指导的情况下完成自己的工作。创造你自己想要的工作，让没有必要的工作看起来不可或缺——这既是骗子的标志，也是真正的企业家精神。这正是科技行业自身的生存战略，但是对我来说没有那么自然。我的想象力仍然是为出版业量身定制的：我建议电子书创业公司主办一个阅读系列，以这种形式向文学社区延伸。或许我们应该开一个图书博客，我想。相反，公司派出了几辆装满"第三波咖啡"①的卡车，到行业会议上分发免费的浓缩咖啡和点心。在以往的会议上，最激动人心的赠品也就是棉布手提袋，或者某本小说处女作的抢先试读本。我缺乏在宏观上制定战略的能力。

"她太关注学习而不是实干了。"有一次 CEO 在公司聊天室

---

① 一般认为咖啡行业的发展经历了三波浪潮，第一波是咖啡消费的普及，第二波是烘焙咖啡的推广和连锁咖啡品牌的兴起，第三波是产地和精品咖啡的崛起。

里说。这是个乌龙事件——他本来只想发给另外两位联合创始人的。我们挤在会议室里，他真诚地道了歉，而我在脑海里一遍又一遍地重复着他的话。我一向对学习感兴趣，而且总是从中得到回报；学习是我最擅长的事。我不习惯创始人那种想干什么就干什么的自由。我缺乏他们的信心和权利意识。我不知道关于"体验"和"拥有"的创业格言。我从没听说过科技行业通行的咒语：请求宽恕，而不是许可。

为了自我教育，我阅读了一些关于创业公司心态的博客文章，并且尽力模仿。CEO 一年前发表了一篇题为《如何在创业公司工作的第一个月里给人留下深刻印象》的文章，我真恨自己——这么明显的信号怎么会没看见。"全心投入"，他在文章中建议，"保持乐观，还有把你的观点写下来"。

最后，我主动给创始人发了令人尴尬的、冗长的电子邮件，表达了我对阅读的热情。一个手机阅读应用程序的员工队伍中需要一个热情的读者，我敢肯定这一点；或许我不知道怎么当一名优秀的创业公司员工，至少现在还不知道，但是有我作为焦点小组的一员无疑会对他们有益。我们互通过几封发自肺腑的长信，在会议室里进行了痛苦的一对一面谈。然后，很明显，我没办法再留下来了。他们说，在公司的发展过程中，这不是等待我这样的人进入状态的正确时机。我能够增加价值的领域在一段时间内还不会活跃起来。

联合创始人都想帮我找一份新工作。他们假设我还想在科技行业工作，我也没有纠正他们。我不想回到出版业。我尝试自己闯出一片天地，结果失败了。而且我还是个叛徒——加入一家企图动摇图书世界的创业公司，我不想面对自己现在已经不受欢迎的可能性。

而且，我已经被科技行业惯坏了，这个行业是如此开放、乐观、飞速发展、充满可能性。在出版业，我认识的人还没有人庆祝过升职。在我这个年纪，没有人对接下来会发生什么感到兴奋。相比之下，科技行业做出了当时很少有行业和机构能够做出的承诺：未来。

创始人的大部分职业关系网都在湾区，也就是他们的风险投资人投资组合中的其他创业公司所在地。CPO满怀憧憬地谈起加州。"旧金山是最适合年轻人的地方。"他对我说，"趁着还不晚，你真应该到那儿去。"我想告诉他，我认为自己还年轻：我才25岁。相反，我告诉他我会试试看。

3

我在旧金山认识的每个人都已经离开了。我们大学一毕业就遭遇经济危机，大多数人艰难地来到纽约，为无薪实习和一片萧条中的其他残羹冷炙竞争。与此同时，选择到西部去的人却拒绝向绝望屈服，相反，他们选择短暂地避世，继续他们的艺术创作。他们住在阳光充足的公寓里，做些兼职，把精力耗费在糜烂的社交生活中。他们自由地尝试迷幻剂和多角性爱；吸大麻、睡懒觉，大白天喝得酩酊大醉；参加 BDSM① 派对，事后大吃墨西哥卷饼。他们组织乐队，偶尔出卖肉体。他们在山中、森林里或海滩上度周末，露营、徒步旅行，参加我们在纽约时取笑的其他有益健康的活动。

我的朋友们说，这个乌托邦好景不长，很快就被晚期资本主义地狱般的景象所取代了。租金飞涨，艺术画廊和音乐厅关门大吉。酒吧里挤满了穿着印有公司品牌 T 恤的 20 多岁的年轻人，他们从不喝完自己的啤酒，每当过道上有人在离门太近的地方吸

---

① 指一些特定人群的性行为模式，包括：绑缚与调教（bondage & discipline，即 B/D），支配与臣服（dominance & submission，即 D/S），施虐与受虐（sadism & masochism，即 S/M）。

烟都会抱怨。他们穿着稳定型跑鞋去夜总会，说到几千的时候说"K"而不说"千"。

交友网站上充斥着谨小慎微的奋斗族，他们严肃地把企业管理指南列为自己最喜欢的图书，背着印有雇主名字的双肩包去吃晚餐。年轻的 CEO 出现在性派对上，只是为了跟其他的年轻 CEO 一起玩。我的朋友们穿着带亮片的衣服，挎着小号吊床包，嗑过迷幻药，跟主打合家欢品牌形象的花车一起参加年度同性恋游行（这些花车都是由异性恋的数字化营销经理设计的）。

这座城市已经开始迎合那些银行存款充裕的应届大学毕业生。即使在奥克兰，艺术家和作家也无力负担生活成本，不得不去做瑜伽教练或杂货店收银员。没有工作岗位，我的朋友们说，除非你想为一家科技公司工作。不用说，他们没有人这样做。几年之内，他们都离开了，有人去了新奥尔良或洛杉矶的中产阶级社区，有人去读研究生。他们的飞行路线和横穿全国的自驾之旅，同时也是在为这座可爱的城市送葬。他们全都向我保证：这座城市已经不复存在了。

那年春天，我到旧金山去面试一家数据分析创业公司的客户支持岗位，我没有跟湾区的任何朋友提起这件事。我担心如果他们知道我想在科技行业谋职，知道我对加入那些害他们失业、摧毁了他们所有乐趣的人有哪怕一丝一毫的兴趣，他们会作何反应。我从机场乘火车进城，感觉自己背信弃义、众叛亲离。

通过千禧一代喜爱的民宿共享平台，我在教会区订了一个房间，公寓的主人是一对五十多岁的夫妇。这是我第一次使用这款应用程序。当我站在一座明亮的维多利亚式建筑的台阶前,我觉得自己就像一个 19 世纪文学作品中的孤儿,正要展开一段新的冒险。民宿共享平台的宣传材料上写着:"欢迎回家。"色彩鲜艳明亮,渲染出家庭般的温馨气氛。尽管网站强调社区、舒适,主打建立新联系、提供新体验,让用户享受更加丰富多彩的生活,但是我的房东主人冷淡地迎接我,提醒我这归根结底是一笔交易。

男主人带我参观了我的房间:梳妆台上放着客用毛巾,后院种着柠檬树。他问我为什么到城里来。我忐忑不安地解释说,我是来面试一家创业公司的。我知道这个社区一直是艺术家、活动家和其他没钱在房屋法庭上打赢官司的人群的聚集地,我想表现得善解人意。他会意地点点头,不带任何判断地耸耸肩。"我们是全职房东。"他说,"我想你可以这么说,我们也是为一家创业公司打工的。"

我可以这么说吗?他和妻子都辞掉了一家非营利组织的全职工作,为像我这样的游客和闯入者提供精心打造的城市生活真实体验——既别具一格,又像普通宾馆一样舒适。他们睡在地下室。他们不是员工,他们是产品的一部分。

这是我第一次付钱跟陌生人住在一起。公寓干净舒适,摆满了家具和果盘,但是我不知道拿一本书在沙发上放松一下,或者借用厨房里的餐刀切桃子是否违反了民宿共享平台的服务条款——毕竟我只订了一个房间。协议面面俱到地覆盖了公司的各种责任,却没有提供任何具体的行为准则。为了安全起见,我小心翼翼地在我的卧室和浴室之间行走，仿佛走廊是一条沟壑纵横的小路，仿佛我擅自闯入了一个不属于我的家庭和一种不属于我的生活。

这次面试是电子书创业公司的 CEO 帮忙安排的，他认为大数据是一个热门领域。据他说，这家从事数据分析的创业公司已经以惊人的速度和力度打入了市场。公司只有四年历史，是由几位大学辍学生创办的，现在拥有 1 200 万美元的风险投资、数千名用户和 17 名员工。"我们的投资人说他们将是下一个独角兽。"电子书创业公司的 CEO 靠在椅子上，兴奋地说，"它是一艘火箭飞船。"我很容易就上钩了。

我对客户支持不是特别感兴趣，但这是个不需要编程知识的入门职位。作为一名拥有文学背景和三个月的零食采购经验的社会学专业毕业生，我觉得自己没有资格挑剔。电子书创业公司的联合创始人坚称，客户支持只是暂时的。他们三个人一致同意，只要我努力争取，我很快就会担任更加有趣、更加自主、更加骄人的角色。我不知道在科技行业，传统意义上的任职资格，比如学历或工作经验等，在愉快的决定面前根本无关紧要。在一个会员费决定一切的世界里，我表现得还像一个职场新人。

为了推销自己，我提出了一个理论——无论多么牵强——分析是我所受的人文教育的自然延伸。电子书创业公司用分析软件追踪我们的测试用户，而我喜欢看数据：我们的投资人阅读什么、关闭什么；人们是否阅读我们用来充实图书馆的、由 CPO

设计封面的公版书。在某种程度上,我试图说服自己:商业数据分析可以被视为应用社会学的一种形式。

面试前一晚,在租来的卧室里,我阅读了数据分析创业公司创始人的访谈和宣传文章。两位创始人现在分别是24岁和25岁。科技博客中说,他们只是硅谷的两名未成年实习生,他们的梦想充满智慧、脚踏实地、一目了然:一个由大数据的力量驱动的世界。这个梦想深深吸引了山景城一家著名的种子加速器机构的遴选委员会,他们提供资金和人脉,换取7%的股份。这家加速器机构的口号是鼓励创始人去创造人们想要的东西(我注意到,不是人们"需要"的东西)。它展示了许多成功案例,包括一款日用品配送应用程序、一家流媒体网站、我用过的民宿共享平台;也有许多失败的案例。CEO和技术创始人离开他们位于东南部的大学,加入了这家加速器机构,成为生态系统的正式成员。

几个月前,一个科技博客发表了一篇文章,宣布数据分析创业公司已经完成第一轮重要融资,获得了1 000万美元。当被问到准备用新获得的资金做什么时,CEO明确表示:他会付给前100名员工远超市场平均水平的高薪,并且格外关照现有的员工以便留住他们。这是客户获取的语言,但是我不懂。我也没有考虑过阶层分化:第101名员工会是什么感受。我从来没有跟100个人一起工作过——我工作的地方从来没有超过20个人。显然,我也从来没有在想要格外关照员工而且真的能够做到的地方工作过。真慷慨,我想,坚持就是胜利。

来到数据分析创业公司的总部时，我惊讶地发现整个公司只有花生壳那么大。办公室却很宽敞，至少有 7 000 平方英尺，地面是抛光混凝土的，几乎没有家具。十几名员工聚集在房间一角，全都专注地盯着显示器，仿佛有什么重大发现。一些人伸直双腿，站在可升降式办公桌前，脚下垫着小小的橡胶垫。每个工位都色彩斑斓：多肉盆栽和其他濒死的植物、动画人物的手办、成堆的书、酒瓶子。一张桌子上堆着小山一样的空易拉罐，旁边堆着同样高的高咖啡因功能饮料。开放式的布局让这里看起来就像一间教室。似乎没有人超过 30 岁。

我站在门口，数了数屋里有几个女人。答案是三个。她们穿着牛仔裤和运动鞋，T恤外面套着宽松毛衣。我是精心打扮过才来的，穿着一条蓝色连衣裙和薄外套，踩着高跟鞋：这是我参加面试的装扮，我认为这能代表专业和认真。在出版业，这样打扮是不错的，而且足够低调，不会构成威胁。在创业公司，我却感觉这样打扮像个自恋狂。我尽量不引人注意地脱掉外套，塞进我的托特包里。

第一次面试我的是解决方案团队的经理，这个部门是面向用户的。他有点胖，头发乱蓬蓬的，穿着褪色的牛仔裤和公司的T恤衫（上面写着"我是数据驱动的"）。他坐在一把人体工学办公椅里，像个婴儿一样摇晃着椅背。会议室的玻璃门上贴着一张手写的标志牌，上面写着"五角大楼"。透过玻璃门，我看到一个身材瘦削、穿着格子衬衣的男人摇摇晃晃地踩着扭扭滑板，一边挥舞着一只手臂保持平衡，一边对着一个金色的电话听筒热情地大喊大叫。

解决方案经理把手肘支在桌子上，身体前倾，向我解释说，他会和我讨论一系列问题，这样就可以看出我是如何解决问题的。"那么，"他说，好像在让我告诉他一个秘密，"你会如何计算美国邮政的员工人数？"我们静静地坐了一会儿。我不会去计算，我想；我会上网查。我在想，或许这实际上是在考验我对浪费时间做无用功的容忍程度，或许正确的反应是说几句俏皮话。我不知道解决方案经理想要什么。然后，他递给我一支马克笔，指向白板。"为什么不到白板上写下你是怎么做的呢？"这是一个要求，不是建议。

在接下来的四个小时里，解决方案经理和我之前看见滑滑板的那个瘦子问了我一系列类似的问题。瘦子是销售工程师，跟我年龄相仿，说话慢条斯理，很有感染力。他说话喜欢用俚语。我恭维他的超大号皮带扣时，他说他受宠若惊。"现在，让我们大显身手吧。"他说，然后教我怎么翻转白板上的一条曲线，再让我自己重复一遍。

销售工程师和解决方案经理都把数据分析软件称为"这个工具"。他们都问了一些令人不自在的问题。"你做过的最困难的事情是什么？"解决方案经理问，一边转动着手上的结婚戒指，"你会如何向你的祖母解释这个工具？"

"你会如何向一个中世纪的农民描述互联网？"销售工程师问，摆弄着衬衣上的珍珠纽扣，又若有所思地把手伸到腰带后面。

因为在电子书创业公司的面试经历轻松愉快，我对数据分析创业公司也有同样的期待。没有人警告过我，在旧金山和硅谷，面试实际上是一种刑罚，更像是一出恶作剧，而不是一种严格的审查制度。位于山景城的搜索引擎巨头以刁钻的面试题著称，尽管它已经发现这种考察方式对于预测未来的工作绩效没有帮助，公开批评了这种做法，但是其他公司仍然将其奉为圭臬：从其他公司的错误中学习有了新的含义，特别是当这些错误被证明有利可图时。在整个湾区，面试者经常被问到诸如此类的问题："美国人每年吃掉的比萨有多少平方英尺？""一架飞机能够装下多少个乒乓球？"一些旨在确定被面试者的文化背景是否合适的问题，简直像中学生的低级趣味。"如果你是个超级英雄，你的超能力是什么？"一脸严肃的人力资源经理问，"当你走进房间时，你的主题歌是什么？"那天下午，我的主题歌是一首挽歌。

几个小时后，技术联合创始人走进会议室，看上去毫无准备但是充满自信。他带着歉意说，他以前没怎么面试过别人，也没有什么问题要问。不过，他说，业务经理已经给我们安排了一个小时的谈话时间。

这似乎没什么大不了的，我想我们可以谈谈公司，我可以问一些常规问题，然后他们会放我出去，就像小学生终于熬到了放学。这个城市会接纳我和我的耻辱的。然而，技术联合创始人告诉我，他的女朋友正在申请法学院，他一直在帮助她做准备。他说，他要让我参加一门法学院的入学考试（LSAT），代替传统的面试。我认真地看着他那张娃娃脸，想弄清楚他是不是在开玩笑。

"如果你不介意，我就待在这儿看看电子邮件。"他说，一边把试卷从桌子那头滑过来，一边打开笔记本电脑。他在手机上设了一个计时器。

我从来都是学霸。我提前答完试卷，检查了两遍。我开玩笑说，这是我最接近申请法学院的一次经历了，我妈妈会感到骄傲的。技术联合创始人对我微微一笑，把试卷塞到电脑下面，离开了房间。

我紧随其后，心想我还等什么呢。我毫不怀疑我不会得到这份工作。我不仅确凿地证明了自己不适合被雇用，而且确信自己像讽刺漫画一样，生动地诠释了文科生神经质又龟毛的形象——与科技行业所代表的一切截然相反。

虽然这些面试愚蠢至极，但是它们给我提供了动力。我想给人留下深刻的印象，我想被认真对待。我的性格缺陷在这里暴露无遗。我就是这样入行的：笑对讥讽和嘲弄。

我可能会纳闷上很多年：数据分析创业公司给我这份工作，是不是因为我在整个面试过程中显示出一定程度的服从——客户支持代表和员工都需要这种服从？他们是不是发现我本质上是一个忠诚而且容易被控制的人？后来，我听说，他们雇用我，实际上是因为我在他们要求的LSAT考试中得了满分。这让我感觉既骄傲又尴尬，感觉自己既聪明过人又愚蠢透顶。我希望他们看到一些潜在的、独特的东西，希望他们看到我的潜力。我总是想得太多。

合同待遇包括公司付费的医疗保险和牙科保险、4 000美元的安家费，以及每年6.5万美元的起薪。经理告诉我，这个薪水高于市场平均水平，没有商量的余地。我都没见过挣这么多钱的人，更不用说挣这么多钱还想讨价还价的人了。以我的工作技能——或者说缺乏技能——我简直不敢相信有人愿意付给我这么多钱去做任何事。

解决方案经理没有提到股权，我也没有问。我不知道人们加入创始阶段的私人公司就是为了获得早期股权。除了风险投资人和创始人之外，这是其他人一夜暴富的唯一途径。我甚至不知道股权是一个选项。公司的内部招聘专员后来介入，建议我去谈判，争取一点股权。他的理由很简单：其他人都有。没有人告诉我它值多少钱，或者资金池有多大，我也没想到要问。

我被这种在职场上炙手可热的感觉冲昏了头脑，告诉解决方案经理我会再考虑考虑。

数据分析创业公司给了我三周时间。回到布鲁克林，我开始打包，同时邀请朋友们来家里做客。一天晚上，喝了几杯后，一个闺蜜问我是否肯定自己做出了正确的决定——我喜欢在出版业工作。她一边懒洋洋地捏着泡沫包装纸，一边提醒我。现在认输是不是还太早？她答应我，如果我在最后一分钟决定不去了，她也不会看不起我。"手机数据分析，"她一边试穿一双完全不适合我的复古船鞋，一边说，"那是什么玩意？你在乎吗？还有客户支持——你不担心这会毁掉你的灵魂吗?"

我担心许多事情:孤独、地震、失败。但我还真的不怎么担心我的灵魂。我的个性总是有两面:一面代表理性和秩序,擅长数学,尊重命令、成就、权威和规则;另一面则尽一切可能挖第一面的墙脚。表面上,好像是第一面在主导我的行动,要真是这样就好了(我认为,讲求实际是防止失败的安全屏障,这样外世似乎也更容易些)。但实际上并非如此。

尽管如此,我还是很难向我的社交圈子承认:我横跨整个国家就是为了去一家创业公司工作。我有点不好意思承认:看到别人对这件事情大惊小怪,我有多兴奋。在我反主流文化和从事创意工作的朋友看来,对商业感兴趣似乎就意味着精明世故和自私自利。我出卖了自己。我没有注意到,在现实生活中,在那些理解我们这个时代文化的人看来,这种出卖——公司职位、伙伴关系、投资人——会是我们这一代人的首要目标,也是得到报酬的最佳方式。

不过,在当时,公开对科技和互联网表示热情已经不时髦了。在很大程度上,我的朋友都是心不甘、情不愿的落后分子。他们在人人喊打的社交网络上都有账户,但是只用来回复诗歌博客和他们自己无意参加的 DIY 直播秀。有些人挑衅似的拿着不能联网的翻盖手机,出门需要导航的时候就给我们这些坐办公室的人打电话。没有人拥有电子书阅读器。在数字化大潮中,我的圈子仍然坚定地扎根于具象化的有形世界。

出于自我保护的理由,我坚持说自己横跨整个国家只是为了尝试一些新东西。我从来没有在三州地区（纽约、新泽西和宾夕法尼亚）以外的地方生活过。旧金山的音乐很棒——只要有人肯听，我就这样说，可是自己都不太有信心。那里有医用大麻。数据分析创业公司的工作将是一次职业生涯独立于个人兴趣的实验。我声称，创业公司的零工只是一份日常工作，在我酝酿其他方面的创造力时给我一些支持。也许我会开始写我一直想写的短篇小说集。也许我会学陶艺。我终于可以学贝斯了。

无论如何，编造一个罗曼蒂克的故事要比承认我有野心更容易——我希望我的生活能够时来运转。

4

回到旧金山时,我剪了一个新发型,带着两个破行李袋,自我感觉像个无所畏惧的开路先锋。我不知道,已经有成千上万的人来到西部,想要实现新的美国梦,他们这样做已经很多年了。按照许多标准衡量,我都落后了。

这是一个公司谄媚年轻人的时代。科技公司从全世界吸纳计算机专业的应届毕业生,给他们租下带家具的公寓,为他们支付有线电视费、网费和手机费,并且提供几十万美元的签约奖金以示感谢。程序员带来了一大批不懂技术的提包客:前博士生和中学教师、公设辩护律师和室内乐歌手、金融分析师和流水线操作员,还有我。

我又通过民宿共享平台租了一间卧室,这次是在市场街南区,离办公室有几个街区远。房间位于一套复式公寓的花园层[①],旁边是一座混凝土露台,穿过一条小巷经过垃圾箱就到了。室内装饰采用的是轻质的自组装家具(我在布鲁克林的朋友中,一半人的卧室都是这样的)。出租房间的女士是一位可再生能源

---

① 又称下沉式庭院,一般是指在前后有高差的地方,通过人工方式处理高差和造景,使原本是地下室的部分拥有面向花园的敞开空间。

领域的企业家，她说自己从来不在家。

我的几小箱子书、床上用品和衣服已经放在数据分析创业公司了，塞在一个储物柜里。我一直自觉地节约搬家费，想为公司省钱。我有些担心如果我花钱太多，合同就会被取消。我不想让我的新经理认为我轻浮。其他人花钱买了新家具、吃了饭、交了几周的房租，但是我不知道。我还在按照出版业节衣缩食的方式行事。

民宿共享平台满足了我最奇异的幻想。在世界各地，人们挤光陌生人的牙膏，淋浴时捡起陌生人的肥皂，用陌生人的枕套擦鼻子。我还是过着跟往常一样的生活，只不过睡在陌生人的床上，摸索着给陌生人的厕纸架换厕纸，用陌生人的 WiFi 网络订购毛衣。我喜欢观察别人选择的商品，对他们的零碎小物品头论足。我没有想过民宿共享平台可能推高租金、取代正式居民的位置，它主打真实性，但是它所做的一切可能正在破坏真实性。最重要的是，它能运转起来，而且我没有被人杀掉，这简直是个奇迹。

在开始新工作之前，我给了自己几天时间来适应。早晨，我在自助洗衣店买咖啡，依靠一项众包点评应用查询该去吃什么，饭后回到我的卧室，一天剩下来的时间都在阅读数据分析软件的技术文档，越看越恐慌。文档对我来说就像天书。我不知道什么是 API[①]，也不知道怎么使用它。我不知道我怎么可能为工程师提

[①] 全称 application programming interface，应用程序编程接口。

供技术支持——我甚至连装装样子都不会。

第一天上班前一晚,我躺在床上辗转反侧,浏览了我这个房间以前所有的用户评价,发现这间公寓曾经属于民宿共享平台的创始人之一。我查询了创始人的名字,阅读了他的一篇访谈,其中具体谈到了设计师可以如何追随他的脚步成为企业家。他称他们为"设计企业家"。我看了一段他在技术大会上发表主题演讲的视频:演讲中,他对着麦克风兴奋地高谈阔论。我了解到,他和其他两位联合创始人已经融资超过1亿美元,投资人还迫切地希望给他们更多。

我环顾四周空荡荡的墙壁,壁橱的门歪斜地挂在铰链上,窗户上安着护栏。我试图找出预示着他成功的蛛丝马迹。但是,这位设计企业家已经很久没有睡在这个房间里了。他搬进了办公室附近一座充满艺术气息的改造仓库,什么也没留下。

数据分析创业公司的产品被称为淘金热中的"鹤嘴锄",正是风险投资人乐于支持的类型。历史将淘金热视为一个警世故事,但是在硅谷,人们骄傲地使用这个比喻,仿佛他们已经站在了正确的一方。"鹤嘴锄"通常是面向企业的产品。纽约的创业公司渴望通过创造媒体和金融服务来建立城市的文化遗产;或者更常见的是,通过创造便捷的用户界面,来销售那些通过其他方式需要花费更多的时间、金钱、精力才能购买或体验到的东西。湾区也是一样,软件工程师力图通过为其他软件工程师创造工具,来夺取现有的科技公司。

这是大数据的时代，复杂数据集依靠指数级增长的计算能力处理，以时髦的方式存储在云端。大数据涉及各行各业：科学、医学、农业、教育、警务、监控。正确的发现可能像金子一样宝贵，能够创造新产品、揭示用户心理，或者促成针对性超强的广告宣传。

不是所有人都知道他们要从大数据中获得什么，但是所有人都知道他们需要大数据。仅仅是预期，就足以激起产品经理、广告主管和股市投机客的欲望。数据收集和保留不受管制。投资人对基于预测分析的模式匹配的盈利潜力，以及机器学习算法的大规模应用前景（至少是在《财富》500强公司的应用前景）垂涎三尺。对大众公开透明不是理想状态——最好还是不要让大众看到数据领域的公司拥有他们的哪些信息。

数据分析创业公司没有颠覆任何东西，而是把大数据领域的在位者赶下了宝座；那些在位者都是些行动迟缓的企业巨头，它们的产品在技术上并不复杂，用户界面明显还停留在90年代。这家创业公司不仅帮助其他公司收集用户行为的定制数据（其他公司无须编写大量代码或者支付存储费用），而且提供了彩色的动态化、图形化数据分析工具。联合创始人把审美放在首位，马上雇用了两名平面设计师：他们留着标志性的发型，在一个创意人员云集的社交媒体上拥有一大票粉丝。这些粉丝总是为字体大小和全屏背景图片之类的东西兴奋不已。通常，很难说明设计师一天到晚到底在干什么，但是他们设计的图表既美观又友好，软件看起来特别舒服、值得信赖、无懈可击。好的界面设计就像魔法或者宗教：让大众放下戒心。

我对颠覆广告技术领域现存的公司没有任何顾虑，我没有继承对大企业的怀旧感或偏爱。我喜欢处于劣势、不被看好的一方。我喜欢为两个比我年轻的孩子工作，他们从大学辍学，正在颠覆成功的剧本。从这个意义上说，看到两个20多岁的年轻人对抗中年的行业领袖，真是激动人心。看起来他们能赢。

我是第20名员工，也是第4名女性。我来之前，解决方案团队——包括经理在内的5个人——自己处理客户支持申请单。为了避免每天都要加班到半夜，几个人轮流负责在工作日结束时突击处理客户支持请求。这种办法可以应付一时，但是用户基数在膨胀，他们坚持不下去了，他们还有自己的工作要做。他们重新安排了座位，给我腾出一个位置。

解决方案团队的人不像电子书创业公司的人。他们更古怪、更有趣，更难跟上他们的节奏。他们穿着澳大利亚工装靴、法兰绒衬衫和耐穿的再生纤维运动马甲，下午晚些时候喝能量饮料，每天早晨补充维生素D，以保持专注和警觉。他们嚼瑞典烟草粉末，在牙龈后面把它们溶成小球。超大号的耳机里流出深度浩室（deep house）[①]和电子舞曲（EDM）音乐。团队聚会时，他们喝威士忌，纯的；第二天早晨总是想用一种掺电解质的粘稠液体来冲走宿醉——这东西本来是用来治疗小儿腹泻的。他们上过一流

[①] 一种电子音乐类型。

的私立大学，精通媒介研究和文学理论的专业术语。他们让我想起旧金山的朋友们，但是他们适应能力更强，更能把握机会，也更快乐。

解决方案经理安排了一个同事诺亚给我做入职培训。他26岁，一头卷发，前臂上有梵文文身，衣柜里挂满了工装夹克和柔软的抓绒卫衣。诺亚是个热情、健谈、活泼、英俊的人。他给我的印象是那种会邀请女性来家里畅饮美酒、看艺术书籍、听布莱恩·伊诺的歌，而且真的整晚只做这些事的人。我曾经跟这样的人一起上过大学：舒服地坐在地板上，背靠着床，自认为是女权主义者，从不主动出击。我马上就能想象出他做炒面筋、提议去雨中远足的样子。他会在紧急情况下出现，告诉别人应该怎样做。诺亚说起话来斩钉截铁，使用精神分析的语言，对人对事都表述得清楚明确。我有一种不安的感觉，觉得他能说服我去做任何事，比如骑车穿越美国或者加入邪教组织。

前几个星期，诺亚和我辗转于办公室的各个角落，端着满满一碗混合坚果，推着一块带轱辘的白板——他在白板上耐心地画图讲解如何通过cookie进行追踪、数据如何传送到服务器端、如何发送HTTP请求、如何避免竞态条件。他很有耐心、很会鼓励人。当我们处理一系列假设的客户问题，以及应对各种软件崩溃——实际上，更多的是用户崩溃——的情况时，我们保持直接的目光交流。

产品的技术含量很高，不过公司只强调它的可用性。要想对我们的客户有哪怕一点点帮助，我需要吸收的信息量都大得惊人。看起来，我根本无法征服这条学习曲线。诺亚给我布置了家庭作业，用鼓舞士气的演讲安慰我。他告诉我不用担心。下午茶时间，同事们给我倒啤酒，他们很有信心，向我保证我最终也会成长起来的。我完全信任他们。

我很快乐，我在学习。在我职业生涯中第一次，我不用给任何人倒咖啡。相反，我在解决问题。我的工作包括调查陌生人的代码库，告诉他们在集成我们的产品时哪里出了问题，以及如何解决问题。当我第一次看懂一段代码、理解它是怎么一回事时，我觉得自己简直是个天才。

我很快就理解了对大数据的迷信。数据集令人着迷：人类行为的数据流、我自己都不知道的问题的答案——每分每秒都在增加。我们的服务器和公司的银行账户吸收了这股势不可当的浪潮。

我们的根基是参与度：说明用户与产品互动方式的行为。这不同于长期运行的行业标准，业内通常将页面浏览量和网站停留时间等指标放在首位，CEO 说这些指标都是胡扯。他说，参与度在用户和公司之间建立了一个反馈循环。用户行为可以决定产品经理的决策。产品经理的洞察力将反映在应用程序或网站上，指导或预测随后的用户行为。

这款软件非常灵活，能够轻松地嵌入健身手环、移动支付、照片编辑和打车软件。它能够被整合进线上旗舰店、数字化购物中心、银行、社交网络、流媒体和游戏网站。它为那些供人们预订机票、酒店、餐馆或婚礼场地的平台，以及供人们买房、找清洁工、叫外卖或安排约会的平台收集数据。工程师、数据科学家和产品经理将我们的代码片段注入他们自己的代码库，指定他们想要追踪的行为，并立刻开始收集数据。应用程序或网站用户的一切行为——点击按钮、拍照、付款、退出、输入文本——都可以被实时记录、存储、聚合，并用那些美观的图表进行分析。每次跟我的朋友解释这回事，我的话听起来都像是在做广告。

根据元数据，用户行为可以被钻研到骨子里，达到难以想象的颗粒度。数据可以根据应用程序收集到的任意信息进行细分，包括年龄、性别、政治背景、头发颜色、饮食禁忌、体重、收入来源、喜欢的电影、教育、癖好，加上一些基于IP的默认值，比如国家、城市、手机运营商、设备类型和唯一识别码。如果博伊西的女性主要在上午9点到11点之间使用某款健身应用——一个月只有一次，主要是在星期天，平均每次29分钟——软件就会知道。如果一个练过瑜伽或是修理过体毛的交友网站用户正在给某个在步行范围之内的人发消息，那么这一切都会被软件获悉；甚至该用户在性事方面通常循规蹈矩，但是在新奥尔良逗留期间想找人玩3P，软件也会知道。用户需要做的就是运行一份表单——他们需要做的就是提要求。

我们还提供一款附加产品，一些用户会为这款个人分析工具额外付费。这款工具在给定的客户平台上存储用户的个人档案，包括个性化的、可搜索的活动流，以及任意标识的元数据。这款工具的目标是基于用户行为提供延伸服务，以及提升参与度。电商可以搜索自己的数据库，看看究竟是哪些人把剃须刀和刮脸油加入购物车但是从未结算，给他们发送电子邮件，提供奖励、折扣，或者提醒他们该刮胡子了。一款送餐应用发现某位用户连续六晚订购一种原始的电视餐之后，可以在程序内弹出一个窗口，建议她尝试一些碳水化合物。一款健身应用可以识别出某位用户在立卧撑跳区域停止了活动，自动推送一条通知，询问他是否还活着。

这款工具可以免费使用到一定的阈值，超过以后按照数据量计费。如果我们的客户公司获得了更多用户，它们的数据量就会增加，它们的月度账单也会相应增长。这意味着这款工具天生就会赚钱，因为每家公司都渴望增长。潜在的假设是：如果我们的客户公司拥有了更多的用户，它们也会带来更多的钱。收入和使用是联系在一起的。

这已经很慷慨了。许多创业公司一开始没有收入模式，而是为了市场渗透不断优化。在这些案例中，风险资本代替了利润：公司获得更多的用户，却没有带来更多的钱，好像公司只是我们和投资人的银行账户之间的中介。我们的支付结构直接、简单、经济。如果逻辑——或者基础经济学——在风险投资支持的生态系统中还能起作用，这也是符合逻辑的。

为了有效地完成我的工作，我必须看到客户的代码和图表。每个面向客户的角色都是如此：如果问题不摆在我们面前，就几乎不可能解决。对于数据分析创业公司来说，要做到这一点，最简单的办法就是授权解决方案团队的所有人访问所有客户的数据库:相当于我们能够以任意给定用户的账户登录,用他们的眼睛看到我们的工具、体验我们的产品。

我们称之为上帝模式。我们看到的不是我们客户的支付、联络和组织信息——尽管如果需要,我们也能看到这些——而是我们的客户从它们的用户那里收集到的实际数据集。这为观察科技行业提供了一个得天独厚的有利视角,不过我们尽量不去谈论它。"我们不只要把牛仔裤卖给矿工,"诺亚说,"我们还要给每个人洗衣服。"

上帝模式是一种商业教育。参与度指标可以贯穿一家创业公司的整个生命周期。传说会成为"火箭飞船"的创业公司一飞冲天。手机游戏的热潮在几个星期内昙花一现。淘汰的过程几乎总是会被风险资本的缓冲打断,但是我们可以看到事情发展的方向。

我们都知道,早晚会有内部权限设置来限制我们能够看到客户的哪些数据集。我们也知道,至少在目前,这不是我们工程师团队的首要任务。在整个行业,这种级别的员工访问是正常的;在工程师主导的小型创业公司更是如此。我听说,打车软件公司的员工可以搜索客户的乘车记录,追踪名人和政治家的出行模式。甚至人人喊打的社交网络也有自己版本的上帝模式:早期员工被允许访问用户的私人信息和密码。许可实际上是一条必经之路,这是增长所要求的让步。

而且,早期员工像家人一样得到信任。公司假定我们只会在必要时查看客户的数据集,而且只有在客户自己提出要求时才会这样做;在任何情况下,我们都不会在交友软件及购物服务、健身追踪和旅游网站的数据库中查询我们的爱人、家人和同事的个人资料。我们不会出于社会学方面的好奇心,浏览邻里守望平台的数据集,或者查询都有哪些人订阅了帮助男基督教徒戒除手淫习惯的网络课程。

公司假定我们不会查询过去的雇主:看看没有了我们,他们过得怎么样。假定我们不会讨论客户的公关宣传与它们的数据告诉我们的故事之间显而易见的矛盾:如果读到科技博客对那些我们怀疑要失败的公司连篇累牍、夸大其词的报道,我们只会笑笑关闭页面。假定有一家上市公司使用我们的软件——如果顺利的话,可以通过公司的数据集跟踪上市公司的整体健康状况,或者建立预测模型,判断什么时候其市值会上升或下降——我们不会去买入或卖出它的股票。

我们这个全是二十几岁年轻人的小公司是靠诚信运行的。如果诚信靠不住,那么所有的员工行为都有详细的审计日志:创始人在我们的后台布署了我们的产品,能够追踪我们查看了哪些用户数据、运行了哪些具体表单。但是,没有人使用"内部交易"这个词。没有人与媒体接触。没有关于泄密的政策规定,我们不需要——正如 CEO 喜欢提醒我们的那样,我们都是为了事业。

5

在吸引雄心勃勃的科技公司方面，旧金山不占优势。长久以来，这里一直是嬉皮士和同性恋者、艺术家和活动家、火人①和皮革男、边缘人和怪人的避风港。这里还有历史上最腐败的政府。这里的房地产市场建立在种族主义的城市改造政策的基础之上，房地产的价值得益于歧视性的分区政策、20世纪中叶的收容所和贷款歧视。旧金山是自由人、怪人和边缘人的圣地，但是这些故事，还有整整一代人被艾滋病过早地夺去生命的现实，损害了它的声誉。这座城市沉浸在昔日神话的怀旧感之中，沉浸在田园牧歌般的往日幻觉之中，没有捕捉到科技行业新兴的"黑暗三联征"②特质：资本，权力，以及一种平淡乏味、矫枉过正的异性恋男子气概。

对于年轻而富有的未来主义者来说，这是一个奇怪的地方。由于缺乏活跃的文化机构，科技行业的娱乐中心只能是健身：人

---

① 火人节是美国的一个反传统狂欢节，其基本宗旨是提倡社区观念、包容、创造性、时尚以及反消费主义，参与者称为"火人"。
② 心理学名词，指三种人格特质各自独立又相互交织的特质群。构成"黑暗三联征"的人格特质是：马基雅维利主义、自恋和精神病态。

们在跑步和健走中追求精神升华，在马林县露营，在塔霍湖租小木屋。他们上班时穿得像是要去高山探险：高性能羽绒服和抗恶劣天气的冲锋衣、带装饰钩环的背包。他们看上去像是准备好去采集火种或者搭建披屋，而不是在遮风避雨的开放式办公室里打销售电话，或者处理用户请求。他们看起来就像在玩真人角色扮演游戏，扮演周末时的自我。

这些居民追求和培育的是一种新的生活方式。他们入住新家的方式是给它打分。众包点评应用程序让一切皆可打分：点心、操场、徒步旅行线路。未来主义者们外出就餐，证明食物尝起来确实跟其他评论说的一样；他们喜欢晒照片，对着摆盘的开胃菜和精致的餐厅内景拍个不停。他们追求真实，却没有意识到此时此刻这座城市最真实的东西就是他们自己。

这座城市消极抵抗、进步和宽容的政策很容易激怒外来者，但是科技行业也不能代表所有人。每三个月，就有一个新来的工程师或者踌躇满志的企业家在没有收入模式的博客平台上发表长文。他会痛斥穷人依赖房租管制①、推高了公寓价格，或者指责高速公路旁的棚户区有碍观瞻。他会建议让无家可归者充当WiFi热点来赚钱。他会抱怨本地球队的实力太弱、骑自行车的人太多、雾太大。一个23岁的众筹平台创始人形容这里的天气：像一个总是处在经期综合征期间的女人一样。从天气联想到厌女症——真是个充满创意的比喻。但是，数字大使们似乎也不喜欢

---

① 1946年，旧金山开始实施房租管制，限制房东对房客收取的房租数额。

真实的女性，他们抱怨旧金山的女性都是半吊子，而且她们的人数也太少了。

像大多数历史悠久、实力雄厚的大型硬件公司一样，互联网新贵们也盘踞在 50 英里以南的郊区半岛上。他们的园区里有糖果店、攀岩馆、自行车修理店和私人诊所，有自助餐厅和美发沙龙、营养师和日托中心。他们完全用不着离开。园区可以通过公共交通到达，但是公共交通不提供 WiFi。每个工作日，私人班车都会在附近的居民区穿行，在公交车站停靠载客。

通勤者的腰带、外套上都挂着公司的工牌，就像大型购物中心里努力不要迷路的小孩子一样。他们背着背包，拿着可重复使用的咖啡杯，排着队等班车；一些人肩上背着脏衣袋。他们看起来疲惫、顺从、羞怯。他们大多数时候都在看手机。

外来的创业公司员工对交通基础设施怨声载道。一到午夜，这套效率低下的老掉牙的系统就几乎完全关闭了——倒不是说所有拿着中等水平薪资的科技公司员工都乘公交车。一大批交通应用程序应运而生，取代了旧金山破旧的地面电车和不可靠的出租车。其中规模最大的是一家打车软件公司，为了占领市场主导地位，这家公司决心不惜一切代价，包括盈利能力。

打车软件公司的主要竞争对手有着几乎相同的商业模式和更可爱的品牌名称。这家可爱的竞争对手旗下的司机都是使用自己私人汽车的合同工，公司要求司机把人造毛皮做的大号红胡子挂在前格栅上，并且用碰拳的动作来欢迎乘客。不可思议的是，这招居然管用。公司了解它的受众：旧金山人就是喜欢老一套，他们家门口的商店中每两家就有一家的名字里有双关语。

我对城市应该是什么样子的期望全部落了空。酒吧和咖啡馆开门晚、关门早；交通似乎每况愈下。这座城市里，各种不可能的组合比比皆是：一家按意愿付费的瑜伽教室与一家加密通信平台的总部共用一间老旧的无电梯公寓，一家散装烟酒店的楼上是无政府主义黑客的家。昔日富丽堂皇的古老办公大楼如今斑驳破败，正畸医生和珍本书经销商在这里办公；旁边是只有四个人的公司，正在致力于将人力资源游戏化，或者将冥想商品化。在多洛雷斯公园，数据科学家跟呼啦圈能手和亢奋的青少年一起吸食大麻。独立影院在播放 20 世纪 70 年代的邪典电影之前，为网络设备和 B2B 软件打广告。甚至从干洗店的货架上都能看到一个转型中的城市：上浆的警察制服和霓虹色的人工皮草，套着塑料罩子，挂在定制西装和可机洗的套头衫旁边。

无家可归者的营地在豪华住宅区的阴影里滋生。有人在火车站睡觉、便溺、喝酒，躺在时尚快消品和生产力应用程序的广告牌下方；一拨又一拨的通勤者匆匆走过，刻意不去看他们。一天早上，我被街区拐角处的哭喊求饶声惊醒：一个女人拖着一条腿，大喊着"杀人了"，身上只穿了一件破 T 恤，上面印着一家电子消费品跨国公司的 logo。

对我来说，这种浓缩的众生之苦是一件新鲜事，而且令人不安。我从来没有亲眼看见过这种景象：露骨的苦难与富足的理想并存不悖。这种差异是众所周知的，但我还是低估了它。作为一个纽约人，我本来以为自己已经见怪不怪了。我还是太愚蠢、太幼稚了。这让我的内疚挥之不去。

我搬进了卡斯特罗街的一间公寓,室友有一男一女,两人都不到 30 岁,租约是他们从前任室友那里接过来的。他们也是科技公司的员工。女的是人人喊打的社交网络公司的中层产品经理,男的是一家苦苦挣扎的太阳能创业公司的数据科学家。他们都是长跑和骑行爱好者。他们都没有婴儿肥。他们的公寓里也没有艺术品。冰箱上有许多新奇的冰箱贴,排列成完美的网格状。

公寓很大,是一套有两间起居室的复式公寓,可以看到海湾。两位室友都说他们想独立生活,但是无法回避房租管制。我们几个人的收入轻松超过 40 万美元,还不包括产品经理的股份。我们不是房租管制政策的目标人群,但我们还是受到了管制。我在转租合同上签了字,拿了钥匙,我的新室友祝贺我交了好运。

我跟产品经理相处得更融洽,尽管我们属于不同的领域:我在创业公司的世界,那是一片永远年轻的土地;而她跟其他成年人一样,在一家大公司任职,为自己的位置闪转腾挪。她学过小提琴,收集皮面的古董书,像一个契诃夫笔下的人物。相形之下,我觉得自己非常没文化:我只有一大堆彩色的当代平装书,喜欢夸张过头的独立摇滚。她似乎觉得我很有趣,也许还有点可怜。我羡慕她,但是并不理解她。大多数时候,我们聊的都是健身。

我转租来的卧室里有一张充气床垫和一个消防安全出口。我把创业公司储物柜里的箱子一个个地搬回来。我把书摞在地板上，把露营毯铺在床上，把我的衬衣和裹身裙挂在衣橱里。我的衣服看起来像是别人的，或许它们本来就是。几个星期以后，我把它们叠好，寄给了纽约的一位出版业的朋友——她还在为了办公室里的其他女人精心打扮自己。

安全出口提供了通往屋顶的私人通道，我时不时地爬上去看风景。我会眺望粉彩画般的维多利亚式建筑、沙沙作响的玉兰树、山间弥漫的雾气，以及掠过海湾的集装箱货船。偶尔，我心中会涌起一股对旧金山的眷恋之情、一种类似希望的悸动（不管多么微弱）、一种这里终究会成为我的家的感觉。

产品经理30岁生日时，我们在公寓举办了一场红酒奶酪派对；或者说，她举办了一场派对，我和数据科学家受到了邀请。

她的朋友们很快就到了，穿着晚礼服。房子里流淌着古典音乐，摆放着价值好几百美元的奶酪。产品经理穿了一条令人惊艳的黑色长裙。一个男人打开一瓶香槟，向我们保证这是真正的法国货。软木塞一弹开，人们纷纷鼓掌。

我觉得自己像个闯进父母派对的小孩子。我溜回房间，锁上门，把我的工作服——宽松毛衣、高腰牛仔裤——换成一条裹身裙。裙子非常紧——混合坚果让我长了5磅、8磅，或者10磅。回到起居室，我努力吸着肚子，蹭到人们背后，试图加入谈话。沙发上，两个穿西装外套的男人在大谈印度大麻的商机。每个人都显得怡然自得，没有人跟我说话。他们把酒杯倾斜到正确的角度，优雅地掸去手掌上的面包屑。我听到最多的一个词是"收入"——或许是"战略"。

我意识到,这是一个新兴的亿万富翁阶层。他们并不都是富豪,至少现在还不是,但是他们正在正确的轨道上行进。我的同事们也有野心,但是他们的风格不一样,他们当中不会有人穿着量身定做的西装去参加家庭聚会被逮个正着。

我跟一群人上了屋顶。远处,卡斯特罗街著名的彩虹旗在翻飞。一阵思乡之情袭来,我忽然意识到我离母亲有3 000英里之遥。

"我们想在奥克兰买房子。"一个人说。

"太危险了!"另一个人说,"我妻子永远不会去的。"

"当然不会。"第一个人答道,心不在焉地摇晃着酒杯,"但买房子又不是为了过去住的。"

最后一位客人离开时,我已经穿着打底裤和运动衫喝得半醉,正在打扫房间:用铲子舀起奶酪皮,清洗玻璃杯,用湿手偷偷顺走巧克力蛋糕。我的室友过来道晚安,她美极了:醉得恰到好处,因为接受了满满的祝福而容光焕发。她跟男朋友回到她的房间。从楼下的客厅里,我能听见他们安静地脱掉衣服,放松地倒在床上,然后翻身睡着了。

大多数晚上,我工作到很晚。天黑以后,办公室附近就没人了。街角的一家廉价百货商店灯火通明。穿着破洞裤子的男人在火车站前踯躅,冲着空气大喊大叫。

我下载了每个人都说我会需要的打车软件,但是拒绝使用。

我觉得其中隐含的前提条件令人毛骨悚然：我从来没想过上陌生人的车，我讨厌搭便车，并且一生都被告知永远不要这样做。在我看来，乘坐由其他成年人驾驶的属于他们自己的汽车不是一种奢侈，这跟拼车类似，只不过拼车是为了社会公益和保护环境。付费给一家私人公司，通过让更多的汽车上路强行推广拼车，似乎是一种讽刺和倒退。

但是，公交车动不动就晚点或者抛锚，回卡斯特罗街的轻轨40分钟才有一班。相比之下，汽车才是回家之路。我发现自己每晚都要钻进陌生人的轿车，逆来顺受地伸出拳头碰一下，坐在后排，心不在焉地跟司机聊天，手里攥着我的钥匙，交叉手指祈求好运。

6

作为入职流程的一部分,运营经理安排我与全公司的同事共进午餐。我和一个坐在我对面的客户经理一起出去。他给客户打电话时经常对着空气练习高尔夫球的挥杆动作。他把"教会区"简称为"教区"。但是,我很喜欢他。跟他谈话很愉快——他就是靠跟别人愉快地谈话谋生的。

客户经理和我买了大号三明治,在两座旅馆之间的广场上坐了下来。我们望着穿着随意的游客。我问他是怎么加入数据分析创业公司的——毕竟,他是学历史的,一个我不会跟推销联系起来的专业。他说:"哦,我听说一群二十几岁的年轻人正在挤爆硅谷。这种事情多久才会发生一次?"

还蛮经常的,我想。广场上到处都是和我们一样的人:年轻的白人,疲惫不堪,靠咖啡因和简单的碳水化合物度日。就在那个月,人人喊打的社交网络公司以 10 亿美元的价格收购了一家只有 13 个人的创业公司,其产品是一款照片分享应用。"这是一条一夜暴富之路。"客户经理说,"我们开发了一款超前五年,不,超前十年的工具。以前没有人见过这样的东西。实际上,这款产品是自己销售自己的。"

我还没有意识到，我们的数据分析创业公司是多么的稀有。95%的创业公司倒闭了，而我们不仅奇迹般地活了下来，而且正在展翅高飞。这是每个长途跋涉到湾区来的人都想要的，但是不一定会实现。电子书创业公司的CEO是对的：数据分析创业公司是"火箭飞船"。除了规模和寿命，这家公司已经赢得了好口碑和合法性，这是成为"独角兽"的标志。我们正朝着10亿美元估值迈进。我们的收入每个月都在飙升，我们正在节节胜利，我们会发财的。

"这家公司的价值将是天文数字。"客户经理吃了一口土豆沙拉，接着说，"我们无坚不摧，而且是朝着正确的方向。我们的前途一片光明。我们正在坚定不移地迈向成功。我们要尽一切努力让它变成现实。我们需要做的就是把全部心力倾注在这头不可阻挡的巨兽身上。"他喝干了他的冰咖啡。"坦率地说，"他说，"我觉得这是一笔好买卖。"

我又被安排和CTO共进午餐。我们从来没有说过话；他已经两次取消了预约。我的同事们说，CTO聪明过人，也很难相处。他是自学成才的，连高中都没毕业，但是他能够独立设计复杂的数据库架构，而在其他地方，这需要一支经验丰富的计算机科学家团队才能完成。我不知道这是不是一种夸张，但是这不重要：他是唯一能让创始人言听计从的员工。这不仅仅是流行的程序员至上主义的表现。他是唯一真正理解核心技术的人。没有他，公司就无法生存。

CTO三十出头,满脸胡茬,有一双漂亮的大眼睛。他身上总是有薄荷脑的气味。其他工程师在海港区买房,或者租住在多洛雷斯公园沿线的维多利亚式公寓;他却住在田德隆区,这是一个高犯罪率社区,到处都是廉价的单间公寓和露天毒品交易市场。"他是故意这么做的。"诺亚有一次说,钦佩地扬起眉毛。每天下午,CTO戴着耳机晃进办公室,手里拿着一杯咖啡,故意避免目光接触。他几乎总是穿着一件印有公司logo的T恤和一件没牌子的深蓝色连帽衫。

我们在金融区的一家仿法式咖啡馆点了沙拉,坐在室外一张摇摇晃晃的桌子旁,看着正午时分的人流。男人们提着公文包,女人们穿着直筒连衣裙。在人畜无害的服装和假鳄鱼皮鞋的包裹下,他们看上去比我们老得多。他们就像是从另一个时代走出来的,比如20世纪90年代。我想知道他们是怎么看待我们的:两个娃娃脸的邋遢鬼,穿着T恤和运动鞋,像拿着偷来的信用卡买烤鸡吃的坏孩子。我把我的背包推到桌子底下,不让人看见。

我的同事们曾警告我,CTO是个神秘兮兮、沉默寡言的人,但是几分钟以后,我怀疑他们是不是从来没有问过他任何问题。我惊讶地发现,他有一种腹黑的幽默感。我们的共同点比我想象的要多:阅读强迫症;失眠。睡不着的夜晚,我通常是盯着天花板,担心心爱的人可能死去,他却在做编程方面的副业。有时候,他会玩一款长途卡车模拟游戏,来打发午夜到中午之间的时光。他说,这款游戏令人平静。他玩无线电,通过一个民用数字波段与其他玩家交流。我能想象他在黑暗中对着无线电窃窃私语的样子。

一想到凌晨3点钟他醒着在数字高速公路上飞驰,操纵着数字出租车的控制杆穿梭在陌生人之间,我就想知道如果他在布鲁克林会是什么样子。在布鲁克林,周围的人都会鼓励他对代码之外的东西感兴趣。我仍然怀着一种优越感相信,艺术可以治愈一切。任何人都会向往音乐和文学。在某种意义上,这些追求比软件更真实、更有意义。我没有想过他可能喜欢他的生活、可能希望他的生活跟我的截然不同。

回办公室的路上,我给他讲了我在纽约的朋友,说他们不理解在科技行业工作的吸引力。在电梯里,我们开玩笑说要做一款可能让他们感兴趣的应用程序,根据给定书籍的风格、时代和主题,通过算法推荐与文学作品最相配的鸡尾酒配方。我回到办公桌旁,再也没有想起这件事。直到第二天下午,CTO在公司聊天室给我发消息说,他已经把这款应用程序做出来了。

公司每个月举办一次"好奇数据"沙龙,这是我们的快乐时光。沙龙提供饮料和小吃,从我们的客户名单里选出产品经理和工程师来发表演讲,介绍如何将数据分析用于A/B测试、增长黑客[①]或监控用户流量。我喜欢参加出版业的派对,但是无论在纽约还是旧金山,我还没有参加过科技行业的社交活动。在出版业的派对上,饶舌的编辑助理很快就会把职业社交变成传闲话和

[①] 一种用户增长方式,通过某些手段和策略帮助公司实现用户数量的快速增长。

发牢骚，一边吃着不新鲜的椒盐卷饼和从杂货店买来的节日小甜饼，一边喝下过量的廉价红酒——这总是让这些夜晚涌动着性欲的暗流。第一次享受大数据"快乐时光"那天，我很好奇：谁会自愿把晚上的时间花在别人的办公室里，听一场关于移动数据分析的赞助演讲？

晚会上挤满了人。几乎所有的参加者都是年轻人，穿着创业公司两件套：品牌连帽衫，拉开拉链，露出印着同样 logo 的 T 恤。我没资格说别人——我们都穿着自己品牌的 T 恤，大部分是从储物柜里抽出来的，折痕还清晰可见。负责餐饮的小团队在厨房里忙碌着，摆出一盘盘奶酪，把啤酒和瓶装本地白葡萄酒倒进酒池。解决方案经理是摩门教徒，六瓶装根汁汽水[①]是专门为他准备的。我发现根汁汽水非常好喝。

人们三五成群，像迎新周的大学新生一样。他们站在我们铺着台布的餐桌旁，往可降解餐盘里堆满熟食和水果、蔬菜沙拉和开胃菜：羊肉汉堡包、叉烧包、鲜虾春卷。这里没有性欲的暗流涌动，根本就没有性欲；一切都直来直去。参加者很清楚他们想要什么：他们想要他们的公司成长。他们兴奋地谈论他们的创业公司，所有的闲聊都是一场演讲的前奏。惭愧地说，我也是这样：我为自己的工作感到自豪，而且我们迫切需要招聘员工。

我们的团队凑在办公室的一个角落里，桌子上的标志牌写着"解决方案区"。站在这个地方，我就感到充满力量。因为我们的

---

① 一种含二氧化碳和糖的无酒精饮料。

劳动成果是无形的，所以与客户面对面是件新鲜事，被认可的感觉也很棒。他们走过来，报上公司的名字，让我们帮忙运作表单。我们没有找他们要工作证或者任何证明。他们当中没有人质疑：为什么我们能够如此轻易地进入他们的数据集？他们的公司也有客户支持团队。

那天晚上的演讲是最精彩的——两位风险投资人的炉边谈话。没有真正的炉火，但是两个人针锋相对，已经汗流浃背了。即使在后排，也能感觉到那种白热化的气氛。我从来没有见过一个房间里有这么少的女人、这么多的钱，还有这么多人迫不及待地想要置身其中。就像是看着两台 ATM 机在对话。"我想要关于谈论大数据的男人的大数据。"我对一个工程师耳语道，他没有理我。

晚会结束后，我们结伴去了街角的一家酒吧。酒吧位于地下，故意装修成禁酒令时期非法经营的酒吧的样子，挂着厚重的天鹅绒窗帘，有爵士乐队现场演奏，以及自称酒保的调酒师。这家仿冒的地下酒吧以报纸为主题，坐落在一个满是无纸化办公室的社区边缘。仿佛在红茶中浸泡过的报纸糊满了墙壁。打字机被当作装饰品散落在各处。

我的同事们看起来筋疲力尽，而又志得意满、光彩照人。他们拍照，相互推推搡搡，试图引起 CEO 的注意。我发现自己暂时跟他坐在一张双人沙发上，喝着一杯装饰着柠檬片的烈酒。"我希望你最终能领导客户支持团队。" CEO 靠近我说，"我们需要更多的女性承担领导角色。"他的关注让我感觉暖洋洋的。我喝完杯子里的酒,让冰块融化,然后把冰水也喝了。我不想提醒他,如果他想要更多的女性承担领导角色,或许我们应该从雇用更多的女性员工开始。我不想指出:即使我们雇用了更多的女性员工,我们的办公室文化中也有某些元素可能让女性感觉不舒服。相反,我告诉他,他需要什么我就做什么。

后来,我跟在两个穿高跟鞋和小礼服裙的女人后面,排队上洗手间。她们看起来跟我年龄相仿,不过更加光鲜亮丽。她们像我在出版业时想要成为却最终没有成为的那种女人:自信、优雅、精致。她们可能度过了一个不一样的夜晚。我们三个人靠在花砖墙上刷着手机。我的收件箱里塞满了客户发来的电子邮件。我努力不低头去看自己没有塞进裤子里的衬衣和网球鞋;我腰间的赘肉从牛仔裤的裤腰里露出来,胸前的工牌上写着"解决方案"。我努力不去想象自己处在她们的位置上会是什么样子。

回到酒吧,感谢昏暗的灯光,我意识到:我们这伙人里,没有人在离开办公室时费心去换衣服。像一群野外考察的露营者一样,我们全都穿着公司的 T 恤。我们胸前的文字向世界宣告:"我是数据驱动的。"

7

每星期二，正午时分，100多个同步警报器的警报声响彻旧金山，这是城市应急预警系统的测试。在数据分析创业公司，警报声也意味着我们每周的全体例会时间到了。我们当中最顺从的人会坐在办公室中央的两张沙发上，其余的人则把他们的办公椅拖过来，围着CEO坐成一个半圆形，像幼儿园小朋友一样。

每次会议开始时，运营经理会给大家分发装有全公司最新业绩指标的文件袋，这些业绩指标包括销售数字、新注册用户、完成交易情况。我们全都有权了解高层细节。从求职者的姓名和进展情况到预期收入，都对我们公开。这让我们对业务有全景式的了解。个人的贡献是显而易见的：能够看到和衡量我们的作用，感觉好极了。会议结束时，文件袋被收回、清点，然后迅速扔进碎纸机。

CEO永远是会议最重要的部分，他会向我们汇报公司的财务健康状况、我们的产品路线图，以及他的总体规划。正如整个生态系统中的流行趋势一样，我们拥抱透明度。真正重要的决定仍然是在"五角大楼"，或者我们大多数人都不知道其存在的幕后聊天室做出的。但是，被当成自己人还是让我们感觉好极了。

我们表现不错——我们一直表现不错。在一种盈利能力值得吹嘘的文化中，我们有很多自鸣得意的理由。我们的收入图表像卡通片里一样漂亮。工程师们建立了一个跟踪收入的内部网站，我们可以实时看到钱的流入。信息一目了然，令人陶醉：社会认可我们的贡献，进而认可我们。

IPO（首次公开募股）似乎不仅势在必行，而且迫在眉睫。尽管如此，骄傲自满仍然是成功的创业公司的大敌。为了克服这种情绪，CEO 喜欢灌输恐惧。他的外表并不吓人——他的头发用发胶弄成尖刺状，身材瘦长，可能是因为怕冷，在室内总是穿着一件绿色的夹克——但是他能把我们吓个半死。他用军事术语讲话。"我们处于战争状态。"他站在我们面前说，双臂交叉，下巴绷得紧紧的。放眼世界，叙利亚、伊拉克和以色列战火肆虐。而我们在为了市场份额跟竞争对手开战。我们会低头看看手里的康普茶或橙汁瓶子，严肃地点点头。

虽然 CEO 不怎么喜欢说漂亮话，但是他的影响深入人心，不仅是因为他是房间里权力最大的人（当然，他一直是房间里权力最大的人）。我们把他当成圣人。他碰过的每件东西都会变成金子。当他表扬我们当中有谁干得不错时——这种情况很少发生——我们会由衷地感到满足。我们极其渴望讨好他；我们从来没有停止前进。我们都是为了事业。

"为了事业"（Down for the Cause，DFTC）：这个口号出现在我们的招聘广告和内部沟通中。它意味着把公司放在第一位，是最高形式的褒奖。让 CEO 亲口说出"DFTC"表示感谢是我们追求的圣杯——更棒的是让他在公司聊天室里这样说。这种情况时有发生：如果我们当中有人在工作职责之外做了什么特别有用的事；如果 CEO 心情不错；如果我们运气好。

同志情谊很容易就建立起来了。办公室很大，如果我们想，可以保持一定的距离，但是我们紧密地凑在一起。我们都知道谁宿醉未消。我们都知道谁因为压力诱发了肠胃不适。我们遵守被戏称为"屁股不离开椅子"的度量标准：我们的在场就是证明。懈怠是不可能的。如果有人不在，一定是出了什么事。研究显示生产率和延长工作时间之间几乎没有相关性，但是科技行业自有其例外主义——这些数据不适用于我们。

而且，我们很快乐。我们没有大公司的繁文缛节：总有机会直接进入管理层，就像跳级，像一下子跳了三级。我们想穿什么就穿什么。我们的怪癖都能被原谅。只要我们有生产力，我们就能做自己。

工作已经侵入了我们的生活。我们就是公司，公司就是我们。小小的失败反映了我们个人的不足，巨大的成功同样反映了我们个人的聪明才智。我们都是不可或缺的，这种感觉让我们充满干劲、陶醉其中。每次我们在体育馆看见一个陌生人穿着印有我们 logo 的 T 恤，每次社交媒体或者客户博客上有人提到我们，每次我们收到积极的反馈，我们都会在公司聊天室分享，并且感到自豪——由衷地自豪。

我开始穿法兰绒衬衫。我买了澳大利亚工装靴，穿着靴子骑车上班，骑得汗流浃背。我把维生素 B 加入我的养生计划，感到更清醒、更快乐。我开始沉迷电子舞曲（这是火人节的遗产，像入神舞、LED 装饰雕塑和迷幻紧身裤一样，在湾区从未过时）。

工作时听电子舞曲让我有一种自以为是的错觉，但是它能让我保持节奏。这是我那一代人的风格：电子游戏和电脑特效的音乐、24 小时昼夜不停的音乐、被骄傲地大卖特卖的音乐。这是颓废的、低成本的音乐，历史的音乐，或者全球化的音乐；或许是虚无主义的音乐，但是很有趣。它让我感觉就像吸了可卡因，不过，只有快乐的一面。它让我感觉自己正在朝着什么地方勇往直前。

这就是怀着纯粹的自信穿越世界的感觉吗？我用手指按着太阳穴，心想：这就是身为男人的感觉吗？电子舞曲中 drop[①] 带来的纯粹的狂喜，让我感觉周围的一切都像是跑鞋或者豪车广告的一部分，虽然我无法想象开车去听这种音乐，甚至无法想象在网上购买它。我无法想象为我的父母演奏它。我可以靠着我的立式办公桌，一边敲打着电子邮件一边舞动身体，向团队的其他人点头致意。我的双脚或许可以改变世界。

我的同事们都很擅长扭扭滑板。他们踩着滑板滑过办公室，手里端着笔记本电脑，用个人手机接听客户电话，在办公桌、厨房和会议室之间穿梭。

---

① 燃点，电子音乐中的高潮段落。

掌握扭扭滑板是一种成人仪式，而我还没有学会。在几个星期的尝试之后，我从网上订购了一个小滑板：一块荧光绿色的塑料板，有四个轮子，不滑的时候看起来很酷。我周末到办公室来练习滑板，锻炼我的平衡力。它的速度太快了，快到危险的程度。大多数时候，我把它放在立式办公桌下面，一边工作一边前后摇晃。

我们的核心用户是程序员和数据科学家，由于行业的性质，他们几乎全部是男性。我很乐意跟他们谈论技术，而不必真正了解技术本身。我发现自己可以自信地谈论cookies、数据映射、服务器端和客户端之间的区别。只要加上点逻辑，我高兴地建议道。这对我来说毫无意义，但是能引起工程师们的普遍共鸣。

一周两次，我为新客户主持线上教学研讨会。我把电脑屏幕共享给一群陌生人，点击基于假想公司的数据集生成的模拟图表。别担心，我会照搬老掉牙的剧本，向他们保证这些数据是虚拟的。我邀请我的父母加入研讨会，似乎是为了证明离开他们以后，我做了一些有用的事。一天早晨，他们真的加入了。我妈妈在课后发来电子邮件，提供了她的反馈。"保持那种活泼的语调！"她写道。真让人受不了。

这款工具应该简单明了。从理论上说，它的确简单明了，市场营销经理都能使用。至少，我的同事们是这样说的。这是对现代软件的祝福。多年来，"很简单，你的妈妈都会用"是他们的口头禅。但是，这句话已经变得不合时宜，政治上也不正确了，只能在没有女性出席的会议上使用——这种场合倒是有很多。但是，我们的用户在错误地应用工具方面表现出无穷无尽的创造力。他们激活了他们自己的代码，发现我们的代码没有响应。他们检查了图表，刷新并重启浏览器。然后，他们会愤怒地发来邮件。

"我没有看到任何数据。"他们写道。他们想知道：软件出了什么问题？我们的服务器停机了吗？我们知道他们在白白付给我们钱吗？他们确信是工具出了毛病，他们确信自己没有错。这些邮件充满了焦虑。一些客户会恐慌，在社交媒体上指责和诋毁我们的公司。我内心有一个小小的角落承受他们的崩溃：我知道我能解决它。没有解决不了的问题。或许根本就没有问题，只是他们弄错了。

我的工作是向他们保证软件没有坏，提醒他们我们的软件从来没有坏过。一步一步地，我会开始调试他们的进程。有时候，这需要查看客户的源代码或数据，一旦进入他们的数据集，我就开始清理错误。这就像用大头针穿过一条纠缠不清的项链：缓慢、从容，经常需要掉头重来。我会带着平静的满足感，向客户解释究竟是哪里出了问题，然后设法为他们的错误承担责任。我向他们保证我们的产品太复杂了，尽管对他们来说，它本来不应该是复杂的。我承认我们的文档应该更清晰，即使那篇文档是我自己刚刚写的。我一遍又一遍地为他们犯的错误道歉。明白了吗？我每隔几分钟就问一次，像个温和的家庭教师一样，让他们有机会把责任推给我。

遇到疑难情况，我们会打电话。我们办公桌上没有电话，所以我会留自己的私人手机号码。在一个以文字信息为基础的行业中，通过电话交谈显得特别亲密。除非客户出言不逊，否则我喜欢这样。大多数人会明白，客户支持不是来自印第安纳中部的外包呼叫中心，而是来自我。我会把转椅推进空调超级强劲的服务器机房，喝着茶，重复我自己的话，直到我们达成共识。有时候，我会选择跟一位客户视频聊天、共享屏幕，但是这感觉太暴露、太私人了。每次开会签到时，看到我自己的脸漂浮在一个陌生人的像素脑袋上，还朝我眨眼，总是令我心烦意乱。

在线下，离开收件箱冷冰冰的入口和客户支持登记系统，客户显得更有人情味。在解决方案团队，我们经常谈到如何让我们的用户"又惊又喜"——这是一种电商推广的客户服务策略——但是有时候，情况刚好相反，是我们的用户让我感到惊讶。他们告诉我他们的职场冲突；他们谈论他们的离婚和网络交友。

一位客户让我去看他的博客，我立刻就去了。我一边通过电话指导他如何使用我们的数据输出 API，一边匆匆浏览他关于度假和力量训练的博客文章。我一边解释如何设置请求参数的格式，一边用鼠标滚过他前妻吃龙虾卷、双手叉腰站在不同的山顶，还有抱着他们死去的猫的照片。几天后，我们开始建立起规律的电子邮件往来，谈论我对纽约的向往和他在网络交友中的癖好。但是，当这种关系变得过于亲密时，我退缩了。我们从未见过面。

有些日子，帮助人们解决他们自己制造的问题，让我感觉自己成了一个软件、一个机器人。但我不是人工智能,我富于智慧、技巧和同理心,我有温暖的声音,提供指导,专心聆听,给人安慰。在这些人收到的每一封邮件顶端,我的头像——一位好朋友在布鲁克林给我拍的照片——从一绺头发后面羞怯地微笑着。

一周两次,大约晚上六七点钟,一款送餐应用的送餐员会推着装满锡制餐盒的小推车走出电梯。运营经理把餐盒摆在厨房附近的餐台上,她一剥开锡箔纸盖子,我的同事就从他们的办公桌前跳起来,争先恐后地去排队取餐。在办公室吃饭不是一种增进感情的机会,或者表示关心的姿态,而是一项商业决策——为了让员工留在办公室加班到更晚(继续磨洋工)。不过,这对我并不重要。食物很美味,而且是低卡路里的,比我自己做的任何东西都更健康,值得花别人的钱去买。我很高兴多跟团队成员吃一顿饭。我们开心地坐在餐桌旁,狼吞虎咽地吃着。

一天晚上吃晚饭时,CEO鼓励我拓展自己的疆域:学习编程,开始做我职责范围之外的工作。"让他们别无选择,只能提拔你。"他建议道。我想知道"他们"是谁——不就是他吗?他告诉我,如果我能做出一个联网的双人跳棋游戏,他就亲自把我提拔为解决方案架构师。他回到座位上以后,给我发了一份PDF版的编程手册。手册承诺,通过一个周末的课程就能让初学者精通JavaScript。

我认识的工程师都谈到过,他们第一次写出可以执行的代码时，世界是如何向他们敞开大门的。这个系统是属于他们的，计算机会听从他们的指令。一切尽在掌控。他们可以建造想象中的任何东西。他们谈到"心流"，这是一种全神贯注的愉悦状态，就像长跑者从跑步中获得的快感。我喜欢他们用这个术语，听起来像月经一样。

没有技术背景却在科技行业工作，感觉就像搬到一个语言不通的国家。我不介意试一试。编程很乏味，但是并不难。它清楚明了，我也从中发现了一些乐趣：它有点像数学，或者编辑。它有秩序，对与错之间有清晰的界线。当我在版权代理公司审核稿件时，主要是凭感觉行事，总是担心自己会毁了别人的创意作品。相反，代码是冷漠的，只管响应。和我生活中的其他一切都不一样，当我犯了错误，它立刻就会让我知道。

我花了一个周末忠实地完成编程练习，同时惦记着所有其他我更愿意做的事，比如读一本小说、给我在家的朋友们写明信片，或者骑自行车探索一个新的街区。控制机器并不令我感到兴奋。我没有获得心流。软件中没有任何我需要或渴望的东西，我不想破解或构建任何东西。我不需要把我生活的任何部分外包给一款应用程序，而且我从来不玩跳棋。我大脑中从编程中获得乐趣的部分，也能在强迫行为和完美主义中茁壮成长。再说，我也不想培育大脑中的这个部分。

后来，我向工程师们讲述了我面临的挑战，他们很惊讶：他们说，联网跳棋不是一项新手任务——CEO是让我白费力气。但是当时，没兴趣学习JavaScript就像是道德沦丧。接下来的周一，我回到办公室，告诉 CEO 我做不到。在当时的环境下，"做不到"似乎还不像"不想做"那么罪大恶极。

我入职快三个月时，解决方案经理带我到附近散步。我们漫步穿过一座小公园，这里非常适合短暂的公司午餐会或和平分手。我们经过一家脱衣舞俱乐部（开发者大会期间，这里是热门的聚会场所，我的同事们说里面的自助午餐是一流的）。路边，有人吃着 18 美元的沙拉，有人在蒸汽格栅上睡觉。

解决方案经理说他为我的快速成长感到骄傲：我已经能够解答收件箱中的大多数问题，能够独立应付糟糕的代码执行情况，为我们的客户提供出色的支持——公司认为他们做了一笔很好的投资。他说，为了表示诚意，他要给我加薪。他用慈爱的目光看着我，仿佛是他给了我生命一样。

"我们会多给你 1 万美元，"他说，"因为我们希望留住你。"

8

我放弃了房租管制。我搬出了卡斯特罗街,搬到城市北部一座摇摇欲坠的爱德华时代建筑一楼的单间公寓,就在雾线上方。我坐在搬家卡车的后座,带着床垫、两床羽绒被和六七箱行李。往迪维萨德罗走半英里,往海特街走半英里。门到门一共花了搬家工人 30 分钟——这活儿太小了,小得可怜,以至于付钱的时候他们坚持要给我打折。

房间很小,但很明亮,而且是属于我的。凸窗上有铁栏杆,但是我不在乎——重要的是有凸窗。窗外有一棵虬结扭曲的澳大利亚老茶树。浴室里有一个狭窄的淋浴间,让我感觉自己像一头达米恩·赫斯特[①]的奶牛。一扇后门通往地下室,穿过后门可以进入一个共享的花园,花园里有一棵红杉树和一棵帝王般的、奄奄一息的棕榈树。

房租是每月 1 800 美元,大约占我每月税后收入的 40%。但是,我没打算逗留超过一年:我将重塑自己的职业形象,带着一个中层管理职位和适应市场需要的技能回到纽约。而且,我以前

---

① 英国当代艺术家,其作品包括浸泡在甲醛溶液中的奶牛和小牛。

从来没有自己住过,而现在有 275 平方英尺完全属于我。我终于有了完全的隐私。门上有四道锁。

带我参观公寓的房地产经纪人要求在清晨会面。在他把钥匙交给我 48 小时后,我明白了原因。公寓是临街的,人们在街角闲逛、弹吉他、打架、用舞台剧表演般的窃窃私语向路人兜售毒品。他们蹲在茶树旁,喝酒、打架、便溺。一些人经历了糟糕的长途旅行,大声骂着脏话。街区的一家老电影院最近转型为招待数字游民的现代公社食堂,一些人懒洋洋地坐在门口,抚摸着他们的狗,向过往的行人乞讨。一位社区居民称他们为信托基金的婴儿。我们从相邻的邮箱里取信时,他翻着白眼说:"你可以从他们的牙齿看出谁做过正畸。"我不知道他指的是无家可归的千禧一代还是数字游民,我也没有问。

晚上,当我回到家,几乎就像到了另一座城市。这里几乎没有生态系统的痕迹。旧金山的小社区都钟情于老派的城市特色——卡斯特罗街可以作为一种修正主义怀旧风格的速成代表。商业步行街尽头的广场上,裸体主义者在小酒馆的桌子旁喝着咖啡,生殖器塞在运动袜里。不过,海特街可能是其中最忠实的代表。在这里,有人在街头肆无忌惮地与女性搭讪,十几岁的青少年在路边贩卖紫库什大麻。

这个社区孕育了 20 世纪 60 年代的反主流文化。近半个世纪后,人们似乎仍然不愿意放弃这种身份。世界各地的游客来到这里,就像朝圣,寻找某些可能从未存在过的东西。携家带口的游客在主要街道上闲逛,探访出售毒品的商店或古董店,在描绘已故著名音乐家的墙画前拍照。自由诊所门口的马路边躺着十几岁的青少年。街边停着的小货车的车窗被毛巾和报纸堵住了，游客们小心翼翼地绕路而行，尽量不去看它们。

日落时分，在出售扎染紧身裤和印着迷幻剂先驱的明信片的商店门口，有人蜷缩在二手帐篷里或者纸板箱上——这是比睡在公园里稍微安全一点的选择。在这条商业街闲逛的游客，可能错把旧金山的无家可归现象当成嬉皮士美学的一部分（他们也可能根本就没想过无家可归这回事）。

对我来说，不上班的周末是个挑战。有时候，我去和同事们见面。不过，大多时候我自己独处：自由自在，像个隐身人，同时感觉非常孤独。在温暖的下午，我会去金门公园，躺在草地上听舞曲音乐，想象着出去跳舞。阳光下，人们朝他们的狗狗扔网球，我羡慕他们。我看着健身发烧友此起彼伏的动作，思忖着我能不能说服身边的朋友练习深蹲。

城市绿地上随处可见异性恋情侣，并肩慢跑，或者一前一后地骑着情侣自行车。穿过公园，你肯定会看到一个穿着灰T恤的男人在跑步或者做拉伸。公众对健康的追求达到了登峰造极的程度。

我独自长途骑行。我带着手机出去吃饭。我走过兰兹角的弯道，听着亚瑟·拉塞尔的歌，为自己感到难过。我走到日本城的独立电影院，去看一位大学时代好友的第一部故事片：她巨大的嘴唇在银幕上张开。我狠狠吸了一口苏打水，强忍住泪水。

我在公园和餐馆偷听别人的谈话，如饥似渴地聆听跟我同龄的陌生人说其他陌生人的闲话。我事无巨细地描写无关紧要的东西，然后通过电子邮件发送给朋友们。我一个人去听音乐会，试图与音乐家进行深入、持久的目光交流。我带杂志去酒吧，坐在昏暗的电炉边，希望又不希望有人来跟我说话。从来没有人来过。

我的单身同事都注册了好几个交友应用，他们鼓励我也这么做。但是，我发现自己最近变得非常谨慎，不放心泄露过多的隐私。上帝模式让我变得偏执。不是收集数据的行为本身，对这个我已经听天由命了。让我犹豫的是，可能有人从另一个角度来看待这个问题——像我一样的人。我不知道有谁会看到我的信息。

我没有在应用程序中上传自拍照，而是上传了一张拼贴画作为头像。背景是一件橙色太空服，上面叠加了一组斯洛文尼亚哲学家的照片：他们向我这一代人重新介绍了马克思主义；他们的起居室里堆满了黑胶唱片，骄傲地摆放着批评理论和艺术史书籍，其中一半是他们在大学里读的。这个头像是我几年前做的，可能是为了向暗恋我的人传递信号：我是个既严肃又有趣的人，是那种可以跟男人聊上几个小时生物学拓扑网络或者循环经济新政治学说的人。

我在床上躺了好几个小时，一边喝着咖啡一边刷手机。我分别跟两个男人订了约会时间，根据社会学理论，他们应该是那种既乏味又善良的人。然后，我决定不能这么做：我忽然想到，什么样的反社会者会被我的资料吸引？我停止回复，删除了应用程序。

几天后，我惊恐地发现其中一个男人在人人喊打的社交网络给我发了消息。我从来没有告诉他我的全名。我小心翼翼地让自己的数字足迹最小化。我试图逆向工程反推他是如何认出我的，但没有成功。

要找到我并不难，那个男人说，如果我想弄明白到底是怎么回事，只能是浪费时间。

一个高中时代的朋友发来电子邮件，把我介绍给一个他认识的工程师。我们决定见面喝一杯。我还不清楚这算是约会还是普通社交，也不清楚二者之间是不是区别很大。为了以防万一，我穿了一条裙子；胸前有装饰性的开口，乳沟若隐若现；下面穿着自行车骑行短裤。

工程师很英俊，嘴也很甜，很可能是那种会在网上跟自诩的创意人士约会的人。他在一家大型社交媒体公司工作，是元老级员工，谈起公司的时候有一种主人的感觉。我们一边用可降解餐盘吃着炸猪排，一边交换着彼此的履历。

我们自己收拾完桌子之后，工程师提议转场到田德隆区的一家小型鸡尾酒吧。我们经过一个露天毒品交易市场，我在想，不知道我们会不会碰到CTO；不知道看到我和另一个软件开发人员，而不是那些我在午餐时吹嘘过的反主流文化的朋友在一起，他会不会失望。

这家酒吧贴着花纹墙纸，有一个瘦骨嶙峋的酒保。禁止拍照,这意味着这个地方故意要成为社交媒体的漏网之鱼,走游击营销的道路。酒吧里的每个人看起来都很自豪。

"没有菜单,所以你不能随便点,比如,一杯马提尼。"工程师对我说,好像我会点一杯马提尼似的,"你要告诉酒保三个形容词,然后他会相应地为你定制一杯酒。我一整天都在想我的形容词。"我不知道这有什么好玩的,感觉像是被人指着鼻子说:"你自作自受。"

我想试试能不能猜透这套把戏,要了一杯冒烟的、咸的、生气的鸡尾酒,交叉手指祈祷得到龙舌兰。这个办法果然奏效了。我们倚在墙边啜饮着。工程师给我讲了他在教会区的复式公寓、他的专业自行车、他惯常的周末露营。我们谈论数码单反相机和书籍。他看起来是那种对字体吹毛求疵的人。

工程师去洗手间时,我在照片分享应用上查询了他的账号,随便浏览着:兰兹角的雾、缪尔海滩的雾、汹涌的海浪,还有黎明时分的金门大桥、日落时分的金门大桥、夜晚的金门大桥。一半照片要么是他的自行车,要么是空旷的道路。我不得不承认,照片的分辨率很高。

对我来说,塑造一种公共形象或者个人审美似乎是一种压力,就像做爱时还要担心灯光是否像电影中一样唯美。我知道,我不能适应工程师那种精心营造的生活。我知道我们不会再约会了,虽然我也知道我会再试试。即便如此,那天晚上骑自行车回家时,我还是觉得心里有什么东西——无论多么微小——被搅动起来了。

事实证明，CEO的女朋友也需要朋友。"女性朋友"，他澄清道。他通过电子邮件介绍我们认识。他写道：你们女孩子一起去玩吧。关于他的女朋友，我只知道她也是一名软件工程师，在一家以高端儿童娱乐节目著称的电脑动画工作室工作；他们住在同一座大楼里，两人的公寓相隔一层——他们是故意这样安排的，真是天才。当然还有：他爱她。

我们在数据分析创业公司附近的一家酒吧见面，坐在门口的白色皮质软凳上。酒吧像是第一次科技浪潮的遗迹，到处是仿麂皮和铬合金、嵌入式灯具——就像一块90年代的愿景板。空间里飘荡着沙发音乐①。酒吧的一部分被一家风险投资公司的活动占据了：穿着日式牛仔裤和白色商务衬衣、戴着胸牌的男人们相互打着手势，目光越过对方的肩膀，寻找更好的社交对象。我很高兴能离开办公室。

CEO的女朋友优雅大方、善于表达、真诚、稳健。她有一头洗发水广告明星般的秀发，穿着一件低调的修身运动夹克。她说她的工作非常有趣。她帮助开发的产品能给人们带去欢乐，她说。听起来那么简单。

同样身为科技行业中的女性，我们说了些无关痛痒的客套话，然后我试着想象我们俩变得更加亲近的情景。虽然很容易想象，如果我得了绝症，她会到医院来看我，但是我想象不出我们俩喝得酩酊大醉、一起画水彩或者去看实验舞剧。我们能做什么

---

① 一种电子音乐类型，使听者身体放松、陷进沙发里瘫坐着欣赏的音乐。

呢，谈论性生活，还是性别歧视？

我试着想象我在她和 CEO 身边当电灯泡的情景。我们可以坐在波特雷罗山篮球场的边线外看他打球。她可以教我怎么吹头发，而不是简单粗暴地从前面吹干。我想象我们一起去度假，三个人喝着苏打水，讨论函数式编程。如果我跟现在和未来的高管们混在一起的话，或许我也能成为一名高管——我可以进入内部圈子。我们周末可以去索诺玛，在民宿共享平台上租下整栋房子，站在大理石的岛式厨房里，喝着生物动力法葡萄酒，分享我们的商业理念。这一切都很难想象，就像很难想象我们俩在一场地下室黑客大赛中满头大汗地编程或者醉到胡言乱语一样。

当 CEO 的女朋友问到我的工作时，我闪烁其词。工作是一个默认的话题，对我来说无所不包，但是我不确定她到底想知道多少，或者她已经知道了多少。我不确定她会不会把我的话转告给她的男朋友，这种可能性让那个晚上有了非正式的绩效评估的气氛——尽管她可能什么也不说，那样更糟。这让我比真正约会时更加没有安全感。

CEO 没跟我们在一起，却又跟我们在一起，这让我既不能暴露自己，也不能把她当成一个独立的人看待。我为自己不能完整地看待她而感到羞愧。我不喜欢我对她的基本定位是某人的女朋友、一个伙伴、一个附属物，但是我又无法克服我的职场焦虑。我们都渴望交朋友，但是要建立友谊，或许只有共同的渴望是不够的。或许我们没有那么多共同点。

我们各喝各的酒，慢慢地小口啜饮着。我们讨论正在读或者一有时间就准备买来读的书。我们约好一起去看一出舞台剧的第二轮公演。我们俩都撒了谎。谈话陷入了沉默,我们略带歉意地微笑着,把酒含在嘴里细细品味,仿佛我们喝的不是普通白葡萄酒,而是某种更复杂的东西。最后,我们喝完了酒,心照不宣地拒绝了侍者再来一杯的建议。

9

盛夏时分，有消息传出，美国国家安全局的一家承包商泄露了机密信息，曝光了美国政府的庞大监控项目。午餐时，我和同事们无视手机上充斥的各种媒体的新闻推送，而是讨论去哪里订外卖：街区另一头的美食广场，还是墨西哥餐厅？我们带着味道还不错的泰国菜和高盐分的拉面回来，坐在公用的大桌子旁边，聊着播客和热门电视节目、糟糕的约会和即将到来的假期。然后，我们回到自己的办公桌前，继续开发、销售、支持和推广我们的产品。

告密者爆料的信息包括，国安局会监视普通公民的私人通信：电子邮件和短信、社交网络平台上的即时信息。国安局会收集通信录，创建通信地图，追踪美国人在何时何地、与什么人聚会。国安局在人们不知情或未经许可的情况下，对他们的互联网活动进行监控。监控是通过收集cookies进行的。cookies是我非常熟悉的东西：它们对整个网络上的用户行为进行映射和绑定。它们是数据分析软件的关键技术。

为了获得这些信息，国安局求助于云计算。云的概念，其与生俱来的透明性和短暂性，掩盖了一个物理事实：云只是一种硬件网络，可以无限地存储数据。所有的硬件都可能被攻破。政府已经打入了全球科技公司的服务器，予取予求。一些人说，科技公司通过留后门故意跟政府合作，另一些人则为它们的清白辩护。很难判断应该同情谁、应该害怕谁。

这个故事中引起我注意的是一个小细节，实际上只是一则花絮。据透露，国安局的低级别员工，包括合同工，可以与他们的高级主管访问同样的数据库，拥有同样的查询权限。特工们经常监视他们的家人、爱人、敌人和朋友。大家都说，这是噩梦般的场景。但是不难想象。

在数据分析创业公司，我们从来没有谈论过告密者，甚至在"快乐时光"里也没有。总的来说，我们很少讨论新闻，当然也不会从这个故事开始。我们不认为自己参与了监控经济。我们当然没有想过：我们的工作可能正在帮助建设不受管制、私人所有的人类行为数据库，并使之成为常规。我们只是让产品经理进行更好的 A/B 测试，我们只是帮助开发者创造更好的应用程序。一切都很简单：人们喜欢我们的产品，利用它来改进他们自己的产品，这样别人也会喜欢他们的产品。这里面没有什么邪恶的。而且，即使我们不做，也会有别人做的。我们并不是市场上唯一的第三方数据分析工具。

在我们的领域里，我们完全承认的唯一的道德困境就是：是否向广告商出售数据的问题。我们没有这样做，我们是正义的。我们的客户可以用我们的工具收集数据并出售，但那是客户的权利：它们拥有自己的数据。我们只是一个中立的平台、一个管道。

如果有人对我们的用户正在收集的信息，或者我们的产品被滥用的可能性表示担忧，解决方案经理会把我们拉回现实，他会提醒我们：我们不是数据经纪人。我们没有创建跨平台的配置文件。我们没有涉及第三方。用户可能不知道他们被跟踪了，但那是他们与我们的客户公司之间的事。

"别忘了，我们站在正确的一方。"解决方案经理会笑着说，"我们是好人。"

我们被工作淹没了，新客户像潮水般涌来。每个团队都需要招聘。我们的内部推荐奖金，也就是新员工的聘礼，从每人5 000美元涨到了8 000美元。诺亚开始从内推奖金中获得可观的额外收入，并把他的弟弟和父母都动员起来，帮忙招人。

CEO对招聘很挑剔：公司的前100名员工会决定未来的基调，他说。文化会传承下去。重要的是，我们必须对这一过程慎之又慎。这增强了我们的自尊心，让我们对自己的职位充满感激之情：我们是被选中的少数精英。但是，这也意味着规模化会带来挑战。

我为解决方案团队面试了几十位求职者。"你会如何向一个中世纪的农民描述互联网？"我尽可能装出权威的样子，询问未来的客户支持工程师，"你做过的最困难的事情是什么？"

几乎没有一个人在创始人那里过关，他们开始生气了。他们说我在浪费他们的时间。"不要雇用比你差的人。"CEO命令道。

他认为这是一种恭维。

CEO和解决方案经理都同意客户支持团队需要更多的女性，但是他们一名女性也没有招。相反，我们补充了一小批高素质的千禧一代男性，他们都是从法律、金融、教育或是宿舍创业领域转战过来的。其中一个是刚从纽约来的前私人股票分析师，他叫我"甜心"，穿得像蔑视华尔街的叛逆青少年：军靴、紧身牛仔裤和蓬松的宽松毛衣。另一个原来在波士顿的公立学校教数学，他说，相比之下，在创业磨坊工作就像是度假。第三个人最近刚从一所常春藤盟校获得计算生物学博士学位，并且自称博士（当然，这种说法只是个玩笑）。除了博士，他们都比我年轻。又是这样。

男孩子们比我刚入职时更懂技术（比我更好）——这让我心情复杂。尽管如此，我们还是建立起轻松、融洽的关系。他们羡慕我的资历，称赞我的情商。他们修改我的脚本错误，我则纠正他们的语法错误。他们竞争激烈，不懈追求CEO的认可和尊重。我觉得有责任保护他们。

当一些客户支持工程师开始表现出疲劳的迹象时，我向CEO建议说，称赞他们可能大有裨益。他们可以利用自我膨胀，我说，而且，一些正强化不会损害生产率——或许我们还能从他们的个人成功指标中看到这种反应。我会在每周二的会议上向公司呈报这些指标。我讨厌成功指标，但是我喜欢做那个监管它们的人。

CEO和我并不总能无障碍沟通。我喜欢谈论同理心（一个纯粹抽象的流行词），喜欢教客户支持工程师正确使用标点符号；他喜欢对我们团队的表现进行复杂的数据分析，让男孩子们为数字负责。我谈论富于同情心的数据分析；他谈论优化。我想要一个温暖的团队；他想要一个机器的团队。

"我为什么要感谢你把工作做好呢？"CEO皱着眉头问，"我付钱给你就是做这个的。"

没过多久我就发现，在硅谷，非工程师必须证明自己的价值。雇用第一名非技术员工通常意味着一个时代的终结。我们要付出更多的工资；我们的午餐谈话越来越水；我们创造了办事流程和官僚主义；我们申请了瑜伽课，要求建立人力资源部。不过，我们也致力于为多元化的度量指标做出积极的贡献。

在数据分析创业公司，等级制度无处不在，根植于CEO对市场营销的不屑一顾和对好产品会自我推销的坚持中，反映在我们的薪水和股权分配上。虽然有证据表明，与编程语言或敏捷开发不同，情商是无法教会的——同情心是人工智能的一大障碍是有原因的——但是软性技能的价值被低估了。这的确让我耿耿于怀。

例如，我们的运营经理在移民美国之前是一名公设辩护律师，她负责工资发放、活动策划、室内设计、在招聘技术人员时充当替补队员、协助CEO，以及领导我们的临时人力资源部门。她用西班牙语跟物业人员交谈，为董事会会议准备材料。她忍受人们对零食品种的抱怨，为在男卫生间里放置婴儿湿巾大发雷霆。有一次，她告诉我，创始人雇用她，是因为他们知道她能把事情办好，而且他们是对的：她默默地主持着一切。无论从文化还是金钱的角度，我不知道为什么这种能力不如写 Rails 应用程序的能力有价值。

尽管如此，我还是容易受到传统的影响。我寻找技术上积极主动的人。我优先考虑对编程感兴趣的人。一天下午，我听到自己在介绍一位求职者说，他整个夏天都在自学编程。这些话从我嘴里冒出来，带着转述一个奇迹般的敬畏之情。

管理层策划了一次团队建设活动，安排在工作日晚上进行。我们在办公室的餐桌旁热身，调暗灯光，听着音乐，喝着酒。解决方案经理坚持喝根汁汽水。工程师团队的斗鱼在黑暗的水族箱里游来游去。

我们一行人走到斯托克顿隧道入口处一个小小的活动场地。一对漂亮的金发男女发给我们带商标的彩色防汗带。他们活力四射、身材健美，强壮的双腿裹在弹力紧身裤和超短裤里。我们是任由他们摆布的材料：柔软的肚子和僵硬的脖子，双手面临着腕管综合征的威胁。诺亚又回头看了一眼，认出那个男的是他高中时期的朋友。这种情形可能令我感到难堪，但是他们大笑着相互拥抱，表现出温暖的兄弟情谊。

随着人们醉意渐浓，气氛热烈起来。人们在房间里跑来跑去，跟 CTO 玩自拍，不带讽刺意味地和联合创始人碰拳。我们玩嘉年华游戏，把迷你篮球投向迷你篮筐。我们凑在吧台旁边，又喝了一轮，然后又是一轮。

最后，我们被派往全城寻宝。我们涌到街上，在晚高峰的旧金山四处寻找地标。我们在联合广场中央玩叠罗汉，扯断彼此的防汗带，在一家古老的皇家银行门口的台阶上拍摄高高跃起的照片。我们从游客和疲惫不堪的出租车司机身边跑过，惹恼门卫，撞到无家可归者。

我们表现了自己最糟糕的一面：在城市里横冲直撞，然后扭过头大声道歉。我们满头大汗，求胜心切——甚至很快乐，也许吧。

一天早晨，一个会议神秘地出现在我们的日程表上。上一次发生这种事的时候，我们拿到一些表格，让我们按照1~5给不同的价值观打分：我们对领导一个团队的愿望、工作与生活平衡的重要性。我给两项都打了4分，结果被告知我对二者的愿望都不够强烈。

在指定的时间，我们耷耷肩，拖着脚步走进会议室。会议室俯瞰旧金山市中心，这幅景观价值100万美元，但是我们把窗帘拉得低低的。街对面，一个街头鼓手忽然在铁桶上敲出不规则的节奏。

我们坐成一排，背对窗户，打开笔记本电脑。我环顾房间，心中涌起对这些人的感情，只有这个格格不入的小团体能够理解我的新生活。解决方案经理在桌子另一头踱来踱去，不过他面带微笑。他让我们写下我们认识的最聪明的五个人的名字，我们忠实地照办了。

我一边插拔着钢笔帽,一边想:到底是哪一种聪明?我不习惯按照智力水平给我的朋友们排名。我写下五个名字:一个雕塑家、一个作家、一个物理学家、两个研究生同学。我看了看名单,想起我有多么想念他们,想起我是多么不及时回复电话和电子邮件。我想知道从什么时候开始,我不再为我所爱的人和事物挤出时间。我感到血涌上我的双颊。

"好了,"解决方案经理说,"现在告诉我,为什么他们不在这里工作?"

为什么我最聪明的朋友不在这里工作?这很难面对,但并不是因为复杂。

我的朋友们不会觉得这份工作有成就感或者有意义。他们对其他业务的商业指标不感兴趣。他们不关心技术,而且在很大程度上,他们并不是为了钱,至少现在不是。那些受到金钱激励的人可以去做其他事情,赚更多的钱:金融、医药、法律、咨询。他们已经那样做了。

创业公司的文化不适合他们。他们只要看一眼公司网站就会退缩。招聘页面上滚动展示着一组照片:我们全都穿着数据驱动T恤的合影、我们坐在彼此的肩膀上扮鬼脸的合影、CEO和我的同事们志愿参加塔霍湖附近举办的一场地狱式大型障碍赛的照片(他们要游过盛满冰水的垃圾箱、在泥地中艰难跋涉,还有安排好的退役运动员时不时地电击他们)。还有我的照片:作为模特展示公司的 T 恤，脖子拱起，露齿而笑。

我的朋友们都很努力，也很投入，但他们的职业报酬很低，而且他们拒绝盲从，选择了平凡的生活。有些科技工作者看不起他们这种人，认为他们没有为经济做出有意义的贡献。这种嘲笑是相互的——如果一个我的同龄人自我介绍说自己是个企业家，我的朋友们一定会怀着自鸣得意的优越感嘲笑他。

无论如何，我的朋友们的世界是感性的、情绪的、复杂的，是理论性和表现性的，有时候可能是混沌的。那不是数据分析软件推动的世界。我已经不确定，还能不能说那是我的世界了。

10

如果说，在纽约我从来没有想过互联网背后还有人，那么在旧金山，要忘记这一点是不可能的。创业公司的 logo 像泡泡一样在仓库和高层写字楼的顶端闪烁，点缀在市中心通勤者的帽子、马甲和自行车筐上。

这座城市到处都在提醒着人们：英语正在被颠覆。从旧金山到圣何塞，穿过硅谷的高速公路——这里是金钱真正开始滚动的地方、广告位最昂贵的地方。公路两旁都是向软件开发人员推销软件产品的广告，使用的语言几乎不像现代英语。这些广告超越了所有的语境和语法结构："我们解决晚餐"（送餐）；"明天会怎样"（文件存储）；"问问你的开发人员"（云通信）。与传统广告相比，这些广告带有奇怪的未来主义风格。不过，传统行业也在开始更好地理解新的目标市场。一家拥有超过一个多世纪历史、提供人寿保险和投资管理服务的金融服务公司，在20世纪80年代不动声色地欺骗了世人；它坚守语法惯例，却为或许还想自欺欺人的观众提供了一面镜子。它的广告语是："为了值得的原因：你的退休金。"

一天晚上，在乘火车站的自动扶梯下楼时，我注意到下面的站台上贴着一则广告。产品是一项密码存储应用——应该说是一种服务——但公司并不是在向用户做广告,而是在宣传它的职位。它在向我做广告。

广告中有五个人交叉着双臂,站成 V 字形。他们都穿着一模一样的蓝色连帽衫,戴着一模一样的独角兽面具。我走下扶梯,走到其中一个人面前。广告上写着:人类制造,独角兽使用。

简直搞不清楚人们在说什么。他们使用自造的合成词,把动词当成名词用。他们拿"成人应该做的事情"开玩笑。他们用病毒模因代替社交货币。他们使用网络语言,仿佛它已经有了专门的词汇表,仿佛用首字母缩略词代替其他单词还不够似的。"你看过那个简笔画的 GIF 动图吗?"一位二十出头的同事在描述他的情绪状态时说。我没看过。"Lol。"他说,没有笑。"哈哈。"我说,也没有笑。

在生态系统中,没有一家创业公司是为了子孙后代命名的,当然也不是为了历史。命名标准是由 URL 可用性决定的,强迫新公司发挥创意。在某处,一家品牌工作室正在说服创始人,让他们接受听起来像文盲一样的名字。创业公司创始人顶着胡编乱造的合成词,或者去掉元音的名词,成立有限公司。我把希望寄托在这样的未来上:如果运气好,我孙女的大学学费将来自某个公司,公司的名字听起来像是偶然的音位变换,或者弗洛伊德式的口误。

有时候,感觉好像每个人都在说不同的语言;或者同样的语言,但是有着截然不同的规则。没有常用词汇。相反,人们使用一种不像语言的语言,既不优美也不特别高效:商业辞令、体育术语和战时隐喻的混搭,再加上自命不凡。例如:行动召唤;前线和战壕;闪电式扩张;公司不是失败,而是死亡;我们不是竞争,而是上战场。

在星期二的团队建设会议上,CEO说:"我们在生产能够推动人类进步的产品。"

夏末一个微冷的早晨,雾气缭绕,我们进行了一次实地考察,去看我们自己新建的高速公路广告牌。每个人都来得很早。运营经理订了鲜榨橙汁和点心,还有加麦片的酸奶冻糕。桌子上有一瓶还没打开的香槟。

我为我们的公关总监骄傲,又为她感到紧张:目前还不清楚哪些指标与高速公路广告牌相关。CEO不相信市场营销。他相信网络。关于口碑,他相信:如此有用、如此必需、如此精心设计的产品,不需要外力就能融入人们的生活。广告牌非常昂贵。要证明投资回报是很困难的,甚至是不可能的。

我们双手插在口袋里,结伴走到市场街南区。我们在其中一块广告牌前照了一张合影,挽着彼此的手臂,脸上带着自豪的微笑。我把这张照片发给了纽约的父母,带着内疚向他们保证,我很快就会给家里打电话。

11

诺亚把我置于他的羽翼之下。跟他的朋友见面就像推开通往湾区的一扇大门,我本来还以为自己已经推开这扇门了。这里有主厨和社会工作者、学者和音乐家、舞者和诗人。很少有人全职工作。他们践行激进诚实①,相信非宗教的精神向导。他们使用会心小组②的语言。他们坐在彼此的大腿上,在公共场合相互依偎。他们拥有化妆箱。在派对上,如果你走进一间卧室,看到有人正在使用灵气疗法③,也没有什么好大惊小怪的。

每个人都在寻找一种生活方式。一些女性与她们的男性伴侣建立了性别补偿制度。虔诚的无神论者买来塔罗牌,为如何给它们注入强大的能量而烦恼;他们讨论上升星座,比较彼此的出生星图。他们前往门多西诺的边远居民点,在旅途中彼此照应,持续服用高剂量的迷幻剂,试图从成年自我的表面之下发现他们内心深处的孩子。

---

① 一种宣扬无论何时都要表达自己内心真实想法的生活方式。
② 一种团体心理咨询方法,小组成员相互尊重、信任,使参加者降低社会屏障,不受防御机制阻抑地揭示真实的自我。
③ 一种利用宇宙能量进行治病、养生、修炼的方法。灵气师通过触摸向人体内输送能量。

他们记日记，并且讨论他们的日记。他们参加科技解放夏令营，在那里关闭他们的智能手机，把真实姓名换成动物、浆果和天气现象的假名。他们前往悬崖边的静默冥想种植园，在接下来的几天里不说话、不社交。有人传播一个著名的领导力自助项目。我上网一查，发现它被普遍认为是一种邪教。

这些新派的守旧派中，似乎有一半的人把大部分业余时间花在柔软的二手沙发里——喝茶和交流近况。交流近况是每天的惯例，是一项集体活动。人们相互咨询他们的情感纠葛、他们的财务问题、他们的职场斗争、他们的痔疮。每个人都从不缺席。

我努力融入他们。我试过入神舞，不过大多数时间都在场边整理袜子。我跟他们去按摩连锁店，从头到脚穿着衣服。一次派对上，我请一位没有绘画天赋的动物保护主义者给我涂脸，疯狂地舞蹈，试图把我的心灵赶出身体。我参加了在一个公共会所举办的温泉主题派对，穿着浴袍走来走去，努力避开热水浴缸——那里安装了一种真空私处洗浴装置。

有了交流近况这个爱好，我对冷酷无情的商业文化产生了一种亲近感。在我看来，激进诚实就像是打破了主观与客观之间的屏障。这看起来有点残酷，但是效果很好。

我不想评判他们。我欣赏他们健康而亲密的集体主义。朋友之间像家人一样相互信任，敞开心扉，乐观向上。他们是真正的共同体。未来还不明朗，现在动荡不定。在不同程度上，生活的特点就是跌宕起伏。每个人都竭尽所能地在这座城市站稳脚跟，保持一部分文化的神圣不可侵犯：为了建立一个他们心目中更美好的世界。

在潘汉德尔北部的一个生日派对上，诺亚的室友伊恩在我身边坐下来，开始跟我聊天。忽然间，我觉得眼前一亮。我一生中还从没有过这种经历：吸引一个男人穿过拥挤的房间朝我走来。后来，我得知这只是伊恩应对社交聚会的方式：作为一名软件工程师，他几乎只和人文专业的人交往；他对外来者很敏感，总是寻找派对上看起来最无聊的人。我独自坐在沙发里，没有跟任何人说话，努力不让我的脚跟着别人手机里流出的热带电音打拍子，眼睛盯着书架上的编程手册和关于一夫多妻道德伦理的书籍。他刚好来做个好人。

伊恩说话温文尔雅，说到字母"s"时的发音有点像吹口哨。他的头发带着静电，笑容甜蜜。他问了一个又一个问题，充满好奇。我花了一点时间才把话题转移到他身上。"你是做什么的？"我问道，"像个东海岸的工作狂。""我过去的确就是个东海岸的工作狂。"他在机器人领域工作，他说，但是他不想在派对上谈这个。一个科技行业的男人不想谈论科技，太可爱了！

我们发现，我们的轨迹是两条渐近线。伊恩和我有共同的朋友，主要是布鲁克林的编辑和作家，是他在大学里认识的。他的乐队曾经在我大二宿舍的地下室演出。我记得，有一次解决方案团队出去玩时喝得特别醉，曾经绕道去过他的公寓。那天晚上他在家，他说，他在后面做晚饭。我们交换的信息越多，就越奇怪我们怎么没有早点遇见。我想把手指插进他的头发里。

我们一起走进厨房，想找些提神饮料。一群人坐在漆布上，用果酱瓶喝着酒。"你从父母那里继承的最喜欢和最不喜欢的品质是什么？"其中一个人非常严肃地问道。一个穿着带拖鞋的毛绒连体服的男人身体前倾，手掌托着下巴。"韧性。"他说。每个人都点点头。"你觉得他们在你身上看到这一点了吗？"另一个人问道。

真是噩梦，我想。我看了一眼后门。跟一群陌生人一起进行精神治疗太可怕了。我不能把质问我与父母的关系当成一种社交形式。我的确会感到紧张、保守、压抑，但是相比之下，这些我还能忍受。伊恩抓起两罐啤酒，朝门厅点点头。

回到起居室，人们开始准备去唱卡拉OK了：熄灭水烟，收拾空瓶，用手帕和环保纸巾包裹起要带上路的啤酒。队伍朝日本城行进时，伊恩和我继续交谈。在他身边让我感觉平静，像在家里一样舒适。穿过阿拉莫广场公园时，他温柔地握住我的手，插进他的夹克口袋里，一路上一直这么握着。

诺亚和伊恩住在教会区一座前消防站的二楼。这条街有一个街区长，夹在两条主干道中间，像狄更斯笔下的街道一样，颇具象征意味地昭示着这座城市的社会经济分裂。一边是教会区和第16大街交会处一个混乱的广场，通勤者、玫瑰花商、无家可归者、吸毒者、妓女、鸽子和醉眼朦胧的醉汉在这里汇集。广场通向一条熙熙攘攘的大街，街上有甜甜圈店、墨西哥面包店、鱼市、五旬节派教堂、一元店、用纸板箱堵住的自动取款机、移动烤架上冒着热气的香肠和洋葱、香烟店、家常菜馆和挂着手绘招牌的美发沙龙。另一边是瓦伦西亚街——一幅中产阶级化晚期的生动场景：出售原始人版[①]拿铁的第三波咖啡店、出售姜根酒的果汁吧、瘦弱的澳大利亚人提着斯巴达式的精品店购物袋。

他们的公寓温馨舒适，摆满了奇怪的工艺品：一架露出音槌的立式钢琴、一个涂满手绘象形文字的无头人体模型。浴室里，浴缸边缘摆着一小排烧了一半的安息日蜡烛。第三位室友是一名住院医生，工作时间长得难以想象，只是偶尔才出现，熬一大锅燕麦粥，或者在客厅里举办单身派对。这里给人的感觉就像男生宿舍。室友们共用毛巾，哪条闻起来味道最小，就说哪条是自己的。我喜欢这里。

那年秋天，诺亚开始尝试更大规模的集体生活，他把他的房间转租出去，加入了伯克利的一个公社。午餐时，他严肃地谈论家务清单、同步日历、菜园和家庭会议。他的卧室是一间非法改装的工具房，他的弟弟在外面种蘑菇。我松了一口气，不用担心在教会区的公寓撞见他了。我不希望我们当中的一个或者两个人都半裸着出现在客厅——这会打破工作与生活之间本来已经千疮百孔的屏障。

伊恩没有床架，也没有羽绒被，卧室的墙壁漆成晃眼的原色蓝——但他是色盲。而我喜欢睡在地板上。房间里点缀着一些揭示他心理状态的小东西：橡树枝、录音磁带、明信片、一个装满

[①] 近年来兴起的一种饮食方式，提倡不吃加工食品，而是选择农业文明之前我们祖先所吃的食物。

电子元件的工具箱。早晨，我们躺在床垫上，看着光线在墙壁上移动；在书桌、床头柜和书架下方，让我有一种在水下的感觉。我们会拖到最后一分钟，然后穿上衣服、戴上头盔，把我们的自行车搬下楼梯，在大楼的前门口道别，小心翼翼地绕开满地的碎玻璃。

伊恩在一家小型机器人工作室上班。工作室位于波特雷罗山上的一座大仓库，里面满是机床、加工实验设备和道具，还有摄影棚。两名员工在旁边的一个小房间里操作一个小型控制台。主要空间里是通常用于流水线装配的真人大小的机械臂。伊恩和一个小团队编写了程序，用它们来拍摄电影和商业广告。这些电影温馨优美，立刻就流行起来。

那年早些时候，工作室被搜索引擎巨头收购了。创始人之一收到一套价值40万美元的音响作为欢迎礼。一车电动滑板被送到工作室时，伊恩和同事们知道交易完成了。这次收购是数十亿美元收购热潮的一部分。搜索引擎巨头成立了一个新的机器人部门，并用一部20世纪80年代科幻电影中的机器人的名字来命名。数百名新扩充进来的工程师和发明家，将承担起建设流线型、自动化的未来世界的任务。

对一些人来说，被搜索引擎巨头收购是硅谷的终极目标——梦想成真。伊恩觉得很幸运，但是对于这种转变，他的心情是矛盾的。他从来没有去任何一家大型科技集团谋职，他选择小公司是有原因的：在这个组织里，艺术家、建筑师、设计师和电影制作人比工程师还多,他很享受成为其中的一员。

不过,他似乎还是兴奋的——谨慎的兴奋。巨头已经收购了一系列机器人公司。"我觉得我们有机会参与一个能够真正在这一领域青史留名的项目。"一天晚上,我们在我的厨房里做晚饭时,他说,"感觉就像我们要在决定大事件的桌子旁边拥有一席之地了。"

多大的事件?我想知道。关于机器人团队的工作内容有许多公开的谣言,但是伊恩被禁止谈论这些项目。他拒绝证实我的猜测。我有好多问题:他在研究自动驾驶汽车吗?搜救机器人?送货无人机?有航天飞机吗?还要多久就能看到类人机器人了?我们其他人应该有多害怕?

"每个人都这样问我。"他皱着眉头说,"不用害怕。真的不用。""多说一点。"我说,"再多说一点。"在一个酒吧、咖啡馆和派对都是商业秘密的标签云的城市,这是本地独有的石蕊测试。但是,即使在我们喝得酩酊大醉,或者在赫斯特淋浴喷头下嬉闹时,伊恩也能保守公司秘密。他非常值得信任。

深秋时节,伊恩带我去伯克利一家加密硬件创业公司参加派对。该公司办公室位于一座覆盖着常青藤的仓库里。无人机从一群穿着休闲鞋和羊毛背心的年轻专家头顶嗡嗡地飞过。一个孩子在人们腿边跑来跑去。我穿了一件在出版业工作时的丝绸衬衫,显得打扮过头了。

转了一圈后,伊恩和一个同事消失了,去调查一种自组装模块化家具的生产线原型,把我留在其他六名机器人专家的圈子里。我抿着啤酒,等待着有人注意到我。相反,男人们用秘密代号讨论着工作项目。他们讨论他们的研究生课题。其中一个人花了七年时间教机器人打各种各样的结,比如童军结。我问他是不是在湾区的大学学习机器人技术。"不",他上下打量着我说——他是位教授。

话题转向了自动驾驶汽车。一位工程师提到最近一次"带孩子上班日"那天,自动驾驶部门让来访的孩子们在传感器前跳跃、跳舞、转圈。这项技术是世界级的,但是仍然需要通过未成年人来训练。这是交通史上最激动人心的时刻,他说:他们面临的障碍不是技术,而是文化。最大的障碍是公众舆论。

"自动驾驶汽车究竟有多可靠?"我大声问。我已经喝完了我的啤酒,感到无聊。我需要关注,需要承认。我想让每个人都知道,我不只是某个工程师的女朋友,在派对上傻傻地站着,等他完成宅男的社交活动——当然,实际上我正是这样做的。

"我表示怀疑。"我对男人们说。媒体宣传似乎夸大其词了:自动驾驶汽车是未来愿景的一部分,而这个愿景似乎是痴人说梦。"我们不是刚刚确认,这些汽车甚至不知道如何识别儿童吗?"我说。这群人转向我。教授就像个童子军领队,他似乎被逗乐了。

"你说你是做什么的来着?"一个男人问道。我解释说我在一家移动数据分析公司工作,希望他们以为我是个工程师。"啊哈,"他开朗地说,"你在那儿做什么?""客户支持。"我说。男人们相互扫视了一下。"别担心。"教授说。他转向其他人。

在回家的火车上,我蜷缩在织物座椅上,闻着淡淡的麝香味和尿骚味。我靠着伊恩,讲述了这段经历。"多么明目张胆的性别歧视!"我说,"他们怎么敢这么不屑一顾?!就因为我是个女人,就因为我是客户支持——被认为不懂技术。他们的生活并不比我的生活好,他们的观点并不比我的观点更站得住脚。"

伊恩局促地扭动了一下,把我拉得更近。他说:"你是在跟第一批制造自动驾驶汽车的工程师讨论它,你不会喜欢这样做的。"

12

一天晚上，我们一伙人留在公司看了一部科幻电影，讲的是黑客发现整个世界是一个虚拟现实。这是 CEO 最喜欢的电影，他曾经提到：这是他第一次看到黑客在流行文化中的代表。我们都听过 CEO 如痴如醉地讲述他青少年时代的恶作剧：当他攻破一个多人在线游戏、戏弄他的对手时，他感到无比自由。诺亚觉得这很了不起；但是在我看来，CEO 就像个住在冷清的郊区、有电脑可用的无聊小孩。这部电影是在他 10 岁那年上映的。

放映是我的主意。我一直想成为每个人的女朋友、姐妹、母亲。最近一次近况交流时，解决方案经理批评我是个讨好者。我讨厌他这么说，因为这是真的。

我们聚在办公室中央的沙发上，围着一个平板电视。电视连着一台笔记本电脑。整个白天，电视都在静音状态下播放着自然纪录片和陌生人的游戏视频，好几个同事往笔记本电脑里拷内容。大家传递着啤酒。CEO 开着他的笔记本电脑，一边看一边工作。

这部电影是对柏拉图洞穴寓言的解读，至少网上是这么说的——我从来没有读过柏拉图。它也是一则关于技术自由主义，或许还有迷幻剂的美妙寓言。这部电影风靡一时的原因显而易见。从宗教的角度理解，黑客获得的是未经许可而实行监控的能力。我理解那种真实的刺激感——看到社会的横断面在系统里流动，从高处鸟瞰全景：城市、交通、屏幕上倾泻而下的数据流。这部电影不仅让黑客看起来十分性感，而且对被放逐者追求真相的义举、局外人的优越感和全知全能进行了浪漫化的表达。

我看了看CEO。这个人是怎么成为我老板的？他只是个孩子。我知道他是第一代美国人，是印度移民的孩子。他经常提到他的父母希望他能够完成本科学业。我不知道，对于人文专业背景的员工在工作中寻求肯定和意义，他是怎么看的；他是不是觉得我被宠坏了，而且很烦人？我不知道他是否好好想过他的员工。我不知道我能否理解在危机关头，他拥有什么，或者想要什么。

我希望这是值得的。屏幕上，两个穿得像校园枪手的男人在一个反乌托邦的宇宙中飞舞。我们的脸在光线中显得朦胧而苍白。

偶尔，解决方案团队的人会尖刻地开玩笑说，CEO利用公司打造了他的社交圈子。他的办公室里坐满了与他同龄、擅长社交、长相英俊的男人，他们相信高中生活仍然令他耿耿于怀。我们当中没有人听他说起过高中时代的经历。我们只知道他可能是舞会之王。

尽管做出了努力，但我们不是CEO的朋友。我们是他的下属。他在私人会议上否定我们的观点、贬低我们；承诺责任和荣誉，又毫无理由地食言。他对员工报以沉默。他事无巨细都要管，爱记仇，总是让我们感觉自己不重要、不称职。我们经常给他带来客户反馈，像叼着网球的宠物狗，而他总是忽视我们。

有几位同事的伴侣禁止他们谈论 CEO。为他工作的代价很高：我至少有三个同事每周去看心理医生，谈论他们与他的关系。不用说，CEO 是不会这样的。

我们中的一些人假设，CEO 的梦想是让公司实现完全自助服务。"我敢打赌，他宁愿要成千上万的客户每个月付给我们 150 美元，而不要一个百万美元的大客户。"一个销售工程师说，"百万美元客户太重要了。当你有一个百万美元客户时，你就必须听他们的。"

和我一样，解决方案团队的男人们也想获得 CEO 的关注。虽然我们很少看到，但他的笑容无比灿烂；揭开他的伪装、让他开怀大笑，是一件令人兴奋的事。我们看过他开心的样子。我们知道他有好朋友，其中很多是创业加速器旗下、跟他同一个"阶层"的创始人。我们都在他公寓的楼顶庆祝过公司成立五周年，他和技术联合创始人互相喂蛋糕。我们被他的心理迷住了。我们想了解他。

"如果让我猜，"一天晚上，一个销售工程师边喝酒边说，"他小时候，人们对他不是特别好。我也不会对他好。因为他从来没有感觉被接纳，所以他不信任人，而且对他能够获得的权威有一种防御心理。"

"我不认为他喜欢看到人们受折磨,"一个客户经理说,"但他知道折磨人能够提高生产率。"

"查查什么是病态系统。"诺亚说,"查查什么是创伤情结。这是邪教的玩意:让人们忙个不停,直到他们忘记了生活中留在身后的部分。"

我们都知道CEO有他自己的心魔。他一定像其他人一样充满痛苦和恐惧。他滥用"偏执狂"这个词,但是当然,他多少有那么一点——怎么会没有呢?他可能每天都在想:什么时候另一只鞋子会掉下来?什么时候他触摸过的一切不再变成金子?

我不愿意接受CEO极度自私或者报复心强的观点。我喜欢他。他身上有某种让人熟悉的东西,让人感到安慰。他让我想起我高中的同班同学。我的学校是曼哈顿的一所数学—科学精英中学:男孩子们数学成绩优异,有一点社交障碍,别人鼓励他们却低估了他们;几乎在所有情况下,他们都承受着令人难以置信的巨大压力。我喜欢他对科技的热情,科技让他理解事物的运行方式。我敢肯定,对他来说,这跟钱没关系,而是要创造人们认为有价值的东西、解决新问题、做正确的事。我认为他有自己的理由,要证明一些事情。我们所有的客户支持申请单都秘密抄送了一个未知的电子邮件地址——解决方案经理暗示它属于CEO的母亲。

无论如何,他的赞扬和喜爱来之不易,而我总是仰慕这种人。我把CEO的沉默理解为说话算数。我认为,每个人都在竭尽全力。那时候,我没有想过权力、操纵或控制。

我想保护 CEO，或者至少是捍卫我对他的看法。长久以来，我对他那样的人怀有一种没来由的同情，因为我想象他们没有机会以我的方式体验青春。他从来没有把事情搞砸的余地。还不到 20 岁，他就开始承受来自风险投资人、记者和同行的压力，以及一定程度上的监控。在我跟朋友喝着含酒精的柠檬汁、跌跌撞撞地去听 SKA① 音乐会、抽着丁香香烟、参加即兴表演诗户外演出的年纪，他却在担心员工数量、研究单位经济效益。我在探索自己的性欲；他在比较医疗保险提供商，进行安全审计。现在，25 岁的他要为其他成年人的生计负责。我的一些同事有家庭，虽然他们尽量不在办公室谈论他们的孩子，但是当然，他能感觉到那份责任。

我花了一段时间才认识到，CEO 的世界有多么精英化。他周围全是毁灭者，这些人选择了他，他们拥立他为王，他们不喜欢承认失败。CEO 的世界是商业的世界，这个世界会照顾他。他没有处于危险的境地。即使公司失败了，他也很容易筹集到资金再成立一家新公司；或者即使在最糟糕的情况下，他也能成为一名风险投资人。和我们其他人不一样，他是不会倒退的。

CEO 的家人来访时，他迅速地带他们参观了办公室。"你的父母一定为你感到骄傲。"当他回到我们当中回复电子邮件时，我说。我知道他不喜欢多愁善感。我知道我太感情用事了，但是我忍不住。我对他产生了深深的同情；我为他感到骄傲——虽然

---

① 一种牙买加音乐风格。

我没有告诉别人。

CEO只是耸耸肩。"也许吧。"他说。

诺亚已经在公司工作了一年,正在准备他的年度评估。开会之前,他把他的自我评估和备忘录发给我,征求我的意见。作为一名受尊敬的早期员工,诺亚经常听到同事和客户的不满和担忧。在备忘录中,这种情绪达到了顶峰:他强烈要求改革产品和公司文化。

他也要求自身的改变:新的头衔、更多的自主权、更高的薪水,以及更多的股票期权。他想要与他的贡献相称的股权,大约是公司全部股份的1%。他展示了数据:他推荐的员工人数,他——以及他推荐的员工——获取和培育的客户数量,他计算出的他为公司直接和间接创造的收入。他想成为一名产品经理,管理自己的团队,并且凌驾于CEO的相关决策之上。他把这总结为最后通牒。

向CEO发最后通牒是不专业的,即使对公司最优秀的员工来说也有点疯狂。不过,这是一家由20多岁的年轻人经营的公司。CEO从来没有过全职工作,他只做过暑期实习。在这个工作环境中,发最后通牒似乎在可接受的行为范围之内。要学习如何成为一名专业人士,这个地方太奇怪了。

备忘录充满激情,也散发出挫败感。我读了两遍。然后,我给诺亚回信,告诉他我真实的想法:这很冒险,但不是无理取闹。我希望他们给他想要的东西。

几天后,在上班的路上,我收到诺亚的短信,告诉我他被解雇了。我到办公室时,那里的气氛就像殡仪馆。"他们甚至都没跟他谈判。"一个销售工程师用不敢相信的口吻说,"连简单的谈话都没有。他们就这么让我们最优秀的员工之一走人,都是因为这里没有人懂管理。"

"我不知道。"客户经理一边往吐司上抹黄油一边说,"当你想和某人分手时,你会一直纠结,直到他们跟你提出来吗?"我不会。我想起我是如何赞同了诺亚的备忘录,因为内疚而感到恶心。

之前的几次解雇在全公司掀起了轩然大波,人们在电子邮件中讨论团队成员被解雇的原因,详细到不恰当的程度。作为电子邮件的替代品,CEO召集解决方案团队的早期成员召开了一个临时会议。我们都不应该了解其他人的人事问题,但是我们没有人力资源部,而且我们想知道。我们都在想,我们当中谁会是下一个。

CEO让我们坐下。我们坐下了。他站在房间前面,交叉着双臂。"如果你们不同意我解雇他的决定,请递交辞职申请。"他说得很慢,好像事先排练过一样。他环视房间,对我们各个击破。

"你不同意我的决定吗?"他问客户经理。

"没有。"客户经理说,好像被枪指着一样举起双手。

"你不同意我的决定吗?"CEO问销售工程师。

"没有。"他的眼皮颤动着,一副难受的表情。

"你不同意我的决定吗?"CEO问我。"没有。"我说。但是,我不同意;显然,我不同意。每当我怀疑转行到科技行业是不是一个错误的决定时,都是诺亚把我拉了回来。公司里的不满情绪高涨,的确如此。但是,当我习惯性地环顾四周,看到诺亚,就会想:只要他在,情况就还不算太糟。

会议结束后,我们的不安在慢慢发酵。我们开玩笑说:就业市场对我们有利;趁着公司在我们的简历上看起来还不错,最好赶快离开。我们更新了给客户的电子邮件的签名档。我们销声匿迹。

晚上,我们一伙人离开办公室,去了酒吧。我们怀疑我们的工作没有保障,抱怨官僚主义的双重打压,批评工作中的障碍和糟糕的产品决策。我们谈论IPO时,就好像它是上天派来拯救我们的神器,好像它是势在必行的,好像我们的股票期权能让我们摆脱存在性焦虑一样。实际上,我们知道,即使最终能够实现,IPO也可能还要等上好多年;我们心里明白,金钱只能治标不治本。

我们开始意识到,我们一直在酷爱(Kool-Aid)饮料①中游泳,该上来透口气了。我们有幸受奴役,然后在我们看不见的地方,我们成了官僚系统的一部分,敲打着键盘,把别人———些孩子——变成超级富豪。或许我们从来就不是一家人——我们

---

① 一种人工合成的廉价果味饮料。1978年,邪教"人民圣殿"在圭亚那的琼斯镇制造了一起大屠杀,教主吉姆·琼斯命令信众喝下掺有氰化物的酷爱饮料,造成900多人死亡。

知道我们从来就不是一家人。或许CEO只是为了钱。不，我的队友们说，还有权力。这种说法似乎是对的，我们一致同意还有权力。

我们努力保持希望。我们向自己保证：这只是一个阶段，每家创业公司都要经历成长的烦恼。问题是我们太在乎了，我们在吸烟的间隙谈到。我们在乎的太多。我们关心彼此。我们甚至关心CEO，即使他让我们感觉糟糕透顶。我们希望他过上更好的生活，就像希望自己过上更好的生活一样。我们希望他能有机会经历混乱、鲁莽、矛盾的青春。我们没有意识到他自己可能并不希望如此——他和我们不一样，不羡慕我们，也不在乎我们。

最后，我们醉到改变了话题，回忆起更加私密的自我：我们在周末是什么样的人，在过去的生活中是什么样的人。我们谈论曾经想象过的这一阶段的自己：更稳定，没那么焦虑，更能控制自己的生活。我们也想要权力。

我们把烟头扔在人行道上，用脚碾灭。我们打开手机叫车；屏幕上的卡通汽车朝我们移动时，我们灌下最后一点啤酒。我们各回各家，各自去骚扰熟睡的室友和爱人，睡前再回复一两封电子邮件。

八小时后，我们回到办公室，喝着咖啡，跑出去买冷冻的早餐三明治，修改平庸的脚本，半心半意地写着电子邮件，向桌子对面投去疲惫而会意的一瞥。

13

作为非技术团队中唯一的女性,为软件开发人员提供客户支持就像为内心深处的厌女症提供浸浴治疗一样。我喜欢男人——我有一个哥哥,还有一个男朋友。但是,男人无处不在:客户、我的同事、我的老板、他的老板。我总是在为他们善后,维护他们的虚荣心,为他们加油鼓劲,无论他们对我是肯定、逃避、倾诉或合作。我鼓励他们的职业发展,给他们订比萨。我本来自认为是个女权主义者,我的工作却让尊重大男子主义成为职业习惯。

有时候,女同事们会去附近一家有装饰壁炉的酒吧,吃着滋滋冒油的熟食,想喝光酒吧里所有的酒。我享受这些外出活动,尽管它们带有责任的意味;与其说是一种支持网络,不如说是一种相互承认。其他女性聪明、上进,还有一点点古怪。其中一个是新来的客户经理,她在跑步机上工作,每天下午 3 点做一系列仰卧起坐和俯卧撑,以对抗神经衰弱,促进内啡肽分泌。我了解到,她还是一个诗人,这让我很兴奋。我们本该相处得更好,但是把个人兴趣带到工作中来似乎是不可能的:这让人感到不自在,还有一点可怜。就像一套衣服,早上出门时看起来搭配得体又时髦，但是到了傍晚就显得荒谬浮夸了。

我常常想，在我们的公关总监眼中，工作是什么样子。她快40岁了，是投资方派来的。她比公司里任何人都经验丰富，而且非常专业，不会八卦或抱怨。她每天5点离开办公室去接孩子，我怀疑她为此受到了惩罚：营销和公关部门没有随着公司的其他部分一起成长。她的团队没有其他人。CEO有一幅她的孩子给他画的画像，钉在他工作台旁边的一块软木板上。

我认识的在男性主导的办公室工作的女性都有独特的应对策略。有人把这当成受教育和改正错误的机会。有人喜欢拿公然的性别歧视来吓唬或羞辱她们的同事。还有人享受工作场所中的权色交易。一个朋友告诉我，她跟她公司的CEO上床之后，经常取笑他有一根大阴茎。"保留你的性能力，"她建议说，"然后用来对付他们。"

假使我有任何性能力，我也不想把它用在办公室里。我只想随大流。只有一个小小的例外：每次我们出去喝酒，临近结束时，客户经理一定会转向我，让我扇他耳光。我怀疑这可能给他带来某种性方面的满足感，但是我不在乎——这是一种很好的宣泄。他又不是让我朝他嘴里吐口水。

我希望男人们认为我聪明、有自制力，永远不要想象我赤身裸体的样子。我希望他们平等地看待我。我希望他们接受我——不是作为一个性幻想的对象。我希望不惜一切代价，避免成为一个扫兴的女权主义者。

工程师团队从一个优秀本科生项目中招聘了一名后端开发人

员：我们的第一位女性工程师。第一天上班，她迈着轻快的脚步，自信满满地走进办公室，挎着一只装不下笔记本电脑的皮包。我很欣赏这一点：通过配饰设定期望。

女工程师的入职伙伴带她到各处做介绍。来到我们这个角落时，客户经理凑到我耳边说悄悄话——就好像我们在密谋什么事情、好像我们只有五岁。"很抱歉，"他说，呼吸吹拂着我的脖子，"每个人都想泡她。"

我是扫兴的女权主义者。我别无选择，只能战斗。每座山丘都可能是我的葬身之地。我要求同事们不要在公司聊天室里使用"婊子"之类的词。在一家50人的公司里，我为自己是6名女性员工之一而牢骚满腹。我大声质问在开放式办公室里讨论通过手机应用找3P的细节是否合适。为了不让一个招聘专员用令人不舒服的怪话恭维我的腿，我不再穿裙子。他说话的样子就好像我是一件家具——一把没有大脑的椅子、一张有着匀称的桌腿的桌子。

性别歧视、厌女症和物化并没有定义职场，但是它们无处不在，就像墙纸，就像空气。

客户经理团队招了一个人，喜欢说高深莫测的行话，维护着好几个活跃的社交媒体账户；他拥有成千上万的粉丝，表现得像个影响力人士。在一个人们自愿发布简历的网站上，他经常更换自己的头衔，把自己提升到不存在的职位上。他不太情愿地告诉我们，他已经四十出头了。在这个行业中，年龄歧视是非常严重的,他说。本地的整容医生赚得盆满钵满。

"影响力人士"把滑板车带到办公室,一边滑来滑去,一边对着无线耳机大喊:"价值定位""先发优势""主动技术""并行计算""领先解决方案""圣杯"。在我听来都是胡说八道,但是客户喜欢他。我真不敢相信这一套居然管用。

一天下午,他滑到我的办公桌前。"我喜欢和犹太女人约会。"他说,"你太性感了!"我纳闷他怎么知道我是犹太人,不过当然他能看出来:大大的鹰钩鼻,卡通人物一样的大眼睛,睫毛长得可以碰到我的眼镜片。我有德系犹太人的大骨架和丰满体型。我不知道他想让我说什么——"谢谢"?"犹太人真的很重视教养。"我咕哝道。

在我们的例行一对一近况交流中,我把这个评价告诉了解决方案经理。"我不想给任何人找麻烦",我们走过一家散发着手工面包香气的三明治店时,我说。而且这个评价本身也不是特别无礼。但是,它让我不得不在工作日当中考虑到这个人的性倾向,而我不想这样。甚至提到这件事都让我感到内疚:解决方案经理也不想考虑他的团队成员的性倾向。

我们转到一个有野兽派喷泉的产业园。有那么一瞬间,我幻想自己沉入水池,漂向远方。我想起了那次谈话——他告诉我公司希望留住我,还有我震惊的反应:"谢谢。"我说,"我想留下来。"我想起了他的批评,说我是个讨好者。我不想做个讨好者。

解决方案经理似乎很尴尬。"我很抱歉发生这种事,"他盯着人行道说,"但你知道他的。他就是那样的人。"

14

圣诞节时,数据分析创业公司包下了街角的报纸主题酒吧。派对安排在下午4点。我们带着礼服去上班,在办公室的浴室洗澡,像准备去体育馆参加舞会的中学生一样。我们既兴奋又疲惫,准备好好庆祝一番。

看到同事们穿正装我很不适应。我已经跟其中一些女性讨论过,穿着得体是多么的不合时宜;而当其他人穿上正常的服装,我又成了保守派。我穿了一件黑色衬衫领连衣裙、黑色紧身裤和黑色皮靴,感觉有点像不受欢迎的万圣节装扮:性感的门诺派[①]教徒?淘气的仪式派[②]信徒?一个新来的客户经理可怜我,把我的头发打成卷。我看着镜子里的她朝我头上一圈圈地喷发胶。

我已经见过大部分同事的另一半,不过还有一些很神秘。我很高兴地看到健身狂客户经理依偎在一个男人的臂弯里,男人穿着一双帆布鞋,上面画着手绘的脚趾。

CEO和技术联合创始人举着鸡尾酒,站在舞台上拉开的天鹅绒帷幕之间,发表了一番关于我们目前进展的演讲。"特别感

[①] 当代基督教的一个福音主义派别。
[②] 犹太教的一个派别。

谢你们，"他们举起酒杯说，"敬你们的另一半。"提早下班来参加派对的"另一半"们礼貌地鼓掌，礼节性地亲吻各自伴侣的脸颊。我很高兴伊恩迟到了。

我们去了一家米其林星级餐厅，也是公司当晚包场的。穿燕尾服的侍者安静地端来珍宝蟹和香煎黑鲈、神户牛肉和龙虾馅饼，还有整瓶的红酒。酒吧是开放式的。人们在照相亭里和约会对象亲热，却没有意识到照相亭是数码的，所有的照片都将在第二天早晨发送给运营经理。浴室里有能量饮料和可卡因。我们对着餐厅的玻璃窗跳舞——餐巾扔在桌子上，鞋子脱得到处都是。预定的时间已经过了，我们避免跟侍者有目光接触。

人们涌到走廊上去抽烟。我跳完舞，发现伊恩独自坐在那里，品尝着他的甜点。"这是我这辈子吃过的最难忘的一餐。"他一边说一边用勺子刮着盘子的边缘。甜点被精心摆放在每一道菜前，但是没有人吃，就那么丢在那里。我很感谢伊恩，也很惭愧。我轻易陷入了一种自以为是的归属感之中。我忙着吃、忙着喝、忙着履行我的职责，连食物的味道都没尝出来。

随着冬天的到来，该下雨了。最后，终于下雨了，虽然只有一点点。在数据分析创业公司，人们盼望着倾盆大雨，即使城市在恶劣天气面前会崩溃：公共交通工具姗姗来迟或者干脆停摆；人们就像在度假，睡懒觉、迟到、在家办公。我们站在厨房里，等着运动鞋晾干；有人会对糟糕的交通状况发表评论，或者抱怨等公交车花了多长时间。"但是，"一定会有人出于责任感，从全球变暖和全州干旱的角度反驳说，"我们需要雨水——我们需要。"

我曾暗自希望干旱持续下去。旧金山下雨意味着塔霍湖下雪，意味着一年一度的滑雪之旅将成为现实。虽然我喜欢我的大多数同事，但是我对跟他们一起度周末持谨慎态度——更不用说上级了。这似乎更多的是一种负担，而不是福利：在职场关系中引入令人不安的新动向的可能性太大了。我真的不想知道每个人一早醒来是什么样子，或者听到工程部经理在浴室里清嗓子的声音。我不想听唠叨的同事开同样的玩笑：我不是个早起的人。一遍又一遍。我想象自己在坡道上摔倒，需要帮助；或者在缆车上排队，不得不流着鼻涕跟人聊天。有太多机会暴露我的脆弱和人格了。

让我生气的还有，我们似乎别无选择：不参加工作场所之外的活动就是不够 DFTC（为了事业）。这让人感觉假期和娱乐都是强制性的。公司旅行安排在为期三天的假日周末，虽然是一种福利，但是也可能有些员工认为这是私人时间。

我们早上七点在办公室集合，带着纸杯咖啡和冬装外套。运营经理分发缆车票和滑雪用具租赁证，宣布车辆分配。车辆属于自愿驾车的员工，但是管理层希望鼓励坐在后座的乘客跨团队交流。我们坚持我们的座位分配。我们需要团结，我们一定会团结。旅行是免费的。

车队很快散开了。我们这群人在一条商业街停下来，买了培根、鸡蛋和面包，好多袋波纹薯片、30 件淡啤酒和几提黑啤。除了最后一天晚上象征性的晚宴之外，大多数时间我们要自己吃饭。晚宴是为了向创业公司卑微的起源致敬：CEO和技术联合创始人将亲自下厨，为全公司做意大利面和蒜蓉面包，就像在经济拮据时期一样。我推着购物车走过一排排货架，把甜麦片和蛋白棒扔进车里，感觉就像在跟别人的家人一起度假。

创业公司在南塔霍湖的度假胜地预订了一排舒适的乡村公寓，就在湖边。公寓里有木镶板的墙壁、永远潮湿的地毯、不配套的银器，以及各种赏心悦目的工艺品。不过，虽然有家人般的友谊，但我们还是不像有血缘关系的人一起度假时那样轻松、自在。房间是事先分配好的，没有征求过员工的意见。我喜欢我的一些同事胜过另一些，但是基本上分到跟谁一起睡都无所谓。只有一个人是我不想跟他合住的：几个星期前，有一次在办公室喝到很晚，我跟解决方案团队的一个男人合乘一辆出租车回家——我们俩住得很近。路上，他的手顺着我的后背向上滑；我把他的手甩开后，他的手又顺着我的腰带往下滑。我继续跟他交谈、推开他的手、尽量向车窗那边靠。后来，我们再没谈起过这件事，我也没有向别人提起——没有人可以说，也没什么可说的。我把他当成朋友。尽管如此，我还是很高兴地发现卧室的门能上锁。

第一天晚上，我和凯尔到处闲逛。凯尔是一个瘦瘦的前端开发人员，是诺亚推荐的。他为人谦虚，才华横溢，传说他作为一家游戏公司的早期员工发了一笔横财（这家公司开发了一款病毒式的模拟农场游戏）。凯尔是我遇到过的最安静的人之一。跟他在一起，我的生命好像都变长了。他在业余时间开发了一些不为病毒式营销设计的迷幻、美丽的电子游戏。在办公室里，我们相互捉弄，在便利贴上交换只有我们俩才懂的暗号，在公司聊天室里玩文字接龙游戏。我们一起骑车上下班。我敢肯定同事们讨厌我们，但是我不在乎；有朋友的感觉太棒了，他给我带来了安慰和快乐。

我们同抽一支烟，跳过石头，沿着海滩漫步，透过相邻的一座度假屋的窗户往里看。我们经过热水浴缸，销售人员正在那里用塑料杯子喝酒。我能听见解决方案经理问博士他的文身怎么样，那文身从前胸一直覆盖到手臂。我在飞机上就看到他们相互点头致意了。我知道博士多么想得到我在客户支持团队的领导角色，哪怕只是个微不足道的小角色。我知道他会如愿的。

到了"快乐时光"的时间，我们在一套公寓里集合。客户经理们排成一行，忙着准备培根香肠卷。电子舞曲从精心装配的音响中流淌出来；后来，人们在沙发上跳舞，在房间里横冲直撞，把房梁上悬挂的充满爱国主义色彩的美国国旗扯下来。我和解决方案经理坐在一张长桌子旁边，他拿出一袋子棋盘游戏，跟博士沉浸在拼字游戏的激烈战斗中。

CEO走进小屋，宣布他修改了计划：为了让客户支持团队有更多的休闲时光，工程师将代替我们工作。我们整个早晨都在路上，整个白天都在山上，客户支持申请单已经排出去好几个小时了。我们大多数人都喝了酒。有人整个下午都在喝酒。虽然不清楚我们是在参加派对的同时工作，还是在工作的同时参加派对，不过，当工程师们试图向我们的用户解释他们自己的产品时，小屋里的气氛混合着挫败和包容。我团队的男孩子们嘲笑工程师，朝他们翻白眼，凑到键盘上纠正他们的错误。当时，这种分工是一次愉快的喘息、一种权力结构的逆转。不过后来，我意识到其中的含义：我们的工作很简单，任何人都可以做。他们甚至喝醉了都能做。

15

　　商业是男人谈感情的一种方式。互联网上充斥着缺乏职业经验、一味好高骛远的男人，互相提供道听途说来的指导和建议："你在学校学不到的 10 条创业经验""每个成功企业家都知道的 10 件事""5 种保持谦卑的方式""为什么市场总是赢家""为什么客户从来都不是对的""如何应对失败""如何更好地失败""如何继续失败""如何消除你的愤怒""如何为你的情绪建立工作区""如何对你的孩子进行 A/B 测试""18 句贴在你电脑上的老生常谈""提高你的情绪敏感度""如何去爱一种不爱你的东西"。

　　一天下午，我在午餐时间走进一家快餐店，发现 CEO 一个人坐在那里吃着蔬菜汉堡包、看着手机。我坐下来，他把薯条从桌子那头推过来。他说，他正在读一本我们的投资人写的书。如何在波涛汹涌的创业浪潮中航行，如何战胜自我怀疑和外部压力这对孪生恶魔——这本书为解决这些问题提供了指导。它谈到了学习、战斗、旅行，每一章开头都引用了一句说唱歌曲的歌词——那种挣扎是真实的。

　　这个令 CEO 钦佩的人也令生态系统中其他所有人钦佩：既是企业家，也是投资人。他们当中的翘楚就是种子加速器的创始人：一位英国电脑科学家——创业公司生态系统中最接近知识分子的人。作为一个写了大量博客文章的金句创造者，他的文风冷静、理性，不带感情色彩。他就知识遵从发表了长篇大论。他喜欢将创业公司创始人与历史上的伟人相比，比如弥尔顿、毕加索、伽利略。我不怀疑他的商业洞察力，但是我不知道为什么他似乎相信：这让他有资格成为任何事物——一切事物——的专家。

我对任何试图搞清楚这一点的人都抱有同情，我也在一定程度上同情 CEO：虽然他永远不会承认，但他一定也是一头雾水。尽管如此，我还是无法想象将风险投资人的生活方式奉为模板；无法想象阅读一本书，只是因为一个我从没见过的金融中介推荐了它。当然，对 CEO 来说，他们不仅仅是船头装饰的雕像，他认识他们本人。

"这本书很不错。" CEO 对我说，"如果你喜欢这个，你也会喜欢自然疗法。" 我没有说话。我看了看他的手机。他在看某一章的第一页，这章的题目是"准备解雇一位高管"。

"这是个巧合。" 他看着我的眼睛说，"别太当真，一点也别当真。" 他告诉我，解雇员工很可怕，就像经历一次糟糕的分手，但是更糟——太痛苦了。我告诉他别担心，只是一本书罢了。

事实上，我再怎么当真都不会过分。CEO 也是总裁和董事会主席，他负责产品、技术、解决方案和市场营销。他是我们唯一真正的主管。

诺亚和我在离办公室几个街区远的市场街南区见面喝了一杯。酒吧闻起来像个炸锅,天花板上挂着一排摩托车。自从他被解雇后,我还没有见过他。我很紧张:他会责怪我吗?我们像久别重逢的家人一样拥抱。

诺亚看起来更开心了,这让我如释重负。他的澳大利亚工装靴上有灰尘。他说他睡得更好了。他在考虑开一家工人自有的百吉饼店——合作社是唯一合乎道德的商业模式——并且努力将"应用程序"这个词从他的词汇表中删除。"应用程序,"诺亚一边纠正自己的发音,一边说,"缩写形式模糊了它是软件的事实。"这是故意的、邪恶的,即使技术上最复杂的程序也有着色彩鲜艳的卡通化设计。"我们不是软件!"他尖着嗓子说,"我们是你的朋友!"

我对公司的现状做了简要汇报:增长很艰难;收入在上涨;塔霍湖很奇怪;我们想念他。我们反复讨论了他被解雇的细节。他说,办公室开始让他感到真正的幽闭恐惧,他能感受到空调和空气净化系统在工作,他的工作职责一成不变。"我想,如果我要一直做这份工作,我最好在五年之内富起来。"他说,"我想得到报酬。我是第 13 名员工。我想在那里工作,我想努力工作,但是我想确保在工作结束时,我能拥有公司足够的份额。"

这不是第一次也不是最后一次有人提醒我,我在公司的股份微不足道。作为第 20 名员工,我被亏待了。当我签下录用通知书时,股票的数字听起来很高,但是我没有问过期权池子的规模。在一次体面的收购中,我可能净赚 1 万美元。我猛地喝干我的啤酒。

诺亚打住话头,看了看摩托车,然后看着我。"你可以说我的自我定位不切实际。"他说,"或者你也可以说,我要求的就是我所需要的,只是比他们愿意给的多了一些。"

不管怎样,他说,至少他的良心更清白了。我问他这是什么意思。

"毕竟,"他说,"我们在一家监控公司工作。"他提到了重回媒体视线的国安局告密者。更多的消息被披露出来,近20万份文档被公开。监控项目比最初报道的规模更大、更复杂,硅谷也牵涉其中。"我在那里工作时没有想过这个问题,因为产品是商业导向的。"诺亚说,"我没有把它看成一个社会问题。而且,我不认为我掌握的信息告诉我,互联网上所有的钱都来自监控。"

提到监控,我澄清道,他只是在谈论广告技术吗?我觉得数字广告很烦人,但是我从没认为它充满恶意(虽然很容易从我们的客户公司身上看到,免费服务通常意味着用户被以这样或那样的方式剥削;自然,最直接的剥削方式就是通过贪得无厌的数据收集)。

"我看不出二者在功能上有什么区别。"诺亚说,"我们为信息收集提供便利,我们不知道这些信息会被如何利用、被谁利用。我们知道的是,我们跟与情报机构合作之间只差一张传票。如果这些报道是准确的,技术和国家监控之间就只有一线之隔。"

我不知道如何回答。我不想纠正他。我没有把数据收集当成我们这个时代的道德困境之一;这或许是因为我目光短浅,因为

| 缘起 | 125

我需要安全感。虽然整个行业都在谈论规模和改变世界,但我没有考虑过更广泛的影响——我几乎没有想到过整个世界。

我和我的朋友帕克一起去听交响乐,他是我在纽约认识的一名数字权利活动家。几年前,我们算是非正式地、断断续续地交往过,基本上就是他给我上课、然后道歉。"电子邮件就像明信片一样安全。"我们在格林堡公园的市集闲逛时,他提醒我说,"你不希望邮递员阅读它,但是他会的。"他试图给我讲解加密货币和区块链的前景、双重认证的缺点、端到端加密的必要性,以及数据泄露的不可避免时,我耐心地听着。

帕克为一家专注于数字公民权利——隐私、言论自由、公平使用——的非营利组织工作。这个组织成立于20世纪90年代,创始人是一群相信网络自由主义乌托邦的技术人员。在某种意义上,它是生态系统在历史中的锚点。办公室里堆满了积灰的服务器和过时的电脑,运行着陈旧的开源软件。帕克曾经向我解释说,真正关心技术的人从不使用新东西。默认的态度是不信任。

我们的关系没有持续多久,但是从那以后,我们开始定期交换不安全的电子邮件,话题涉及80年代的界面设计、二进制代码或公共领域艺术;偶尔见面,一起参加一些纯洁的、老年人的文化活动。

音乐厅坐了四分之一的人。随着灯光渐暗,我默默地许下承诺,要把更多的时间和金钱花在旧金山的古老文化机构中。我要参与我所居住的城市的市民生活。我要放弃我的纽约驾照。我要查查市长是谁。

幕间休息时,我们用塑料杯子喝白葡萄酒,分吃一袋糖果。网络中立性正在受到侵蚀,这让帕克感到压力。他正在发起一场激励科技工作者的运动,但是并没有如他想象的那样获得支持。我已经对网络中立性有所了解,但我还是让他给我解释——为了怀旧,为了旧时光。

他说,问题在于,科技行业面临的最重要的问题也是最乏味的。斗争符合创始人和科技工作者的利益,但是他们不知道如何组织起来。他们没有游说的耐心。他们不认为他们的工作是政治性的。"他们都认为事情会永远这样下去。"他说。

我们看着一对穿着得体的优雅的老夫妇经过。我有点内疚:在他们眼中,我们一定很煞风景。帕克说:"最糟糕的是技术每况愈下。它正在变得不安全、不自主,变得更集中,受到更多的监控。每家技术公司都在其中一条坐标轴上朝着错误的方向前进。"

我的喉咙发苦。"嘿",我停下脚步说。帕克看着我,他的下嘴唇粘着糖霜。"你认为我是在一家监控公司工作吗?"我问。

"问得好。"他说,"我还以为你永远不会问呢。"

16

创业公司正在成长为大企业。我们向科技行业内外的大公司出售我们的产品,我们向美国政府出售我们的产品。我们正在负起责任。

公司在成长。咖啡总是被喝光,煮咖啡时我们得守在机器旁边看着,才能喝得到。运营经理在厨房装了一个监控摄像头,把摄像头拍到的不文明行为发布到公司聊天室里:脏手伸进椒盐脆饼和薯片桶,从混合坚果里挑出巧克力,把整碗的牛奶和麦片倒进水槽。有一次,我不小心滑倒,碰翻了一桶混合坚果,这段视频立刻以 GIF 动图的形式进入了公司记录。

办公室里挤满了销售人员——仪态优雅、衣冠楚楚的社交动物。当他们连不上我们的 VPN 时,他们会窃笑着把头发捋到脑后。他们订满了会议室,靠在服务器柜上,在楼梯间打电话。他们的办公桌上散落着客户的免费赠品、便利贴、啤酒标和闪存盘。据说他们的底薪是客户支持工程师的两倍多。他们选择现金而不是股权,因此不值得信任。

作为早期员工,我们很危险。我们经历过公司更加自主、稍纵即逝的早期阶段。我们在制定规则之前就在公司了。我们对来龙去脉了解得太多，对事情过去的样子抱有怀旧之情。我们不想成长得比公司快，但是公司成长得比我们快。我们谁也没有预料到，成功会破坏公司给我们的感觉——它属于我们的感觉。新员工对待它就像对待其他任何工作一样——他们什么都不知道。

"我们的文化正在消亡。"在公司的厨房里烤百吉饼时，我们严肃地说，就像启示录里的先知，"我们该拿文化怎么办呢？"

当然，不光是销售人员的原因。销售人员既是结果又是预兆。我们的文化分崩离析已经好几个月了。CEO不会停止与"偏执狂"这个词画等号。我们的主要投资人资助了一个直接竞争对手——这就是投资人。但是，这仍然伤害了我们的感情：爸爸爱我们，只是他更爱别人。我们担心这是一个大量裁员的季节。我们担心我们一直在雇用自己的替代者。有些东西正在若隐若现。

不过，几个星期过去了，什么也没发生。每周二中午，紧急警报都给我们带来好消息——对我们的收入、我们的投资人、我们的估值都是，表面上对我们也是。

没有日程邀请，也没有预先警告，一个星期五的下午，我正收拾东西准备离开时，CEO把我叫到会议室。

"我一开始认为你是个了不起的员工。"他说，手掌放在桌子上，声音压得很低，"每天工作到很晚，总是最后一个离开办公室。但是，现在我想，对你来说，这份工作是不是从一开始就太难了。"

他想知道我是不是 DFTC（为了事业），因为如果我不是，那就是时候离开了。我们可以友好地分手。我盯着会议室尽头壁龛上摆着的四个金属字母雕塑：D，F，T，C。

我告诉他我是的——我当然是。我努力不让自己把椅子背转过去。我非常关心公司，我说，我是认真的。我不想为自己辩护，只是指出我的工作质量并没有改变，我很擅长我的工作。这次会议就像当头一棒，真的。

CEO 说，如果我不想留在公司，他可以亲自帮我找一份新工作。无论如何，我都不会领导客户支持工程师团队了。"我已经看出来你不善于分析。"他说，"我不认为我们有相同的价值观。我甚至不知道你的价值观是什么。"

我当然善于分析，我想。我可能不是个系统思考者，但是我能将问题解构到底。我原以为我们有一些共同的价值观，至少表面上如此：我们同样对大公司的等级制度感到失望；我们都喜欢弱者；我们都自称女权主义者；我们都喜欢赢得胜利。

虽然尽了最大努力，我还是在会议室里哭了两次，不得不中途离席去洗手间拿纸巾，避开工程部同事们关切的目光。我倚着洗手池，用纸巾擦干我的脸，就像时不时在公司看到的其他女人一样。我想到纽约的朋友们。我想到，我是多么努力，却被告知我失败了，这是多么令人沮丧！我想到我的价值观，哭得更厉害了。

我回到会议室，CEO 还在耐心等着。他的表情一点都没变。

为了追求更高的真理,伊恩和我开车到门多西诺去狂欢。我们通过民宿共享平台在一对老夫妇家中预订了一间客房,他们似乎每天都在隔着巨大的沉降式客厅对彼此大喊大叫。客房望出去是一个山谷:雾气缭绕,景色迷人。

虽然我们都没有多少使用管制药物的经验,但至少伊恩相信这个过程。而我什么都不相信。我坐在浴室的洗手池上,阅读一个旅行网络论坛上的用户评论页面。我查询了最近的医院的位置。然后,我从手机上删除了工作邮件,这样,当我被血清素冲昏头脑时,就不可能联系到 CEO,或者任何可能让我后悔的人。

我们吃了药,喝了橙汁。我们躺在沙发上,听着老夫妇在主屋里说话的微弱回声。我们播放着一张凯伦·道尔顿的专辑,抚摸彼此的背,分享各自的家庭故事。我把自己最糟糕的秘密告诉了伊恩,感到心满意足。我没有感到兴奋或狂喜——只是觉得又找回了自己,不过只有好的那部分、不那么焦虑和恐惧的部分。我想和我爱的每一个人重复这种经历。这是我内心的召唤。我想坐在一个美丽的地方,谈天说地。我想同时跟我所有的朋友视频聊天。

生活平淡而美好。我想到历史洪流中的分分合合。一切皆有可能。我搬到加州是为了加速职业发展,现在我正站在一个历史性的转折点上——我们正站在一个历史性的转折点上,我说。伊恩穿上运动裤,快活地在镜子前伸展身体。这是新经济、新生活方式,我们正站在一个崭新的世界边缘,我们是建设者中的一员,我说。好吧,他是建设者中的一员,但是我也在帮忙。

我不知道我是否相信自己说的一切,但是这么说感觉好极了。"非常振奋人心!"伊恩笑着说,"你应该做一个主题演讲。新职业:未来主义者。"

第二天早晨,我们驾车去温泉,赤身裸体漂浮在一个硫磺池中,周围人们的身体已经开始背叛他们。一间木头桑拿房里,白头发的白人高唱着印第安原住民的民谣。我想永远活下去,我想看看会发生什么事。

回到城里时,夕阳的余晖渐渐暗淡,我们谈到将来会怎样。伊恩鼓励我辞职。我让数据分析创业公司占据了我生命中太多的空间,比它要求的还要多。他说,工作让我痛苦。他提醒我,在办公室的洗手间里哭是不正常的。

我解释说我是出于忠诚——我想向 CEO 证明自己。

"他不在乎你。"伊恩说,"你是他生命中最微不足道的问题。你可以辞职。他不会有事的。"

这不是他第一次挑起这个话题了。他是好意,但是他主动提出的建议让我恼火,不完全是因为我拒绝承认他可能是对的。

作为一名软件工程师,伊恩从来没有面对过一个没有他位置的就业市场,他不知道没有机动性、没有选择、没人想要你是什么感觉。他热爱他的工作,可以轻而易举地挣到相当于我三倍的薪水。任何公司都不会不给他提供股权。他就是自己的安全网。

我的技能既不独特也不抢手。或许我已经习惯了短视,并且深受其害。自从在出版业工作以来,我随时可以被取代的感觉就根深蒂固,没有计划就辞职是不可想象的。毕业以后的每个月都体现在我的简历上。对除了大学教授以外的任何人来说，休假都是一个新奇的概念——一个我不能相信的概念。

伊恩爱我的方式就像刚刚坠入爱河一样：他仍然相信我是那种不会让自己被欺负、不会让自己感觉一团糟的人，一个正直、高尚的人，一个尊重自己的人。我理解他的失望。我也想成为那样的人。

为了事业——什么事业？我们的事业就是公司，但是公司也有它的目标：提高参与度；改善用户体验；减少摩擦；制造数字依赖。我们帮助营销经理进行标题栏的 A/B 测试，以提高群发邮件的点击率；帮助电子商务平台的开发人员，让用户更难清空购物车；帮助设计师强化内啡肽的反馈回路；帮助打车软件公司最大化车队生产率，同时降低签约司机的实得报酬。

我们总是说，帮助人们做出更好的决策。我们帮助人们测试他们的假设、回答棘手的问题、消除偏见、发现单项最佳目标、提高转化率、改进关键业务指标、衡量用户采纳策略、优化影响力、驱动 ROI（投资回报率）等。"可以被度量的事物就可以被管理"，我有时候引用一位管理大师的话这样告诉客户——其实他的作品我一个字也没读过。

终局对每个人都一样：不惜任何代价实现增长；规模至上；颠覆，然后占领。

终极理念是：数据改善公司，公司改善世界。一个指标驱动的世界，开发人员永远不会停止优化，用户永远不会停止查看他们的屏幕。在一个没有决策制定、没有人类行为带来的不必要的摩擦的世界，一切都被精简为最高速、最简洁的版本，一切都能够被优化、排序、货币化和控制。

遗憾的是，我喜欢我低效率的生活。我喜欢听收音机、用各种各样的餐具做饭、把洋葱切成薄片、梳理湿漉漉的香草、长时间淋浴、在博物馆发呆。我喜欢乘公交车：看着陌生人跟他们的孩子聊天，看着陌生人盯着窗外的日落和他们手机上的日落照片。我喜欢走很远的路去日本城买饭团，或者走很远的路而完全没有目的地。我喜欢叠衣服、配钥匙、填表、打电话，我甚至喜欢邮局，可以想见，我也对那里的官僚主义感到不满。我喜欢听整张专辑，给唱片翻面。我喜欢情节简单的长篇小说、情节简单的极简主义小说。我喜欢结识陌生人，与他们深入交往。我喜欢在餐厅关门前喝最后一杯酒。我喜欢逛杂货店：仔细查看商品；看着别人在货架间挑选商品。

从烘干机里取出温暖的衣服、听收音机、等公交车……有时候，我会心灰意冷、入不敷出、进退维谷、不知所措。有时候，我会迟到。但是，这些老一套、低效率的东西——我认为它们是奢侈品——是没有负担的标志。我喜欢有时间什么也不做，任思想自由驰骋，感受这个世界。至少，它们让我感觉更有人性。

没有任何阻力的拜物教生活——那会是什么样子？在会议和身体需求之间无休止地穿梭？一个持续的生产力循环？图表和数据集？这不是我的渴望，这不是一种奖励。

一天晚上，CEO 和我坐在办公室的餐桌旁，喝着红酒，吃着薯片。"你跟我们在一起有一年了。"他说，"我问过每个人同样的问题：这是你一生中最长的一年还是最短的一年？"

"最长的。"我说，下意识地、真诚地。他眯起眼睛，似笑非笑。餐桌另一头，解决方案经理显然在偷听。

"这是个脑筋急转弯。"CEO 说，"正确答案是：既是最长的也是最短的。"

17

我的年度评估快要到了,我发现自己在犹豫,要不要提出公司里存在着针对女性的有意无意的敌意,好像我们是不请自来的。公司已经发展到60名员工,其中有8名女性:在科技行业,这个比例相当不错。但我是个理想主义者,我认为我们能做得更好。

我在电子邮件中告诉妈妈:有个同事的智能手表上有一个应用程序,内容只有一个GIF动图,是一对女性乳房在不停地弹跳;还有人对我的体重、我的嘴唇、我的衣服、我的性生活品头论足。我告诉她,"影响力人士"有一个排行榜,评选办公室里的性感肉弹。

这很棘手:我喜欢我的同事们,我尽最大努力还击。我还没遇到过太过分的事,我希望就这样下去。和我认识的其他女人相比,我的境遇还不错。但是,这样的门槛太低了。

在我这个年纪,妈妈在股份制银行工作。我以为她会懂。我希望她说些支持和鼓励的话。我希望她说:"是的!这个行业正需要你来改变。"

她几乎立刻就给我回信了。"不要以书面形式抱怨性别歧视。"

她写道,"当然,除非你已经准备好了请律师。"

我从客户支持部门晋升到了行业内所谓的客户成功部门。我是一名客户成功经理(customer success manager,CSM)。突然间,我有了一个缩写和企业账户。我有了名片,这些小卡片上写着我的私人手机号码,还有"行动胜于页面浏览量"和"我是数据驱动的"的口号。连字符的缺失仍然让我抓狂,但是我把它们分发给了任何想要的人。

客户成功团队很小,只有我和一个前客户经理———一个刚刚毕业的 MBA,总是穿着有领扣的衬衫和擦得锃亮的皮鞋。解决方案经理说,他希望我们能成为一支了不起的团队。我同意他的观点。我喜欢 MBA 和他玩世不恭的幽默感。"他有战略眼光,"解决方案经理笑着说,"而你爱你的客户。"

说到我们的客户,我的收件箱和私人语音留言里全是一些自以为是、固执己见的人发来的要求,还不署名。我一直在想,过去一年,我被低估、被轻视、被抛弃了。我喜欢在软件和客户之间充当翻译,这是真的。我喜欢解构信息,揭开技术过程的神秘面纱,成为少数拥有这种特殊专长的人之一。我喜欢自己的意见被人采纳。但是这些人——我一个也不爱。

伴随着晋升而来的是股权的增加。我还是不知道这些股份值多少钱,也不敢问 MBA 当我俩升职时,他是不是得到了更多。答案似乎是肯定的。毕竟,他的工作被视为战略,而我的工作被解释为爱。

不过，即使没有股权，我也过得不错。我告诉自己，不管怎样，那都是一种投机性收入。我 26 岁，每年收入 9 万美元。我上网买了一双 500 美元的靴子，我知道这双靴子在纽约很流行，但事实证明，我在旧金山不好意思穿——它看起来太专业了。我给一家生殖健康非营利组织捐了一点钱。我给一家为我所在社区的无家可归者提供移动厕所和淋浴间的本地组织捐了一点钱。我买了一个带 USB 接口的自慰器，因为它让人感觉更有技术含量。我在一家有海水游泳池的健身房办了卡，虽然知道我永远不会有时间去游泳的。我还预约了一个众包点评平台推荐的催眠治疗师：我希望通过催眠让我不再咬指甲。一节课就花了 200 美元；我在课上不小心睡着了，做了一个关于人人喊打的社交网络创始人的梦——不是春梦。

我剩下的钱直接存进了一个储蓄账户。好吧，好吧，我安慰自己，在糟糕的日子里，我可以躲在服务器机房，查看我的银行存款余额。这是我的救生舱。

第二年春天，创业公司发布了一项新功能产品，用于衡量一项被称为"成瘾度"的指标。成瘾度以小时为基准，用图表对个体用户的参与频率进行可视化展示，就像类固醇含量的检测报告。这是市场上第一款同类产品：由 CEO 做出创新性的产品决策，由 CTO 出色地执行。每家公司都想开发出一款用户每天要查看好多次的应用程序。它们想要黏性，想成为黏性最强的。成瘾度图表量化并强化了这种痴迷和焦虑。

我们的公关总监已经跳槽到一家更大的科技公司（大公司有着更完善的福利政策，更能够照顾家庭）。还没有人接替她的岗位。她离开后，我成了事实上的文案。当我要求为额外的工作加薪时，这个要求被断然拒绝了。"你这么做是因为你在乎。"解决方案经理说。我肯定是在乎的，因为我一直在这么做。

为了推广成瘾度概念，我为 CEO 代笔，写了一篇评论文章，干巴巴地描述了让人们一个小时好几次、不断打开同一个应用程序的吸引力。"成瘾度能让你看到自己是如何嵌入用户的日常生活的，并衡量和优化你的影响。"我写道，就好像这是一件好事。这篇文章以 CEO 的名义发表在一个流量很大的科技博客上，也以我自己的名义发表在我们公司的博客上。

成瘾度的创新性令人兴奋，但是其中隐含的前提令我感到不安。公司的大多数成员都不到 30 岁，我们是在互联网上长大的。我们都把技术当成一种必然，但是我开始认为技术可能不是唯一的生活方式。我已经经常深陷多巴胺的束缚：我会给自己发送一个链接或一张便条，到预定时间收到通知时一阵兴奋，然后才想起这是我自己发的。我不想鼓励人们对应用程序上瘾。

这个名称也让我恼火。我认识许多人，他们为了摆脱对海洛因、可卡因、止痛药和酒精的依赖而逃离家园——而他们还是幸运者。成瘾是一代人的通病，是毁灭性的。田德隆区离我们的办公室有五个街区。我们应该有更高的追求；至少，英语中还有其他的词汇。

我向凯尔提起我的不安。我说，就好像公司里从来没有人身边有人偶尔吸毒似的；就好像药物滥用是一个抽象的概念，他们只在报纸上读过似的——这还是说他们当中有人读过这方面的新闻。这不仅仅是麻木不仁，而且是一种包庇纵容，令人尴尬和气愤。我说，我们干脆把漏斗形报告称为"厌食症"、把流失率称为"自杀"好了。

凯尔耐心地听我抱怨。他摘下他的印花自行车头盔，搔搔后脑勺。"我明白你的意思。"他说，"成瘾在游戏领域是个大问题。这不是什么新事物。但是，我看不到任何改变的动力。"他用运动鞋的鞋尖推着我桌子下面的迷你滑板。"我们已经把我们的客户称为'用户'了。"

做一名客户成功经理比做客户支持工程师有趣得多，但是这个头衔太老土了，而且夸张做作、虚情假意，让我不好意思大声说出来。不过，事实证明，这对我有好处：当我把电子邮件签名换成"技术客户经理"，以前没有回音的客户开始给我回信了——通常是工程师、创始人，通常都是男性。

这项工作跟客户支持差不多，不过跟技术没太大关系，主要是面向企业的：大公司们。我们 CSM 是长期互利关系的维护者。我有一份客户花名册，上面都是想要体验前沿技术的科技公司。我的工作是确保这些用户从我们的工具中获得最大的收益。工作职责虽然也包括帮助新公司上手——只要它们付的钱足够多——不过仍然委婉地表达了这个意思：如果我不能阻止客户流失，我就会被解雇。

流失意味着客户的减少:客户意识到他们不需要一种第三方产品,或者忘记使用我们的工具,或者转向竞争对手。在这方面,规模化既是祝福也是诅咒。这意味着我们在盈利,但是也意味着我们进入了新创业公司的视野。竞争对手纷纷进入市场——更小、更灵活、员工更少、资金更充足的公司。它们的报价是我们这种稍微臃肿一点的公司所不愿意提供的。它们的承受力更强。

但是,流失不仅仅是定价或忠诚度转移的问题。像任何面向企业的产品一样,它往往是从忽视开始的,当公司每个月为一种工具付出成千上万美元却忘记了它有什么用的时候,流失就不远了。通常,这是最糟糕的反馈,因为这意味着我们被遗忘了。

我会到客户的办公室去跟他们见面:在前台签署保密协议,会议室里有零食和苏打水,工程部俯瞰湾区的景色。他们会说,事实上,他们自己的工程师也能开发类似的东西,他们为此付了太多的钱。虽然可能没那么漂亮,但他们可以"自力更生",拿出自己的解决方案。网络电商已经开始出售后台基础设施,让"自力更生"变得非常容易。我们的工具很棒,我们的客户说,但是他们需要削减成本。

我很难与那些需要裁员的人争论,但是我不介意到现场去试一试——感觉就像实地考察。我去了一些很有名气的公司,羡慕那里漫不经心、无忧无虑的气氛,以及那里的人们一天只工作三个小时。我去了一些创业公司,拒绝了冰茶和奶酪棒。我把亚麻运动夹克带了回来——我觉得我有这个权利。

我不知道其他公司的客户成功经理通常都是年轻女性。她们不穿寒酸的印花衣服，从来不会顶着湿漉漉的头发出门；她们的袜子总是成对的；她们不会讲太多笑话，总是知道答案。她们比我更擅长这份工作，更有说服力。对她们说"不"是不可能的。

对我说"不"却很容易。我总是自己找台阶下，试图用幽默感应付过关。我跟客户见面时，表现得就像在模仿 80 年代的企业经理。我会说："告诉我你想从你的数据中得到什么，让我们定义你的北极星指标。"北极星指标都是一样的：任何能赚钱的东西——越多越好。我坐在会议室里，靠在舒服的椅子上，努力营造一种专业的气氛。我也不知道自己是在模仿谁的风格、编织什么样的幻想。

虽然我知道自己没有说服力，但表演似乎还是有效的。想到我们所有人的工作都是 21 世纪制造的一部分，我就放心了。客户管理、销售、编程——它们的功能可能还跟原来一样，只是在新环境下运行。我坐在工程师、产品经理和 CTO 们对面，心想：我们都只是在照搬别人的剧本。

18

我飞快地浏览着像占星术一样的招聘广告，直接跳到特别待遇的部分：有竞争力的薪水，牙科和眼科保险，401（k），免费健身房会员卡，免费午餐，自行车存车处，塔霍湖的滑雪旅行，纳帕谷的团队活动，拉斯维加斯的峰会，可以随时享用的啤酒、精酿啤酒和康普茶，品酒会，威士忌星期三，免费酒吧星期五，现场按摩，现场瑜伽，台球，乒乓球，乒乓球机器人，海洋球，游戏之夜，电影之夜，卡丁车，高空滑索。招聘广告是一个绝佳的窗口，可以让你了解 HR 的娱乐理念和一个 23 岁的年轻人对工作 - 生活平衡的理解。有时候，我会忘了我不是在申请夏令营。（自定义设置：用最新硬件设计你的终极工作站。改变你周围的世界。我们努力工作，我们开怀大笑，我们击掌相庆。我们不是又一个项目管理工具。我们不是又一家快递公司。）

我剪了头发。我有了私人时间。每次我穿着比 T 恤和牛仔裤更讲究的衣服走进办公室，销售人员都会露出会意的表情。我努力不去理睬他们。

通过访问客户，我知道创业公司的办公室看起来都一样——仿上世纪中叶的现代家具、砖墙、零食吧和小推车。当科技产品投射到现实世界时，它们就有了自己的美学，仿佛将虚拟世界搬到了现实中：民宿共享网站的办公室装饰得像带泳池的房子和临时寓所；一家酒店预订创业公司的门厅里设有带呼叫铃的前台（但是没门房）；打车软件的总部涂成跟应用程序一样的颜色，包括电梯轿厢；一家与图书相关的创业公司有一个小小的、可怜的图书馆，书架有一半是空的，平装书和编程手册相互依靠着。这让我想起那些打扮成迈克尔·杰克逊的样子去参加迈克尔·杰克逊葬礼的人。

不过，有一个没有收入模式的博客平台的办公室特别性感。办公室不需要性感，而且它让我的心率急剧上升：从各个方向上都能看到城市景观，厚实的双人皮沙发，插在放大器上的电吉他，白色五金件的柚木书柜。我曾经想象自己22岁时的男朋友会是个著名音乐家，他的公寓就该是这个样子，但事实上我从来没有遇到他。置身其中让我想脱掉衣服和鞋子，躺在宽大的羊皮毯上，吃一把摇头丸，赤身裸体蜷缩在复古太空椅中，永不离开。

我不知道自己是去吃午饭还是去见客户的，这很正常。我为两者都做好了准备，也就是说，既没有为吃午饭也没有为见客户特意打扮。我的向导带我穿过公共厨房，那里装饰得和其他创业公司的食品室一样：塑料盒装的混合坚果和奶酪饼干、大碗的薯片和迷你糖果棒。整箱的混合装能量棒是必需的，冰箱里有瓶装苏打水、奶酪棒和一次性纸盒装的巧克力牛奶。很难说这家公司的员工是在做马拉松训练，还是在放学后吃零食。但这种景象并不陌生：就在几天前，我走进数据分析创业公司的厨房，看到两个客户经理正在填装耐力运动员吃的葡萄糖咀嚼片。

在阿富汗食品区，我遇到了一个团队，包括一个通过微博平台发家的亿万富翁。他问我在哪里工作，我告诉了他。

"我知道那家公司。"他说，把一片中东面包撕成两半，"我想我要收买你。"

看多了其他创业公司过山车似的发展轨迹，我变得挑剔。当然，也不是那么挑剔。我只想为一家有创新精神而不是机会主义的公司工作，希望公司有稳定的收入模式和一项我能支持的使命。这样的公司也许是另一个"鹤嘴锄"，但是普通公司也可以：能让我做些有用的事，能让我深吸一口气买下它的股票。

我的一个朋友在一家为开发人员开发工具——软件工程师使用的软件——的创业公司工作，帮助他们开发更多的软件。她对工作-生活平衡的评价很高。公司的名气很大，从硅谷的办公园区到美国政府，每个人都在使用它的产品，帮助程序员更方便地存储、跟踪和合作编写源代码。这家公司还运营着一个拥有数百万个开源软件项目的公共平台，任何人都可以上传自己的代码或者免费下载平台上的代码。有时候，容易大惊小怪的科技记者把这个平台称为"亚历山大图书馆"，其实不过是一座代码图书馆。

"我不想挖走你，但是在我看来，显然你是非常合适的人选。"吃午饭时，我的朋友对我说，同时盛赞她雇主的种种优点：

200 名员工，没有真正的竞争对手，1 亿美元资金。她把薯条在奶昔里蘸了蘸。"如果你想管理一个团队，这是可以实现的。你可以试一试，看它是否适合你。"听起来一切都是那么轻松。

"亚历山大图书馆"的结局不怎么美好，但我还是动心了。这家公司有一种真正的商业模式——作为向那些想要将开源、协作的方法应用于专有软件的公司出售私有和自托管版本的平台；是免费的公共网站，又给人激进的感觉。它提供了对工具、知识和精英在线社区的无限制访问，这一切构成了风险资本的合理配置。这家公司闪耀着理想主义和老派技术乌托邦的光芒。在行业的一个角落里，我发现了乐观主义、实验性，以及最重要的——企业的救赎。我能看到它是如何真正让世界变得更美好的。

当然，也有一个危险信号：那年春天，这家创业公司卷入了一桩备受瞩目的性别歧视丑闻。工程师团队的第一位女性——一名开发人员和设计师、有色人种、技术多样性的倡导者——在微博平台上发表了一连串的抱怨言论。她说，这家创业公司本质上是一个男性俱乐部、一个性别歧视机构：同事们轻视她，退回和删除她的代码，并且营造了一个充满敌意的工作环境。她描述了一种女性不受尊重、整日提心吊胆的公司文化。

女性开发人员的帖子掀起了轩然大波。这个故事最后登上了全国媒体。公司启动了调查程序。一位牵涉其中的创始人辞职，另一位移居法国。声称软件正在吞噬世界的风险投资人在社交媒体上力挺这家公司。

所有这一切都让我心存疑虑。但是私下里我也在想，在这次大爆发之后立刻加入组织是不是能有些好处。我不期待一个母系氏族似的女权主义乌托邦。根据这家公司网站的团队页面,女性员工大约占 20%。但是我能想象,在社会舆论和公共监督的影响下,一个标准的男性俱乐部正在瓦解。我想,至少员工们会公开讨论性别歧视问题。性别歧视必须成为内部对话的一部分。我读过福柯①的作品,虽然已经是很多年以前的事了:话语可能仍然是权力。毫无疑问,最终,女性会拥有一席之地。

你可以说我天真或者自欺欺人,但我认为这些考虑是战略性的。

我请了一天假,没有说明理由,担心这种行为有点类似公开挑衅。我安排了那天下午去开源创业公司面试。办公室位于棒球场旁边的一座三层小楼,以前是一座干果工厂。前台处有一组博物馆的陈列柜,展示着公司的历史纪念品。其中有一台有轻微凹痕的笔记本电脑,属于公司的第一批工程师之一;我凝视着电脑,努力想感动自己。一个穿着印有公司 logo 和"特勤"字样衬衫的保安把我带到接待室,指向一张黄色的沙发。我坐下来,双手在膝盖上放平,环顾四周,有一种置身事外的感觉。

接待室一丝不苟地复刻了美国总统的椭圆形办公室,连墙纸都一模一样。深蓝色的地毯上装饰着公司的卡通吉祥物,这是一只虚构的动物:章鱼和猫的混合体,长着触手,睁着大大的眼

---

① 福柯(Foucault),法国哲学家,曾经提出"话语即权力"。

睛。"章鱼猫"举着一根橄榄枝，下面写着"我们相信合作"。"坚定之桌"①旁边立着一面美国国旗，书桌后面播放着云彩掠过国家广场的动画。白色的木门上有精细的三角形纹理，大概是通向"白宫西厢"。

这是风险投资的顶峰——生态系统的另一面。这家公司花费1亿美元投资的方式完全符合任何理性人的想象，20多岁的创始人花起别人的钱来就应该是这个样子：挥霍无度。

数据分析创业公司的办公室就像荧光灯照明下的冻原（伊恩的办公室则是一间后工业化风格的炫酷机器人仓库，我不需要将这间办公室同它们相比，就能欣赏它的别出心裁）。这是一个狂热的梦、一个幻想、一个游乐场。它令人眼花缭乱，而且达到登峰造极的程度。当我走进玻璃墙壁的复刻版白宫战况室，参加第一次面试时，看到会议桌两侧的两面旗子上写着"我们信任精英制度"，我忍不住大笑出声。每个座位上都铺着一块有"章鱼猫"浮雕图案的皮革台布。一切都是那么直白。

最令人惊讶的是我喜欢它。这种狂放不羁使我兴奋。我想知道这里还发生了什么？员工们还经历了什么？

在努力DFTC（为了事业）却几个月没有听到"加班"这个词之后，我对数据分析创业公司还能出现在各类指标排行榜上感到惊讶。工作日还不到晚上6点，办公室一片死寂。除了五六名员工在吧台给自己倒啤酒和调制鸡尾酒，几乎空无一人。

---

① 白宫的椭圆形办公室中美国总统的办公桌。

我有一种预感：我再也不会在一间似乎一夜之间就能清空的创业公司办公室里工作了；也不会回到文化产业，在一间咖啡杯配不上对、窗户透风的套间里工作了。我不会再穿弹力人造丝的商务休闲装。我不会再看到老鼠。我会获得健康的工作－生活平衡，完成自我实现。我会让自己受到照顾，就好像那是我应得的一样。

我想，如果这就是工作的未来，我要全力以赴。我希望所有的职场都像这样，我希望每个人都在这样的地方工作。我相信这是可持续的，我相信它会持续下去。

"我们对你、我们自己和公司都抱有很高的期待。"录用通知书上写着，只是有点傲慢，让人不爽——有那么一点点。"你有理由感到自豪。"我是自豪的，但又不是。我最主要的感觉是筋疲力尽。

这份工作提供达到上限的全覆盖保险、部分401（k）和无限制休假，但是收入少了1万美元，职位也降低了。目前，我甚至不能平级跳槽——做一个典型的客户支持就像顺着梯子往下爬。在任何专业背景下，这都是一次欠考虑的行动，在科技行业尤其显得幼稚：作为一家有前途的创业公司的早期员工，我可能把高价值的股票期权留在了谈判桌上。但是，我没有值得考虑的股票期权，我也不在乎巨额分红或者好听的头衔。当然，有个好听的头衔还是不错的，因为录用通知书上写的职位是"支持猫"——为了向公司吉祥物致敬。我把这种耻辱抛在脑后。

我想要的工作环境很简单：我想信任我的经理；得到公正、平等的报酬；不要让自己觉得被一个25岁的年轻人欺负了；对系统——任何系统都行——的可靠性有一定的信心；不要扯上太多私人感情，不要搞得太亲密。

我给帕克打了电话。"哦，这不是广告技术。"他审慎地说，"所以，还不错。许多极客喜欢它们。现在，那里的工作待遇很好——任何科技公司的待遇都很好。它们会替你做出所有的决定。就像去修道院，不过薪水更高。代价是，它们不鼓励你去思考自己究竟在做什么。但是，你知道自己在做什么。我敢肯定你已经考虑过这一点了。"

我们沉默了一会儿。实际上，我没有考虑过。但是，我相信这项使命，我说。我看不出有什么害处。我承认，我认为开源平台有巨大的潜力。帕克沉默着。

"在我看来，这是集中化的黑暗幽灵。"他说，"在一个没有平台的世界里，我们仍然可以做平台能做的所有事，人们还会更自由。"他叹了一口气。"但是，无论你去哪里，我都不会看不起你。几乎没有一家公司能让你为善意的目标工作。或许有几个非营利组织没有在推波助澜，但是仅此而已。这种组织很少。你所做的任何事都不会比市场街南区的背景辐射更有害了。"

我要接受这份工作，我说。

"是的，"他说，"我知道。"

我安排了一次会面，通知老东家。解决方案经理和我在"五角大楼"坐下来,我说出了一直在脑海里排练的台词:我学到了很多东西,享受这段时光,感谢他们给了我机会。这些都是真的。他们给了我机会。在一定程度上,我享受我的任期。这是一段宝贵的经历。

解决方案经理靠在椅背上,点点头,一圈又一圈地转着结婚戒指。我知道解雇诺亚的时候他哭了,他没有为我哭,让我有一点失望。他敷衍地问,公司能否做些什么来留住我。我告诉他没有。我们俩都松了一口气。

我认为亲口告诉 CEO 我要离开是最有礼貌的,就像他可能在我们的风险投资人写的商业书籍里读到的那样。但是,解决方案经理抢先了一步。一整天,我都盯着 CEO,而他故意不理我。我朝他走过去时,他转身离开,眼睛直视着前方。

幸运的是,那天晚上,我独自待在会议室里,看见 CEO 大步穿过办公室,朝我的方向走来。他仍然避免目光接触,走进办公室,坐下来,说他要听听我的新闻(新闻:比如说我怀孕了,或者要死了,或者什么重要的事)。我点点头,尽量不去道歉。他感谢我的工作,像个高中戏剧社的学生在排练台词一样。"我很抱歉有一次把你弄哭了。"他对着我身后的窗户说。

我想,我还是不了解他。我们不是朋友。我们从来就不是一家人。我不理解他为公司做出的牺牲,或者为了保护公司他会做到什么地步。我不知道他的动力是什么。他身上有一种冷酷,让我害怕。

我向他保证我没事。这是个谎言,但不是为了他说的。我比他更需要相信这一点。

8月底,我清空了笔记本电脑的硬盘,吃了最后一把混合坚果。运营经理的工作太多了,无法进行离职面谈,这令我如释重负。我没有什么可以贡献的了。我说了几句多愁善感的告别的话,签了更多的文件(没有律师在场,这些文件我一份也读不懂;我没有想到我可以拿回去慢慢看,甚至拒绝)。

交出门卡后,我骑自行车离开办公室,心中充满了无限可能。我在市场街漫步。没有了工作用的笔记本电脑,我的背包轻飘飘地拍打着我的后背。我感到自由、解脱。在潘汉德尔,我从一群穿着创业公司T恤的跑步者身边经过,他们像一群驯服的小马一样,排队小跑着穿过桉树林。我同情他们。

那天晚上,伊恩开着租来的车来接我,我们穿过蜿蜒的群山,去往伯克利。我们在一处瞭望台停下来,坐在一块巨石上,吃着咖喱古斯米①,喝着廉价香槟。海湾对面,旧金山的灯火在闪烁。雾气笼罩着城市,像薄纱一样落在公园、山丘和码头上。

一直以来,我都可以离开。我几个月以前就该走了。在将近两年的时间里,我被年轻人的自信诱惑了。在他们的世界里,知道你想要什么并得到它是如此简单。我已经准备好相信他们,渴望按照他们的原则安排自己的生活。我相信他们能告诉我:我是谁、什么才是重要的,以及如何生活。我相信他们有计划,而且

---

① 一种北非的粗麦制品,外形类似小米。

对我来说是最好的计划。我以为他们知道一些我不知道的事。

　　我如释重负。我裹着伊恩的夹克，看着这座城市，没有意识到我其实和它一样：整个文化都受到了诱惑。我盲目地信任那些来自美国郊区的野心勃勃、咄咄逼人、傲慢自大的年轻人；这是一种病态，但不是我个人的问题。全世界都感染了这种疾病。

成　长

19

开源创业公司最早是一家研究机构。早在四个二三十岁、面带稚气的程序员创始人掀起自由软件革命——并使之货币化——之前，人们已经在这一领域合作了几十年。不过，创业公司加速了这个过程，使之更可靠、更社会化。这个平台真正改善了开发人员的生活，他们喜欢那些简洁、优雅的解决方案，其设计者有着跟他们一样的思路和想法。公司实际上从一开始就有盈利，是产品－市场契合的典范——对风险投资人来说就像猫薄荷一样诱人。创始人决定另辟蹊径。没有人向他们说"不"。

公司效仿自由软件社区，富于颠覆性、反主流文化和深刻的技术乌托邦精神。开源的原则是透明、协作、去中心化，多年来，为了遵循这些原则，创业公司是扁平化的，没有等级制度，没有组织结构图。员工自己决定薪酬和工作重点，并达成共识。创始人不相信管理，但是相信精英制度：最优秀的人自然会上升到顶层。

每个人都被鼓励以最佳的方式、在最佳的时间和地点工作，无论是凌晨三点在旧金山的办公室，也就是公司总部，还是在瓦胡岛的吊床上。他们被鼓励全身心地投入工作，也全身心地去度假：无限制地休假，没有电话追踪，没有上班时间。一半的人选择远程工作，移动办公再平常不过了。

公司痴迷开发人员，开发人员也痴迷公司。用户表现出近乎狂热的品牌忠诚度，他们把公司吉祥物文在身上，拍照发给支持团队，照片上的皮肤还在泛红、墨水还没干透。网上商店出售大量的周边产品，包括品牌服装、贴纸、酒具、玩具、婴儿连体衣，都可以成为一项独立业务了。世界各地的旅行团慕名而来，参观椭圆形办公室，在"坚定之桌"后面和大厅里的"章鱼猫"雕像——这是一座模仿思想者造型、六英尺高的青铜雕像——的台座上自拍。

一些员工是开源社区的名人，是流行代码库的知名维护者或者编程语言的作者。另一些人利用创业公司来赢得个人声誉，通过博客打造个人品牌，变得小有名气。他们自诩为公司的传道者，周游世界，走遍各大洲，没完没了地参加会议。他们在东京谈编程框架，在伦敦谈设计思维，在柏林谈工作的未来。他们以终身教授的权威向挂着全天票胸牌的观众发表演说，这些观众通常是热情的开发人员、设计师和企业家。他们激情澎湃地谈论会议的毒性，为合作的超越性赋予诗意。他们把自己的个人经历变成普遍真理。当他们路过旧金山时，他们穿着员工连帽衫在市场街南区附近闲逛，好像人们会认出他们似的——有时候确实会有人认出他们。

上班后的第一个星期，我一直在浏览公司的内部留言板和聊天室记录。尽管有传言称总部大楼耗资超过1 000万美元，但实际上，一个远程优先的公司真正的总部在云端。为了保证所有的员工无论其地理位置一律平等，大多数业务是通过即时通信进行的。这主要是通过一个开源平台上的私有库完成的，就好像公司本身就是一个代码库。人们着了魔似的记录他们的工作、会议和决策制定过程。所有的内部沟通和项目都对整个组织公开。由于产品的性质，每个文件的每个版本都被保留。整个公司实际上可以被开展逆向工程。

公司只有200名员工，但是在某种意义上，它创建了一个私人互联网社区。人们通过平台相互联系，无论在线上还是线下。连CEO都用他的用户名来签署电子邮件和内部帖子。公司聊天软件每隔几秒钟就会闪烁，发来数据、信息和即时消息，内容包罗万象。有科幻小说读者、漫画爱好者、夜猫子和政治迷的论坛。有一个论坛供人们发布办公室里的狗狗的照片，还有一个论坛供人们发布他们在社交媒体上关注的狗狗的照片。有为光脚穿鞋爱好者、武术练习者和回炉再造的音乐专业学生开设的论坛，有为卡拉OK、篮球、主题公园、清淡饮食和真空烹饪爱好者开设的论坛，有讨论迷你房屋的论坛，有编织爱好者的论坛，有素食者和高尔夫爱好者的论坛，有婚礼策划、钓鱼的论坛。有40人参与了一个专门讨论人体工学键盘的论坛。

我的同事都是表情包狂人，大量使用表情包，作为语言的替代品和被动攻击的手段：一条小鲸鱼、一个小冰淇淋甜筒、一个小屎坨、一个小小的定制"章鱼猫"、一幅小小的CEO照片。一想到在公共场所使用笔记本电脑就让我觉得尴尬——我的工作就像小孩子玩的电子游戏。

公司的机构知识档案令人着迷。由于没有正式的入职培训，我自己制定了一套计划。我阅读了自从性别歧视指控曝光以来的聊天记录、处理丑闻的全体会议的记录、人力资源库里的讨论。我看到同事们当时的反应：他们很快就把第一位女性工程师赶下了车。阅读聊天记录让我感觉自己有点变态，但这是一个非常有用的调研项目，一种发现应该回避谁、应该信任谁的方法。

第二个星期，我飞到芝加哥参加一个黑客之家活动。黑客之家是全公司的一项惯例：每隔几个月，团队成员聚集在他们选择的城市——奥斯汀、雅典、多伦多、东京——花几天时间沟通进度、制定计划、一起喝酒。我的新同事们即便不是数字原生代，也是数字同化主义者，他们称之为实体空间聚会。

公司租下了黄金海岸附近的一座宅邸。这是一幢庞大的现代艺术别墅，曾经属于一个鞋业女继承人，后来被翻修，装饰成俗艳、色情的极简主义风格：几何家具、斑马地毯、白色的三角钢琴，以及一头实物大小的填充阉牛。我的房间里，半面玻璃墙将整体浴室和床隔开。

第一天晚上，我用行李袋抵住不能上锁的卧室门。黎明前，我被一个客户支持工程师的声音吵醒了：他害怕坐飞机，从科罗拉多坐了18个小时的火车过来。我听见他拖着沉重的脚步穿过门厅，一头撞进自己的房间。第二天早晨我出来时，发现他的门开着：他脸朝下趴在床上，摊开手脚，轻轻地发出鼾声。

客户支持团队白天躺在客厅的高背皮沙发上，一边处理客户支持请求，一边讨论订外卖、在聊天室里开玩笑。晚上，团队在最受欢迎的新美国餐馆包场，吃从农场到餐桌直供的中西部大餐，然后去黑箱剧院看中西部喜剧。早晨，大家起得很晚，穿着睡衣在房子里走来走去，煎培根，回复客户支持申请单。

虽然为期一周的外宿聚会不是我认识新同事的首选方式，但是我觉得很幸运。我的团队成员都是好脾气、有趣、悠闲的人。几乎所有人的年纪都比我大，大约一半是女性。很多人以前是图书管理员或档案管理员，他们被开源创业公司吸引的原因跟我差不多：对自由、易于传播、组织有序的知识乌托邦的承诺；过得去的薪水；非常好的福利。

我的入职伙伴是个热情、周到的南方人，以前在一家非营利教育机构工作，她给我演示了公司内部的客户支持请求处理软件。我注意到公司的工程师好像有强迫症：连客户支持请求队列的设计都像一个开源项目。

我的入职伙伴解释说，处理软件是由最早的"支持猫"开发的，可能会有bug。"他现在在内部工具团队。"她说，"如果哪里出了问题，就找他。"她给了我开发人员的平台账号，昵称很可爱，让人想起小熊宝宝。"他叫什么名字？"我问。我的入职伙伴笑了："这就是他的名字。"她靠过来悄悄地说："他的标志是狸猫，一种日本小动物。只有创始人知道他的真名。""哦，"我说，"真有意思。""他有时候在总部。"她说，"你能根据尾巴把他认出来。"

第二天晚上,我们在别墅附近的一家潜水酒吧喝睡前酒时,气氛发生了变化。"支持猫"们开始说脏话。公司在垂死挣扎,我的同事们说,至少文化上是这样。创业公司经历了一段漫长而尴尬的青春期,现在它必须长大了。因为丑闻离开的创始人是公司的命脉,CEO 的出发点是好的,但是不愿意面对冲突。公司历史上第一次,人们威胁着要辞职。

我的同事们解释说,第一位女性工程师身上发生的事一直困扰着员工。许多人把这当成个人的事。他们以公司为家,公司却让他们失望了。他们很难过。甚至在不知情的情况下,他们成了同谋。他们害怕这种事情会再次发生。

但是,事情也不是那么简单。"一方面,如果我们有性别歧视或性骚扰的问题,那么必须解决。"一个同事对我说,"另一方面,这伤害了每一个人。"我问她是什么意思,她把头发拨到一边。"我不知道公司能不能挺过来。"她说,"而且,坦率地说,她不是唯一有正义感的人。"

回到办公室,人们对一群网络暴民在游戏中骚扰女性的事件议论纷纷。这些暴民充斥社交网络,散布种族主义、歧视女性的反动言论。他们抨击女权主义者、活动家,以及那些被他们轻蔑地称为"社会正义斗士"的人。他们在几乎所有其他平台上都被禁言(在那些平台上,他们引用《美国宪法第一修正案》,控诉审查制度)。他们引起了一些右翼评论家和白人至上主义者的关注，得到了这部分人的拥护和支持。

在开源平台上，这些暴民维护着一个代码库，存储他们的目标女性的资源和信息，包括照片、地址、个人信息，还列出了跟踪、骚扰和通过媒体施压的策略。代码库的大多数账号都是马甲，绑定一次性的电子邮件，用覆盖网络来隐藏 IP 地址。账号背后的人无法识别，也不可能追踪。

我的同事们为如何严肃地对待这场运动而争论不休。他们已经看惯了社交媒体被以这种方式当作武器——每个平台上都存在暴民和水军，最好的办法就是将他们标记为垃圾邮件发送者，或者干脆忽略他们。

"如果你在游戏社区花上五分钟，你就会看到这种事。"一个同事说。我从小就没玩过电子游戏，我都不知道还有游戏社区。"他们只是一群住在父母家地下室的家伙。"他说，"他们会长大的。"不过，他也承认，看到他们的电子邮件模板和电话脚本，发现他们如此有组织，毕竟不太正常。

公司没有一个正式团队来处理这类情况。一个由高管、客户支持代表、律师和好事者组成的临时小组，建立了一个叫做"危险品"的临时决策聊天室，专门处理平台上偶尔出现的争议和突发事件。经过几个星期的内部讨论和不作为，在来自社区的抱怨的压力之下，危险品小组关闭了代码库。员工们立刻在社交媒体上遭到围攻。客户支持收件箱里塞满了死亡威胁。

我给一个工程师看了一条充满敌意的消息。我们用我们的管理工具查找电子邮件地址，发现了相关账号。用户头像是一个留着小胡子、眼神狂乱的男人。"这就是你担心的人?"工程师问道,"算了吧,你知道这些人的。充气娃娃抱枕,前后都有洞。你会没事的。他妈妈不会开车送他去杀人的。"

工程师回到他的办公桌。我打开一个新网页,搜索充气娃娃抱枕。我一边翻看着产品照片,一边想:这个世界多么大、多么不可思议。我实在是太天真了。

我的同事们在聊天室里贴出名人翻白眼的GIF动图。他们说,这些马甲账号背后的人就是一群混蛋,他们要么乳臭未干,要么闲极无聊,可能是学生(公司经常发现,一到学校放假和长周末,侵权报告的数量就有小幅上升)。同事们向我保证,这些人只是一群蹩脚的演员,不是平台的典型用户——不值得浪费时间,不值得我们插手。

20

作为入职礼物,开源创业公司给每名员工发了一个计步器手环:健康的员工是快乐的员工,保险可能也会更便宜。我戴了一个星期的手环,跟踪我的步数,调整卡路里摄入量。直到意识到自己处于饮食失调的边缘,我想,最好还是把手环放回盒子里。

生态系统痴迷优化文化和生产力黑客,开发出了分心拦截器、任务计时器、隐士模式、批处理电子邮件、时间定量;现在,这种迷恋已经扩展到生物黑客领域。在互联网上和旧金山的高档咖啡店里,系统思考者们交流着关于堆栈和服药剂量的心得。他们通过双声节拍和红光来优化睡眠周期。他们购买掺黄油的冷萃咖啡,往大腿上注射睾丸酮,还购买了可以自己控制150伏特电击的触觉反馈腕带。

生物黑客认为,人体是一个平台。如果他们的笔记本电脑的操作系统有一个可用的升级软件,毫无疑问,他们会马上下载。人体器官也是如此。新公司向那些追求最佳表现的人出售益智药,这是一种不受监管的认知增强药物,据称可以开启更高层次的思维。

我也不能免俗。我太好奇了(我的大学室友曾经服用治疗注意力缺陷的药物,一直让我念念不忘)。我从一家自称正在制造

"人类2.0"的创业公司订购了益智药胶囊。这种胶囊没有得到美国食品药品监督管理局（FDA）的批准，但是这家创业公司的金主正是我们的投资人。我服用了胶囊，期待提高工作效率。但是，我的思维没有升级，最多只能达到正常水平。

"我不喜欢这些新玩意。"伊恩一边研究益智药的包装，一边说。胶囊在玻璃瓶里哗啦啦地响，商标上印着一道闪电。"茶氨酸？这跟顺势疗法①差不多，只是平面设计。"他拒绝了我递过去的摩卡口味的咖啡因口香糖。

我一不小心就在浴室里花了一个下午，吃益智药、看化妆教程、试图化一个完美的眼妆。然后，我想，身体优化或许有点可悲。目标是效率，而不是快乐。为了什么——它为谁服务？也许在20多岁的时候追求高产，可以缩短一个人一生中保持生产力的年限，让人以仍然年轻的身体提早退休，但是这就像在时间面前扮演上帝。

或许就像商业博客一样，生物黑客只是又一种自助模式，这种可能性还更大些。科技文化为男性提供了数不清的出口，让他们从事被认为女性化的活动，显然也包括身体管理。我能理解：跟踪个人指标提供了一种进取的感觉，让自我完善的过程变得可以衡量。排行榜和健身应用程序通过竞争为群体提供激励。量化是控制的载体。

自我提升也吸引了我。我能够更经常地锻炼，更注意盐的摄

---

① 又称同类疗法，一种替代疗法，其理论基础是"同样的制剂治疗同类疾病"。

入。我想变得更开放、更体贴。我想更关心家人、朋友和伊恩，想和他们更亲近。我不想再用幽默来掩饰不安、悲伤和愤怒。我希望心理医生为我讲的笑话发笑，告诉我我的心态很健康。我想更好地了解自己的欲望，知道自己想要什么——我想找到一个目标。但是，对心率变化、入睡时间、血糖水平和酮类物质的非医学监测这些都不是自我认知，只是元数据罢了。

上班不是强制性的，但有一阵子我还是每天去上班。待在总部是一种享受，就像在一家豪华酒店的大堂消磨时间是一种享受一样。自动售货机里摆放着新品键盘、耳机和线缆，只要刷一下员工卡就会掉下来，全是免费的。电梯从来不出故障。据说有一个工程师在办公室住了一段时间，晚上就睡在一个室内集装箱顶上的休息区，直到被保安发现才回了家。集装箱是作为室内装饰摆在那里的，这是个双关语："shipping code"既有集装箱的意思，也可以指代码迁移。

我的同事们把办公室当成俱乐部。人们光着脚走来走去，玩杂耍、弹吉他。他们穿着表达个性的奇装异服来上班：印有独角兽表情包的弹力紧身裤、印有同事面孔的衬衫、束缚项圈、火人毛皮。有人在工作中途玩电子游戏，或者在程序员的洞穴里打盹。这是一种加衬垫的黑暗隔间，是专门为那些在感官剥夺条件下能够达到最佳工作状态的人设计的。似乎一半的工程师都是DJ：一群开发人员定期在教会区的一家俱乐部演出，一个数据科学家在他们身后的屏幕上投射三角形和其他几何图形。一些人用公司吧台对面的混音器练习，骄傲地回忆在办公室开派对，吵得邻居威胁要报警的经历。

尽管有完善的设施和俱乐部文化，但是办公室很少满员。会议是通过视频会议软件进行的，人们碰巧在哪里，就从哪里接入：公共交通工具、泳池边的躺椅、凌乱的床、背景里还有人在打盹的客厅。一个工程师在一面室内攀岩壁前，绑着背带、抓着塑料岩石参加每天的例行短会。一个远程呈现机器人在一楼的活动室里转圈子，像一座引人注目的连通世界的桥梁。

人们来来去去，按各自的时间表行事。我从来不知道在总部会遇见谁，还是只有我一个人。每层楼都安装了电视屏幕，上面显示着热图和名单，可以看到哪些员工在楼内，以及具体在哪里。热图让我感觉隐私受到了侵犯，但是我不知道如何关闭它。每次上洗手间时，我都用余光看着屏幕，等着我的数据——一个发光的橙色小圆点跟上来。不过，热图也让我感觉几乎与公司融为一体，特别是当屏幕上只有我一个小圆点的时候。

我仍然想成为某件事物的一部分。我在一群工程师中间找到一张没有人的站立式办公桌，把我的新名片放在显示器旁边：标明领地。我用公司商店里的"章鱼猫"贴纸装饰了我的笔记本电脑。我光顾了公司的内部女按摩师的生意，小心翼翼地接受了一次穿着衣服的背部按摩，那种感觉太堕落了，让我的身体因为羞愧而紧张。我和同事们在一个隐藏在图书馆书架后面的房间里喝苏格兰威士忌，房间设计得像 19 世纪的吸烟室：有挂着天鹅绒外套的衣帽架和一个用作储物箱的地球仪，壁炉架上方是一幅"章鱼猫"装扮成拿破仑·波拿巴的油画。虽然脚下拌蒜，但我还是参加了公司的足球队（比赛要求每支球队有两名女性，我尽了自己的一份力）。我去了公司的健身房，然后在办公室的更衣室里紧张地淋浴，下决心再也不在工作时间裸体了。我穿着员工连帽衫骄傲地走来走去：袖子上印着我的平台账号，胸前贴着吉祥物的剪影。

我是第 230 多名员工。当时，这个数字并不重要。我毫不费力就能认出早期员工，不仅是因为一些人在社交媒体的个人简介中列出了他们的工号。他们垄断了聊天室，蔑视日益增长的非技术团队，经常怀念事情过去是什么样子的。我在他们身上看到了以前的自己。

我的确羡慕早期员工。他们会开只有圈内人才懂的玩笑，他们的骄傲是当之无愧的。有时候，阅读他们的笑话，或者浏览他们的博客，掠过他们赞颂异步协作和开源禅宗的文章，看到他们的孩子在万圣节时装扮成"章鱼猫"的照片，我会想起我在原来的公司拥有的权威，或者叠好放在毛巾下面的数据驱动的 T 恤，涌起一阵怀旧之情、欲望、职场孤独感。我怀念那种归属感——以为自己是公司的主人、人人都认识我。我怀念那种全身心投入的感觉。然后，我会提醒自己：要不是上帝的恩典，我可能会重蹈覆辙。

客户支持团队每周通过视频会议碰一次面，为期一小时。我会梳好头发，拉上临街的窗帘，把乱七八糟的东西扔到床上，用被子盖住，为会议做好准备。

"或许我们应该分享你的工作。"一天早晨，伊恩看着我调整笔记本电脑的位置，躲开挂着内衣的晾衣架，建议道，"我们都可以兼职工作，靠一份薪水生活，然后环游世界。谁会知道呢？"没有人，我说。我告诉伊恩，既然我们要这么做，他不妨让我们升入工程部，我进行视频聊天，他来写代码。

虽然我的同事们时不时地飞回总部，但是真正碰面还是感觉怪怪的：看到每个人脖子以下的部分，让人不知所措。我们的关系是通过软件培育起来的，无法立刻投射到物理现实。比起公司聊天室和视频聊天的流畅，当面对话让每个人都更加尴尬。

我喜欢视频特有的亲密感：人们呼吸、抽鼻子、嚼口香糖、擤鼻涕之前忘了给麦克风静音。我喜欢他们的玩笑、停顿时僵硬的脸、看到一只动物从桌子底下钻出来时的惊讶。我喜欢我们假装看着对方，其实都在看着自己——摄像头捕捉到了一切。前十分钟几乎总是在调试视频会议软件，在这段时间里，我熟悉了同事家的内饰，包括他们按颜色编码的书架和结婚照、他们的凸版印刷海报和难以理解的艺术品。我了解了他们的爱好和室友。我开始喜欢他们的孩子和宠物。

我总是从会议一开始就登录，凑在笔记本电脑前，享受团队的友爱和温暖。在一个小时的时间里，我的工作室充满欢声笑语。有时候，软件会卡顿或延迟，对话随之中断。每逢这种时候，我便站起来，伸伸懒腰，用胶带遮住笔记本电脑的摄像头，然后拉开窗帘，适应一个人独处的寂静。

21

工程师们都阅读一个受到严格审查的留言板，这是一个由山景城的种子加速器运营的新闻聚合网络论坛。企业家、科技工作者、计算机专业的学生、自由主义者，以及那些喜欢跟他们作斗争的人都经常光顾留言板。那些默认的对话模式就是争论的人，大多数是男人：防波堤两边的男人，以及沿途的男人。

留言板不是我的菜，不过我还是看了。在我看来，它就是科技行业的原始男性标志——一个永远在线的希腊合唱队。网站创建者明确指出，政治讨论会破坏知识分子的好奇心，所以政治新闻和政治对话被认为是无关话题，是禁止发表的。网站的指导原则要求用户关注黑客感兴趣的故事。就我能想到的黑客行为而言，我一直认为黑客行为是一种天生的政治活动。但是，黑客的身份似乎已经被这个行业吸收中和了：黑客攻击显然不再意味着绕过国家管制或者向当权者说出真相，它只意味着写代码。或许潜在的黑客只是变成了顶尖科技公司的工程师，在那里他们可以更轻松地获取任何他们想要的信息。随便吧，我又不是个黑客。

发帖人尝试将从基于众包的维基百科上发现的新意识形态引入留言板。在关于行业故事、白皮书、产品发布和彼此的个人博客的对话中，他们交换了关于伦理学、哲学和经济学的见解。人们诚恳地互相询问："哪本书是你操作系统的核心？"他们讨论如何保持心理周期、如何达到深度工作的状态。他们讨论开发人员的《希波克拉底誓言》①、自然垄断的存在、个人赞誉的价值创造、奥弗顿之窗②的状态。他们说斯多葛哲学③就像一种生活黑客。他们在自我实现的边缘摇摆。

开源创业公司的性别歧视案件曝光时，留言板上的评论者一直在为公司辩护，努力维护公司的声誉。他们抓住了报道中出现的一个细节：女员工在办公室随着音乐转呼啦圈时，男同事们在旁边看。工程部的第一位女性开发人员是这样描述这幅情景的：男员工像在脱衣舞俱乐部一样色迷迷地盯着他们的同事看。看转呼啦圈不会把男人变成强奸犯，一个评论者说，毕竟，即便是脱衣舞俱乐部也不会把男人变成强奸犯。

CEO可以带员工去脱衣舞俱乐部吗？有人问。如果是员工提议的，而且是女员工，而且邀请了CEO呢？另一个男人插进来说，转呼啦圈是一种表演，也许她们就想被色迷迷地盯着看呢。记住，一位进化心理学领域的代表曾经说过：欲望是进化的需要。

---

① 希腊医学家希波克拉底提出的古希腊职业道德圣典。几乎所有医学专业的学生都要学习《希波克拉底誓言》并正式宣誓。
② 20世纪90年代中期，美国智库麦克金纳克公共政策中心的研究员约瑟夫·奥弗顿提出了在任何给定领域为社会可接受的政策打开"窗口"的想法，被称为奥弗顿政治可能性之窗。
③ 古希腊哲学家芝诺于公元前300年左右在雅典创立的学派。

同时，另一个帖子在讨论回复别人代码的问题。有人质疑开源创业公司对编程语言的选择在其中扮演的角色。他们推测，或许，公司对编程语言的选择反映了职场环境。有人指出，人们经常把科技公司的性别比与性骚扰的比例混为一谈。他承认，前者低于平均水平，但是与其他行业相比，很难说后者是更高还是更低。

"男人们在他们热爱的领域建立了一家成功的公司，可是现在他们必须摧毁它，只是为了让女权主义者感到受欢迎。"一个发帖很多的评论者愤怒地说。

有一个用一只卡通猫的名字做昵称的男人，发起了一场关于积极办公环境的讨论。他问道："为什么一个充满快乐的年轻男性的工作环境就一定是一种糟糕的文化呢？"

我飞到凤凰城去参加一个计算机行业的女性年会。会议是为了纪念一位在第二次世界大战期间帮助研发军事技术的女性工程师而举办的，这或许在无意中承认了行业与政府的渊源——科技行业一直对这种渊源讳莫如深。在飞机上，我跟邻座的人开玩笑说，不知道国安局会不会设一个招聘摊位———一个糟糕的笑话。当我得知国安局是会议的主要赞助商之一时，这个笑话就更糟糕了。

我并不是一名真正的计算机行业的女性，我只是一名跟电脑打交道的女性——一名有电脑的女性。但是，我很好奇，而且开源创业公司是大会的赞助商。所有感兴趣的员工，无论性别，都受邀参加。虽然凤凰城没什么好玩的，市中心似乎就是一片相互连通的停车场，不过公司为我们预订了带泳池的豪华酒店和墨西哥餐馆。餐馆的酒吧很快就成了我们的新总部。

第一天晚上，我和同事们聚集在鳄梨沙拉酱和玛格丽特酒周围。对许多同事来说，大会只是一个当面聚会的借口，是某种形式的集结号。自从创业公司的性别歧视危机发生之后，许多人就没见过面。有很多信息要更新。

我在外围徘徊，希望女性工程师们能够接纳我。我觉得她们不太容易接近。她们聪明，对工作充满热情，说话口无遮拦，至少在她们自己的圈子里是这样。有些人染头发，身上有朋克摇滚风格的穿孔，表明她们既有行业资历又有亚文化背景。以前，我完全无法想象身为科技行业中的女性，拥有受到尊重的技能是什么样子。我有些失望地发现，这跟身为科技行业中的女性却没有受到尊重的技能似乎也没有太大差别。

在很大程度上，公司里的其他女性似乎很高兴于公司的一些问题被摆上了台面。有太多令人作呕的事情了，有太多明里暗里的歧视。在一家美国白人男性占主导地位、工程部只有不到15名女性的著名跨国公司里，对精英管理的痴迷一直受到质疑。我的同事们解释道，多年来，由于官方组织结构图的缺失，出现了一种由社会关系和与创始人的亲近程度决定的影子组织结构图。技术平平的员工拥有管理层的权力和影响力。CEO的耳目可以影响招聘决定、内部政策和他们同事的声誉。

"扁平化结构，除了工资和责任。"一个内部工具开发人员翻了个白眼,说,"在这家公司当宠物可能比当女人容易。"

"好像没人读过《无结构的暴政》。"一个最近读过《无结构的暴政》的工程师说。

可以想见,仿照互联网社区的模式建立公司会有缺点。但事实证明,仿照开源软件社区的模式建立公司的问题尤其多。除了精英管理和无管理者的工作流程之外,历史上,开源一直是个男性俱乐部。只有不到5%的贡献者是女性。排他性的言论甚嚣尘上。即使在面对面的情况下也是如此:在技术聚会和行业会议上,男人们像明星一样大摇大摆地登上舞台,发表目空一切的言论;女性工程师却只能被抛媚眼、被羞辱、被抚摸。我们开玩笑说:远程办公不会被性骚扰。不过,当然,我们错了。

我很快发现,身处客户支持部门,我是幸运的:良好的沟通能力和同情心是客户支持固有的特质。在工程部,当男性写下崇高的宣言,大谈合作的重要性时,女性却在努力让她们的贡献通过审核、被人接受。一些男性根据内部流行程度大量照搬平台上的内容,女性的代码却遭到批评和拒绝。公司提倡平等和开放,除非涉及股票奖励:对于那些曾经有过成功谈判经验的人来说,被描述为不可谈判的股权包实际上是可以谈判的。声名狼藉的"自己决定薪水"政策导致了严重的工资差距,最近许多女性获得了将近4万美元的纠正性加薪。没有补发工资。

接下来的几天里,我在城市会议中心到处逛。8 000名学生和技术人员聚集在这里,试图吸引彼此的注意力。所有的大型科技公司和每一家投资公司旗下的创业公司都有展位。场边搭起了由廉价黑色苫布覆盖的临时摊位，公司招聘人员就在里面进行面试。看到专注于生物技术、机器人、医疗保健、可再生能源的公司，我感到安心。它们是保守、严肃的组织，不像我在旧金山习惯看到的科技消费品创业公司那么轻率。

身处计算机专业的学生当中，我感到有些格格不入。然后，我参加了一个旨在为职场女性赋权的会议，更是觉得无比尴尬，好像患上了冒名顶替综合征①。我反复确认自己戴着胸牌，上面醒目地印着开源创业公司的logo，我的T恤上也醒目地印着开源创业公司的logo。我站在展位后，递出"章鱼猫"装扮成铆工罗茜②、自由女神像和亡灵节骷髅的贴纸；还有一张贴纸上的"章鱼猫"扮成一名女性工程师——留着刘海、梳着马尾辫、穿着"章鱼猫"图案的卡通连帽衫。

我看着潮水般的年轻女性递出简历、谈论她们尚未开始的职业，备受鼓舞。也许有一天我会为你们工作的，我大度地想到。我隐约有点后悔，要是去年坚持学习编程就好了。我从来没有掌握前沿技术，连边都不沾，但是我已经感觉到自己离被淘汰不远了。我有一种感觉：我和同事们正在跟我们的继任者面对面。我羡慕那些更年轻的女性的未来。我还觉得对她们负有责任，就像母亲一样。

---

① 又称自我能力否定倾向。指个体按照客观标准评价为已经获得了成功，但本人却自认为没有能力取得成功，感觉是在欺骗他人，并且害怕被他人发现的一种现象。

② 第二次世界大战期间美国征兵宣传的海报女郎。

我在科技行业认识的每个人都有故事——一手的或二手的。那个星期，我听到了一些新故事：一位女性得到了一个工程师的职位，但是当她尝试要求更高的薪水时，工作泡汤了；一位女性被当面告知她不适合公司文化；一位女性在休产假后被降职；一位女性被一个"10倍"工程师[①]强奸，在向人力资源部门报告后被赶出了公司；一位女性被她公司 CEO 的朋友下药迷奸。我们都曾被告知，多元化举措是对白人男性的歧视，工程领域有更多男性是因为他们更有天赋。女性开始保留个人日志，她们保留电子表单，她们保留标签页。有些人开始站出来，公开谈论她们的经历。似乎一场巨变即将到来。

并不是每个人都对公共讨论感兴趣。一些著名的创始人和投资人看惯了那些愚蠢的报道——愉快的职场、理想主义的 CEO，不喜欢这种媒体关注的方式。他们责怪报道性骚扰的记者让科技行业看起来乌烟瘴气；他们声称媒体只是嫉妒，因为科技行业正在抢走他们的饭碗。他们抱怨说，对男性俱乐部的抱怨阻止了女生学习 STEM，就好像这只是一个营销问题。一些女性插话说她们也有男性导师，男性导师不是问题。可能有人骂她们是"内奸"。讨论的水平有待提高。

在大会的主题演讲中，西雅图一家喜欢诉讼的软件集团的 CEO 鼓励女性不要要求加薪。"实际上，这不是要求加薪的问题，而是要知道，并且相信，随着你的成长，系统自然会给你加薪。"

[①] 能力超强、能够"以一当十"的工程师。

他说,"坦率地说,这种认识可能是那些不要求加薪的女性拥有的另一项超能力。"他提出,最好是相信因果报应。

在男性盟友全体会议上,一群女性工程师向与会者分发了数百块手工制作的宾果游戏[①]卡片。每个方格中都有一条不同的控诉:问候某人的母亲(说脏话);说"我的公司不会发生这种事";可穿戴设备;为另一位男性高管辩护,说他的本意是好的;说女权主义运动让女性远离科技领域。游戏板中央的方格上写着"输油管"。我听说过这种观点,即STEM领域根本没有足够的女性和少数族裔来填补职位空缺。我曾经参与过招聘过程,这种说法非常值得怀疑。

"可穿戴设备"是什么意思?我问跟我坐在同一排的一个工程师。"哦,你知道的。"她不屑地朝舞台上被彩灯照亮的幕布挥了挥手,说,"智能文胸、科技首饰。在这些家伙的想象中,女性关心的硬件只有这个。"智能文胸能干什么用?我摸着自己的无钢圈文胸的带子,百思不得其解。

男性盟友们都是身材修长的白人高管,他们坐下来,开始就如何应对职场歧视提出建议。"最好的办法就是超过他们。"搜索引擎巨头的副总裁说。众所周知,他的爱好是平流层跳伞。"冲破眼前的一切障碍,做到最好。"

"别灰心。"另一个人诚恳地说,"继续努力工作。"整个会场里,铅笔在纸上"刷刷"地响着。

[①] 一种填写格子的游戏,使用5行5列的卡片,对应5个字母"B-I-N-G-O"。

"说出来，要有信心。"第三个人说，"说出来，让人们听到你的声音。"

工程师喜欢把事情复杂化，"平流层跳伞勇士"说，就像"输油管"。

观众席中的一名女性"啪"的一声放下铅笔，喊道："太对了！"

开源创业公司仍然在努力摆脱危机。就好像有人在派对上开了灯，每个人都在手忙脚乱地收拾，四处寻找纸巾和垃圾袋，揉着发红的眼睛，找人要薄荷糖。增设人力资源部门，把没有管理经验的员工提拔到没有实权的中层管理岗位上；卷起"我们信任精英制度"的旗子；从招聘广告中删除"保持风度"的措辞；停止文化契合度面试；禁用提词板/节拍器，这让全公司的聊天室都在转发一个下垂的阳具的 GIF 动图；雇用酒保来实行饮酒限制……绞尽脑汁去想还有什么出了毛病、多快能修好。

你可以称之为危机管理、企业责任，也可以说这是追赶时代潮流：开源创业公司决定成为"多元化领域"的行业领导者。CEO 聘请了一位管理顾问——一位热情活泼、坚定自信的拉丁裔女性。她毕业于顶尖商学院，本科就读于帕洛阿尔托一所著名的私立大学，这所大学在很大程度上被认为是科技行业的摇篮。20 世纪 90 年代，顾问的本科班级培养了一大批企业家、风险投资人和自由主义者，他们推动了互联网经济的发展，不到 30 岁就成为亿万富翁，并通过对生态系统的再投资来回馈社会。顾问熟悉这些人,也认识他们圈子中那些没有接触到如此巨大财富的人。这让我感觉,她之所以选择这种西西弗斯式的苦役作为自己的职业,并不是一种巧合:她要向当权者证明科技行业中歧视不仅存在,而且应该被妥善处理,也能够被妥善处理。

在总部,我们在"鼠帮"①房间里分成小组,进行无意识偏见训练和圆桌讨论。会议室一端的大屏幕出了故障,画面卡在一群身在伦敦、东京和南加州的员工身上不动了;如果不是这样,本来是打算放映一部 20 世纪 60 年代的广告宣传片的。我们围坐在沉重的硬木书桌旁,在橙色的凹背椅里打转,讨论微歧视、交叉性和代码内生的文化价值。我看着银灰色的手推车和优雅的中世纪书柜,心想:内饰设计的文化价值是不是也值得花点时间讨论。

顾问了解她的听众。她向我们推销多元化,就好像它是一个企业软件一样。许多公司把多元化当成摆设,她说,多元化和包容性被当成一种公关手段,有了更好,没有也无所谓;通常的表现是在人力资源部设立一间孤岛式的办公室,偶尔向没有争议的非营利组织提供点免税礼品。但是,顾问解释道,多元化并不仅仅意味着做正确的事。我们需要把多元化视为一种企业资产,放在价值定位的中心。它对创新至关重要,需要在公司的各个层面受到重视。

大多数同事都为这些多元化和包容性举措感到兴奋。就像我

---

① 最早是由一群演员和歌手组成的集团,后来用来指代那些自称"精英""家族"的集团。

认识的大多数科技工作者一样，他们思想开放、聪明、乐于接受新观念；尽管对他们当中的一些人来说，这种讨论已经算不上新鲜，早就该进行了。令人欣慰的是，公司终于开始认真对待这些问题了。

然而，也有一少部分人，对他们来说，透过交叉性的视角看世界是一种全新的体验。他们被告知，这不仅将是职场的新常态，而且是道德正确的立场。他们怀疑，关注多元化是否会降低公司的标准。"只是问问，"他们说，"那么，经验的多元化呢？思想的多元化呢？"他们指出，科技行业有许多亚洲人和亚裔美国人——或许不在领导岗位上，但是难道这不重要吗？他们就"输油管"的问题展开争论。他们就遗传倾向展开争论。他们认为，科技行业虽然不完美，但是至少比金融等其他行业更开放。他们把对精英管理的批评内化为对开源的批评。当我的同事们对顾问发表微歧视的言论时，她耐心地听着。

"精英主义"——这个词起源于社会讽刺，科技行业作为其最典型的代表，由衷地接纳了它。正是这种经营哲学，让公司对未来和现在的员工进行智商测验；让创业公司里充斥着跟CEO惊人地相似的男性员工；让投资人将96%的风险投资分配给男性而丝毫不觉得困扰；让亿万富翁仍然相信自己是弱势群体，只是因为他们的财富被股票套牢了。

我理解为什么这种观念会大行其道。特别是在一个经济极度不安全的时代，特别是对于在经济危机下长大的这一代人。我知道，任何人的未来都没有保证。但是，对于那些正在从废墟中崛起的人、对于我们这些在未来的朝阳产业中争得了一席之地的人来说，精英主义叙事只是为了掩盖结构性分析的缺失。它能使事情顺利进行下去。对一些人来说，精英主义看上去很美，而且为他们的行为提供了有力的辩护，放弃它实在是太痛苦了。

顾问召集了一个由员工组成的特别小组。这是一个内部焦点小组，称为多元化委员会。我申请加入（我总是这样，渴望成为老师的宠儿，几乎达到了病态的程度）。每周一次，我们20个人围坐在会议桌旁，讨论公司的问题。我们抱怨，我们传播小道消息，我们处理问题。一位开发内部工具的女性建议男人们阅读《人人都能读懂的女权主义》，他们严肃地点点头；而她的同事，工程部的另一位女性，一想到男性俱乐部要阅读贝尔·胡克斯的书就笑得停不下来。我们全都一副煞有介事的样子。我简直不敢相信有人付钱让我做这些。

一天上午晚些时候，在去总部的路上，我在轻轨车站看到一个穿着"章鱼猫"连帽衫的中年男人。他笔直地坐在一块硬纸板上，身旁放着一个纸杯，没有穿鞋。他的脚踝上有一处开放性的伤口。下方的站台上，我能看到列车正在进站，也许是我那趟车。我冲过旋转栅栏门，心里想着我是不是该给他点钱；然后又想到，我这样想是不是因为那只"章鱼猫"。我在车上找了一个座位，像小孩子一样把头靠在车窗上。

列车驶上月台，经过一座巨大的弓箭造型的波普艺术雕像。海湾波光粼粼，海鸥落在一个被人遗忘的面包店纸袋上。我感到迷惘。那个男人看起来就像一个小说里的幽灵、一个幻象。

到了办公室,我向一个同事描述了这超现实的一幕。我说,这是城市社会经济差距的具现。更耐人寻味的是,轻轨站里的男人是个黑人。我这么想,不仅是因为旧金山的黑人人口正在迅速减少,而且因为据我所知,公司只有两名黑人员工。

就是这么巧,我说。我的同事点点头,说:"真让人难过。"我们站了一会儿,仿佛在默哀。"不知道那是谁的衣服。"他说,"我们不应该把连帽衫给人。"

即便在当时,我也知道,当我回顾二字头的最后几年,我会认为这是一段幸运的时光。我住在全美国最美丽的城市,没有债务,摆脱了一种职业(出版业)的束缚,没有家人要我供养;我在恋爱,比之前和之后的任何时候都更自由、更健康、更有潜力。还有,我醒着的时候几乎总是把脖子弯成一个不自然的角度,盯着电脑。即便在当时,我也知道我会后悔的。

我来到了千禧一代知识工作的应许之地。我每年挣8万、9万,然后是10万美元,做着一份只为互联网存在、也只存在于互联网上的工作。大多数时候,我靠写电子邮件谋生。大多数时候,我在家工作。这份工作对我的要求如此之少,以至于我可能忘了自己还有份工作——它对我的全部要求就是在线。

有些日子里,打卡上班就像进入隧道。我会在团队聊天室里扔一个挥手的表情包,回复一轮客户支持申请单,阅读电子邮件,处理一些版权撤销问题,浏览内部留言板——同事在工作纪念日发布的帖子,一方面旨在感谢他们的老板,另一方面旨在供自己留念（"这段时间的学习和成长令我感激不尽"）、进行产品发布说明（"很骄傲在这里发布我们团队的最新产品"）。在聊天软件中，我从一个论坛切换到另一个论坛，阅读其他时区一夜之间积累起来的信息和笑话。重复这个循环之后，我会打开一个新的浏览器窗口，开始一天真正的工作：在标签页之间切换。

浏览器里充斥着用户生成的观点和错误信息。我同时身处无数个地方。我的脑子里挤满了陌生人的想法。每一个笑话、每一条评论、每一场该死的争论都是如此令人分心而又转瞬即逝。下一个笑话、下一条评论、下一场争论也一样。

不仅仅是我。我认识的每一个人都陷入了自我反馈的怪圈。科技公司在一旁待命，准备成为每个人的图书馆、记忆和人格。我社交网络上的其他节点在阅读什么，我就阅读什么。算法让我听什么音乐，我就听什么音乐。无论我在互联网上走到哪里，我都能看到自己的数据反馈：如果一个面部滚轮按摩器跟着我从一个新闻网站跳到另一个新闻网站，我就会想起自己的红皮肤和隐秘的虚荣心；如果个性化播放列表中全是悲伤的歌手和音乐人，我只能怪自己让算法变得沮丧。

算法显示，我在纽约的朋友们不带我出去玩，我从来没见过的人们也不带我出去玩。每个人都在创造自己的神话。二线演员和名人的健身教练聚集在冰岛。穿着帆布阔腿裤的漂亮女人过着精致生活：自制糖果，玩陶艺，给公寓贴上手绘花纹的墙纸，把酸奶洒在所有东西上，吃早餐沙拉。算法告诉我，我的审美是什么样子：和我认识的所有人一样。

平台是为了容纳和获取无限的数据而设计的,可以无限地滚动。这制造了一种文化冲动,鼓励人们用别人的思想填满所有的业余时间。互联网是集体的嚎叫,是每个人证明自己重要性的出口。人类所有的情感都注入了社交平台:悲伤、欢乐、焦虑、世俗,川流不息。人们一刻不停地说,却什么也没有说。陌生人与其他陌生人分享秘密,交换未经认证的心理咨询建议。他们分享自己的不忠和在公共场所失禁的隐私故事、卧室内饰的照片、离世已久的家庭成员褪色的珍贵照片、流产的照片。人们一有机会就出卖自己。

信息与时间性发生了碰撞。网络社区上方悬挂着琥珀色的警示牌,提醒人们警惕包裹失窃和垃圾箱里的浣熊;90年代说唱歌手的 GIF 动图从 ASMR[①] 视频上方滑过;关于恐怖袭击和校园枪击的严肃话题,夹杂在电视真人秀的深度讨论和鸡腿食谱的病毒式传播之间,变得支离破碎;独立音乐人争取牛仔品牌赞助的帖子上方,代表国家组织捍卫公民自由的账号正在发起人权运动。一切都在同时发生,并且为子孙后代永久保存下来。

我经常发现自己在盯着一个陌生人的浆果碗;或者观看疯狂卷腹视频,我根本没有那样的核心肌群,不可能模仿;或者放大一张阿斯彭酒窖的照片;或者观看一段航拍视频,视频中的双手正在做清汤乌冬面,而我不知道自己在做什么。我的大脑已经变

---

① 全称 autonomous sensory meridian response,自发性知觉经络反应,指人体通过视、听、触、嗅等感知上的刺激,在颅内、头皮、背部或身体其他部位产生的令人愉悦的独特刺激感,又名耳音、颅内高潮。

成了垃圾的漩涡，乱七八糟的东西一个接一个地出现。不过，话说回来，我以前还真不知道酒窖是什么样。

我像个醉鬼一样在互联网上流连，点开一个又一个标签页：小户型装修创意，作者访谈，制作蛋糕糖霜的视频，文艺复兴时期带有女权主义标题的绘画，猫吃柠檬，鸭子吃豌豆，鲁布·戈德堡机械①，《灵魂列车》剧集，70年代的网球比赛，波希特地带②的喜剧，我出生之前的演唱会，求婚、重逢和出柜（我不认识也永远不会认识的人们彼此拥抱的亲密时刻）。

一个来自中部的陌生女人把一只虎斑猫咪抱到浴室镜子前。猫咪耷拉着四条腿。"打个招呼。"女人说。

"喵。"猫咪说。

一个陌生人跳钢管舞，小腿上骑着一个婴儿。

一个陌生人的手慢慢地削着肥皂，看不到身体。

一个陌生人在尼斯的一座城堡里结婚。

一个陌生人用一个女人做负重工具，做了一组壶铃摆动，旁边的沙发上有一只狗在舔自己的毛。

我寻找各种答案、理由、背景、结论——定义：技术统治；

---

① 一种被设计得过度复杂的机械组合，以迂回曲折的方法去完成一些其实非常简单的工作，例如倒一杯茶，或者打一颗蛋，等等。

② 指美国纽约州的卡茨基尔地区，很多著名喜剧演员曾经定期在这里演出。

加州意识形态；杰斐逊式民主；电子广场；埃博拉；各州的口号；全新的深色模式；狸猫；女权主义色情片；不讨厌的女权主义色情片；什么是火腿罐头；最古老的法学院有多古老；最好的法学院；滚动录取的法学院；丝绸睡衣；肘部保湿霜；不缩水的羊毛衫；什么是吃播；定义：悲情；定义：上层建筑；"失业型复苏"；北极冰川开裂的白噪音；古巴旅游；如何自己按摩肩膀；短信脖；维生素 D 缺乏；自制蠹虫陷阱；租金计算器；各种时期的大人物；催眠治疗咬指甲；洗碗机内部的视频；弗格森诉讼；我父母童年的家的卫星照片；我前男友的乐队的名字；当天晚上的日落时间。

我发现自己在观看 60 年代反战示威的视频、我十岁时参加过的反战示威的视频、揭秘一架失踪客机的阴谋论的视频，以及我永远不会去搜索的视频——"走出荒野的雨林隐士""双胞胎得到神秘的 DNA 测试结果""婴儿性别揭秘！！（跳舞）""最有趣的拆箱失败和搞笑时刻3""极客魔法秀""我的儿子是个校园枪手：这是我的故事""如何抱摔"。

有时候，我担心自己染上网瘾，强迫自己离开电脑，去看杂志或者读书。但是，当代文学没有给我喘息之机：我发现文章里充斥着杂乱无章的数据点、薄弱的历史联系、只有用搜索引擎疯狂查询一晚上才能发现的精心调整的细节。文章里有格言警句，有作者的网址。我会挑选社交媒体上经常提到的书，却发现这些书本身就自带营销色彩：文辞优美、内容空洞、穿插着精美的小插图——凌乱的亚麻床单或者一捧大丽花。

我一边翻过书页，一边想：哦，这个作者也沉迷互联网。

只有我和我的账号，浏览，点击。

一个接着一个的客户支持申请单——就像打苍蝇。

我刷新了报纸。我刷新了社交媒体。我刷新了受到严格审查的留言板。我不停地滚动页面。

总之，时间就这么过去了，以这种方式，不可避免地、不留记忆地过去了。

一个慵懒的晚上，我在总部的沙发上工作，笔记本电脑收到一条数据分析创业公司 CEO 发来的即时消息。我感到一阵恐慌：我们从不互发消息。我提醒自己：我已经不再为他工作了。我什么也不欠他的。我不必回复，现在不必，以后也不必。

我立刻回复道：你好！

CEO 说他有一个提议。我本能地抱起笔记本电脑，走进哺乳室。（房间门口最近刚刚贴上一块标志牌：要听妈妈的话。）我觉得自己很可笑——我在躲谁呢？我的经理住在阿姆斯特丹，没有人看我的电脑。我没有在哺乳。但是，椅子很豪华，房间黑暗又温暖。

数据分析创业公司正在组建一个营销团队，CEO 说，问我想回来做内容吗。我以前就对这个感兴趣，他说，而且我了解产品。他写道：我想知道你是否仍然喜欢这个主意。

喜欢，我想。不，我又想。

我想到门那边的同事们，他们刚上完瑜伽课，聚在一起，吃着爆米花。当我溜进哺乳室时，一个开发人员正光着脚坐在沙发上，弹着不插电的电吉他。除了我几乎一整天没跟任何人说过话之外，这简直是田园牧歌。

CEO补充道：我们现在规模更大了。公司已经不一样了，不过也不是特别不一样。我欣赏他的含糊其辞。我谢过他，告诉他我会考虑的。

"上次你做内容时，他们不愿意付钱给你。"那天晚上，我告诉伊恩这件事情时，他提醒我，"你不需要证明什么。你真的在认真考虑这回事吗？"

不是认真的，我撒谎了。

我选择了离开，我说，但是我仍然感觉是被排挤出了俱乐部。我可以用自己的方式来掩饰挫败感：向CEO，也向我自己。伊恩斜眼看着我。"我认为你在这件事情上的固执不会有回报。"他说，"如果你想写作，那就写你关心的东西，而不是如何用转化漏斗获取用户之类的。"

这可能是个好机会，我能拥有一些东西，我说，连自己都不太相信（我无法想象CEO会让员工拥有任何东西）。我可以整理一份简历，我说，这可能很有趣。

我们交换了一个意味深长的眼神。"没那么有趣。"伊恩说。

我回了一趟纽约。当我还在数据分析创业公司工作时，每次回家，我都感觉这座城市充满了被我放弃的各种可能性。所有这些过去的自我包围着我，好像她们知道我的秘密，对我以技术为中心的自我横加指责,试图让我相信自己犯了一个错误。这一次,我感觉轻松多了。我在儿时的卧室里汇报工作,保证早上6点到下午早些时候在线;我见到了大学时代的朋友们,没有试图招聘任何人;我和妈妈一起喝咖啡,直到咖啡变凉,或者被全部喝光;我去看望了我的祖父母,他们住的公寓几十年都没有变过;我清理了地下室的储物间,发掘出带手缝补丁的旧飞行员夹克、大学时代的作品,还有15年前我为千禧年储备的一罐削了皮的土豆。都是些无聊的活动,但是感觉好极了。我觉得又找回了自己。

带着从科技行业挣到的钱回来,感觉很奇怪。我邀请朋友去我从版权代理公司的老板那里听说的餐馆吃晚餐,在酒吧开怀畅饮,午夜后乘出租车回家,而不是等地铁。一天晚上,我在西村的一家酒吧消磨时间,酒吧的空调开得特别大,我美滋滋地吸吮着卡斯特尔韦特拉诺橄榄汁,忽然想起了跟诺亚的一次谈话。他说加入科技行业既是个人的失败,也是对他的故乡的新身份的妥协。他说,金钱让他接触到了旧金山日益扩大的私人空间网络,这已经成为这座城市的主流。金钱是一把钥匙。

纽约承载了我的一生,但是我出生并长大的那座城市已经不复存在了。虽然还能找到一些过去的痕迹,比如一些文化机构,还有散发着猫咪气味的书店(我上大学时,假期曾经在里面打过工),但是,我儿时熟悉的社区现在遍地都是餐馆和精品店,前者播放着由算法决定的音乐列表,后者主打本地品牌,里面的商品让我觉得可笑,也根本不是本地的。我没有感到被取代或者被排挤,这些都与我无关。归根结底,我知道自己是谁:我是在布鲁克林出生和长大的,不过我也会滑雪。这个新版本的城市令人费解。谁想要这个?这是为谁准备的?

在布鲁克林北部,我向一位书店老板打听海滨的新建筑。书店里满是超大开本的艺术书籍,让人很容易想象应该坐在玻璃墙壁的公寓里、玻璃台面的咖啡桌旁阅读。我找不到任何我想阅读的东西。"谁住在那儿?"我问。书店老板耸耸肩,把陈列的无横线笔记本摆整齐。"华尔街的人,对冲基金之类的,"他说,"科技人员。"科技人员?我想,这里也是。

我知道,城市的本质就是改变。我尽量不让自己有本地人的优越感:我知道,我的父母在20世纪80年代初搬到布鲁克林,他们曾经是给这个地区带来改变的外来者;就像我在波兰人和波多黎各人聚居的绿点区住了四年,一点点侵蚀那里的文化一样。我知道我在西部也在做着同样的事,不管我多少次试图告诉自己:这只是暂时的。接受东西海岸都是如此的事实,丝毫没有减轻这些改变带来的痛苦。

这座城市开始变得像人们想象中的富有大都会的样子,或许应该说是房地产开发商想象中的样子。开发商可以把任何东西变成公寓,有钱可以为所欲为。有那么多合作办公空间和高档沙拉店、那么多带狭窄阳台的乏味的新建筑。走在布鲁克林市中心,时间裹挟着这座城市滚滚向前;有那么一瞬间,我觉得自己可以发自内心地理解我在旧金山看到的一些老居民的愤怒和悲伤。

旅行快结束时，我和我的朋友莉亚去看一位我们都认识的音乐家和编舞人员的演出。演出很美，也很奇怪，令人不安。在黑暗的剧院中，看着舞者们在地板上轻轻翻滚，我哭了，用节目单擦着鼻子。我被感动了，心中充满了愉悦和活力。我们的朋友给我留下了极其深刻的印象：他在一种创意工作不受重视的文化中创造了艺术；他的生活就围绕着他的艺术；他风度翩翩、信念坚定。我瞥了一眼莉亚，想看看自己是不是反应过度了；她双手托着下巴，也被惊呆了，不过表情没有我这么夸张。

演出将持续两晚，可能还有录像，但是感觉就像专门为我们演的。演出结束后，我们的朋友站在剧院大厅里，满面红光，羞涩地接过纸包的花束。穿着入时的人们端着斟满红酒的塑料杯子四处徘徊。我们亲吻了编舞人员，向他表示祝贺，然后让位给在外围等候着的其他朋友。

我们离开剧院去买汉堡包时，我越来越沮丧，越来越愤愤不平。沮丧是因为我觉得自己被困住了，愤愤不平是因为困住我的这个行业正在蚕食我关心的很多东西。我不想做一个忘恩负义的人，但是我很难理解，为什么给一家风投资助的创业公司写客户支持邮件，应该比创意工作或公民贡献带来更稳定的经济收入和更高的回报。这些都不是什么新鲜事，也不是说科技颠覆了艺术家获得丰厚回报的黄金时代，但是我对这一切有了新的感触。我向莉亚喋喋不休，想到什么就说什么。我发誓要删除我的广告拦截和音乐应用。她正在为我们叫出租车。

"为什么不干脆离开，找点你想做的事呢？"她问道。我们的车子正隆隆地驶过威廉斯堡大桥,朝她工作的餐馆前进。

钱和医疗保险,我说,还有生活方式。我从来不认为自己是一个有生活方式的人,但是我当然有,而且目前就我所知,我喜欢它。科技行业让我成为它所创造的世界中的完美消费者。不仅仅是休闲娱乐、容易获取的美食、便捷的交通和丰富的娱乐选择,还有工作文化:硅谷做什么都是对的;接近前沿;周围的人都能轻而易举地表达并满足自己的欲望;感觉充满能量;一切都触手可及。

是不是我太努力想让这一切有意义了?我问莉亚。是不是全盘接受科技行业的自我叙事就好了?我试图总结硅谷那种疯狂的、自以为是的工作文化。每个人都在努力优化身体、延长寿命,以便度过更有生产力的一生;每个人都不愿意承认科技工作是一笔交易,而不是一项神圣的使命,或者火箭飞船上的一个座位。在这方面,它与图书出版业并无二致:谈论为钱工作感觉就像尖声喊出安全词①。虽然不是只有科技行业才如此——这甚至可能是一代人的通病——但是这种期望令人难以忍受。

我问自己,为什么像大多数人一样,用我的时间和劳动换取金钱,感觉会像是一种禁忌?为什么我们要假装一切都很有趣?

莉亚点点头,卷发轻轻晃动着。"的确如此。"她说,"但是我觉得你把自己逼得太紧了,你还有后半辈子可以工作呢。"她伸出手捏捏我的手腕,然后把头靠在车窗上。"你应该享受你的

---

① 性虐游戏中的一种交流方式,事先约定某种声音或词汇来作为停止信号。

生活。"她说。车窗外,城市风景一闪而过,桥上的缆绳忽隐忽现,像延时摄影,或者一幅卡了壳的画面。

一个星期后,在机场等候返程航班时,一个站在队伍前面的男人引起了我的注意。他看上去很眼熟,好像是某个远房亲戚,或者某人的丈夫。我踯躅着走近一点,鼓鼓囊囊的露营背包的带子陷进肩膀里。我认出那是电子书创业公司的 CEO,他旁边站着的是 CPO 和 CTO。即使在安检机的荧光中,他们三个人也显得身材匀称、充满活力。他们的行李大小适中、一尘不染。我刚在餐饮区狼吞虎咽地吃了一个火鸡三明治,发觉自己身上有淡淡的芥末味。他们亲切的态度让我放下了防备。

创始人和我热情地互相问候。他们还记得我,这让我有点惊讶。两年多过去了,在创业公司就像十年那么久——我已经是远古历史了。电子书创业公司已经成长壮大,又筹集了 1 700 万美元,还招募了女性员工和编辑。公司甚至有一本在线文学杂志,我尽量认为这是对事不对人的。我不知道创始人是否真的喜欢我。我不知道他们是不是坐在商务舱。

"你这些日子都在哪儿?" CEO 以他特有的热情问。没跟他们保持联系,让我感觉很糟糕;不能告诉他我创办了自己的公司,或者至少成了风投公司的初级分析员,感觉就更糟糕了。我说我在开源创业公司工作,创始人似乎很认可。然后,我补充说我在做客户支持,看到他们的表情转为一种礼貌的中立。我也开始写书评了,我怯生生地补充道。我为一本杂志写过几篇文章。这本杂志曾经被我妈妈深情地描述为"左翼意识形态的自言自语",后来被亿万富翁、人人喊打的社交网络的联合创始人收购,现在已经被它的新东家打入了冷宫。我知道创始人熟悉这位亿万富翁,但是他们似乎不太可能读过这本杂志。他们点头表示支持。

他们几个对去湾区的目的三缄其口。只是去开会,他们说。我问他们有没有空闲时间,他们说只是一次短暂的停留。对,我想,只是生意。我以为他们能做什么?又一次团队建设吗?我在痴心妄想。几分钟后,我说了再见,回到队伍后面我的登机处。

几个月后,阅读受到严格审查的留言板时,我明白了他们为什么讳莫如深:电子书创业公司正在关闭服务。他们可能是到旧金山来见投资人的,来放松一下。公司已经被搜索引擎巨头收购,传闻收购价是 8 位数。

回到旧金山,我强烈地感受到这座城市的美丽,以及外来者给城市带来的改变。我遇到的知识工作者中,一半的人穿着跟我一样的薄毛衫,戴着一样的超轻眼镜。我们当中的一些人有着同样的肤色,拥有同样的背景。我们抱怨同样的背部问题,被同样的记忆泡沫床垫吸引。在有着同样的家具和白色墙壁的出租公寓里,我们用同样的陶瓷花盆种植同样好养活的绿植。

效率是软件的核心价值,是一代人的消费创新。硅谷可能提倡个人主义,但是规模造就了同质化。风投资助的、直接面向消费者的纯电商雇用了巧舌如簧的文案,向那些花钱如流水的富人大肆宣传，而我们似乎也在一道倾听。

直接面向消费者的公司销售纯棉T恤、牙刷、橡胶树、皮疹霜、润肤霜、皮包、代餐、行李箱、亚麻布、隐形眼镜、饼干、染发剂、运动休闲装、腕表、维生素。在全美国，随便一个夜晚，疲惫的父母和上门服务的厨师打开由配餐创业公司送来的一模一样的纸板箱，扔掉一模一样的塑料包装，坐下来吃一模一样的菜肴。同质化是为了消除决策疲劳而付出的小小代价。它解放了我们的头脑，让我们去追求其他目标，比如工作。

在两位架构工程师的推荐下，我买了一双没有装饰的纯色美利奴羊毛运动鞋（自从买了这款鞋，他们两人的脚似乎在一夜之间变得格外敏感）。我已经在咖啡店和无现金快餐车前排队的人们脚上，以及我的社交媒体广告中注意到了这双鞋。它们看起来就像儿童画中的鞋子一样，完美诠释了抽象意义上的鞋子的概念，但是舒服得不可思议。我不知道穿着它们外出是一种极端的自尊，还是恰恰相反。它们在公寓地板上完全没有磨损，穿着它们就像没穿鞋一样舒服。

22

一天早晨，在微博平台上消磨时间时，我陷入了与一位创业公司创始人的争论。他对他的 7 万名粉丝表示，书籍应该变得篇幅更短、更高效。"很遗憾，世界没有给简洁更多奖励。"他写道，"缩短书籍篇幅能够有效地提高我们的学习速度。今天，无效的激励机制可能让你事倍功半。真是疯了！"

我是疯了。因为像他一样的科技企业家似乎天生就一定要颠覆音乐、书籍、雕塑——任何让生活变得有趣的东西。阅读不是在注射信息。科技行业对效率的迷恋是如此扫兴。不能助长你的气焰，我想。我把他的帖子截了图，加上一句短评分享出去：技术应该停止破坏我所热爱的一切。

我的社交媒体通常仅限于在小圈子内，开些跟书有关的玩笑。但是，这个帖子开始传播，我开始恐慌。我不习惯有观众，我也不想要观众。我喜欢潜水，最好能隐身。再说，我没有更好的事情可做了吗？

我点击了这位创始人的个人简介页面。"乐观主义者，谬误主义者。"个人简介中写道，"CEO。"他的头像是一幅职业标准照：肩膀前倾，穿着宽松的纯棉 T 恤，露出锁骨。我认识的其他有职业标准照的人都是踌躇满志的演员,需要为好莱坞电影和抗酸剂广告试镜。不过,他本来也能当演员的:他非常英俊,有一种泰然自若的气质。我都能想象到摄影师建议他眼神再温和些,让自己看起来专注而富有同情心。

哪种乐观主义者?我不知道。老实人①式的?杰斐逊式的?还是奥斯卡·王尔德式的?我查询了奥斯卡·王尔德的乐观主义名言——"乐观的基础完全是恐惧。"——产生了深深的共鸣。我查询了"谬误主义者",发现自己在浏览一个关于哲学和中世纪数学真理的网站。

当我搜索这位乐观主义者、谬误主义者 CEO 的名字时,搜索引擎的自动填充功能提供了"女友"和"净资产"的选项。在社交媒体上,他诚挚地发布了物理学家和科技泰斗的人物传记,分享了跑步和骑行中拍摄的大量风景照片。他比我年轻,但这似乎是理所当然的。我还是不知道什么是谬误主义者。

正当我准备关闭搜索结果时,我看到一张他十几岁时的照片。他穿着一所天主教学校的校服,领带塞进毛衣里,他挥舞着一座著名科学竞赛的奖杯,脸上流露出羞怯的骄傲表情。他就像我那所书呆子高中的一个朋友。我忍不住对着笔记本电脑微笑了。

虽然 CEO 没有回应,但我还是关注了他,补充了一句道歉的话,把他拉进我的私聊中。他很快回复了。讨论转移到了电子

---

① 18 世纪法国启蒙思想家、文学家、哲学家伏尔泰笔下的人物。

邮件中，他通过邮件邀请我共进午餐。几个星期后，我从公司骑自行车去他位于教会区的办公室。我听说他像十几岁的青少年一样冒冒失失，还以为自己是救世主——我能接触到社交媒体方面的高层消息来源。我想，我不仅不会买他的账，还要让他看看什么是艺术。我带了一小摞书给他，每一本都能代表我自己的审美和政治倾向。而且我相信它们也迎合了他的兴趣——它们都很短。最上面是一本《监狱过时了吗？》，把它放在最上面让我特别得意。我穿过市场街南区，在心里祝贺自己勇于对抗强权、向当权者说出真相。

CEO在前台跟我碰面，自我介绍说他叫帕特里克。他骨瘦如柴，满脸雀斑，长着一双颜色极浅的眼睛和一头乱蓬蓬的卷发，远没有标准照上那么拒人千里之外，也有礼貌得多。他穿着运动鞋和轻便的运动夹克。我们走到一家咖啡馆，坐在户外的长椅上，一边吃着扁豆沙拉，一边重温我们在微博平台上的对话。

令我惊讶的是，我喜欢他。他爱挖苦人，但是很有魅力，而且很有口才。我们比较了在"鹤嘴锄"公司工作的经历和正在读的书，分享了童年故事。他给我讲了他在其长大的乡村跟随一个僧侣学习古希腊语的经历，以及他在第一次创业和现在这次创业之间虚度的时光。后来，我听到他在媒体采访中重复这些轶事，有点上当受骗的感觉：我还不习惯身边的人有着家喻户晓的奋斗史。话说回来，通常，也没有人让我身边的人去讲述他们的奋斗史。

我给帕特里克讲了我的书评。他问我是不是想全职做这份工作。哦,我说——这不是一份工作。我开玩笑说创业公司的医疗保险就像一副金手铐。他问我医疗保险是不是阻止我辞职去追求自己目标的唯一原因。不,我说,担心他会提出帮我付钱。阻止我追求自己目标的唯一原因是,我不知道我的目标到底是什么。

"啊哈。"他说,拨弄着可降解餐盘边缘的一颗扁豆。我希望我的职业生涯有品质,我赶快继续说道。我想做需要运用我的智慧的工作,我想和聪明、好奇的人一起工作,我想要长期的项目,我想做重要的事。当我历数14年来的人文教育和中上阶层向我传递的成功指南时,帕特里克耐心地听着。然后,我们静静地坐了一会儿,望着街道,我的迷惘就像我们两人之间的电灯泡。

我们走回到我的自行车处。站在帕特里克办公室门口,我把《监狱过时了吗?》递给他,他很兴奋。他说,他对美国的监狱-工业综合体很感兴趣。监禁是当代美国最大的耻辱之一。历史会控诉我们,他说,而历史是对的。我知道他从大学退学了,提出可以分享我选修过的一门叫做"监狱国家"的课程的教学大纲。他礼貌地呷了一口冰茶的残渣。

员工们从我们身旁走过,能量转移了。我意识到我们之间的鸿沟:帕特里克经营着一家公司;而我负责处理版权注销,手把手地教用户解除账户锁定。我在互联网上向他挑衅,而他花时间请我吃了午餐。他是优雅的化身,而我是一个卑微、茫然、没有目标的怪咖。我不知道他是哪种类型的老板。

我们又握了一次手,就像在工作面试结束时那样,并同意保持联系。似乎可以肯定，我不会再见到他了，虽然我还有那么多问题、有那么多事情想和他谈谈。一个会古希腊语的监狱废除主义者，不太符合科技公司创始人的形象。我骑车回我山上的公寓，经过雾中的帐篷营地和老式有轨电车。

留言板上的评论者围绕"努力工作和聪明工作哪个回报更高"展开争论。他们以惊人的方式将定性的事物定量化。"简单的数学"，一个在一家我从没听说过的公司工作的数据科学家发帖说，"周一到周五是一个星期的 71%。工作不能靠 71% 的努力完成。"我光着身子躺在床上，抱着工作用的笔记本电脑，一边阅读男人们的不同意见，一边随时瞅着客户支持请求队列。

人们争论倦怠是否真实存在，以及倦怠的经济回报。他们分享了关于拖延症创造潜力的流行科普文章的链接。他们欣赏中国的"996"工作制：早 9 点到晚 9 点，一周工作 6 天。他们衡量陪伴孩子的价值；特定成型时期的陪伴比其他时期更重要，有人说。

他们讨论公平在生态系统中的作用，以及赚大钱的动机。"是为了独立，"一个人写道，"为了承担个人风险的自由。"当我想到风险的时候，我不会想到钱，不管是我的还是其他人的。风险就是经期穿的白牛仔裤、飞机上喝的咖啡、搭便车、拉伸运动。但是，这些男人不是在和我说话，说的也不是我——从来都不是。"是为了杠杆，"一个自称优秀员工的人发帖说，"这能让我抓住高管和董事会的要害。"

可以任意挥霍的钱——这是一句标语、一种动机、一种生活方式。在互联网上的自由主义浅水池里的人看来，这是纯粹的美国自由。这是一种心态，一个创业公司创始人在他的公司博客上说，这是一种态度。钱？不是为了钱，至少在达到某个阈值之后就不是了。

一位后来受到性骚扰指控的风险投资人插话说，可以任意挥霍的钱在泰国可以挥霍更久。根据他的标准，在东南亚有 100 万美元就足够了。"或许几十万就够了。"他写道。

讨论延伸到经济收益——赚钱的前景、诱人的胡萝卜——是不是对创业公司员工的正确激励。"我不同意这个前提假设。"一个用一种想象中的动物做昵称的人写道，"你是在暗示赚钱是工作的唯一目的吗？"

我其实又见到了帕特里克。又一次未完结的网上讨论之后，我们在伯纳尔山另一端的一家餐馆共进晚餐；然后是教会区的晚餐；然后是外日落区的晚餐。从那以后，我们建立起了一种吵吵闹闹而又轻松愉快、几乎像家人一样的友谊。

帕特里克让我对企业家阶层的期望变得复杂。他没有表现出在会议上趾高气昂的姿态或者成为数字思想领袖的强烈欲望，很难想象他会压榨员工或者喝得烂醉。见过他的朋友经常以为他是个研究生。就业余爱好而言，我们的共同点不多。一天晚上，我们经过一个 DIY 工作室，他站在外面看着那些艺术朋克小孩，干巴巴地说："这就是年轻人念咒语、施魔法的地方。"但是，我觉得这样很轻松：没有伪装，没有故作姿态。他戴着一副薄框眼镜，只是为了矫正视力，而不是任何亚文化背景的标志。我卸下了防备。

我们大多数时间都待在高档的新美国餐馆里，帕特里克可以毫不费力地预订到当天的位置。餐馆里弥漫着天然纤维和刺槐的味道，有不引人注目的植物和穿着亚麻布制服的女招待；有三四十岁的夫妻，女人穿着结实的短靴，戴着低调的订婚戒指，男人穿得像要去征服冰川。总是有至少一桌创业公司的员工在搞团队建设，躲在某个他们不会过分影响到其他人的角落里。

旧金山正在经历一场烹饪的文艺复兴、一场吸引年轻富豪注意力的竞赛。主厨不是彼此竞争，而是与高档写字楼的自助餐厅、快餐和外卖应用程序竞争。为了显示自己的与众不同，他们把价目表一路上调，把油炸凤尾鱼当成奢侈大餐，把酵母面包片当成天赐美味。食物让人摸不着头脑：奶酪藏在餐桌上的蜡烛底下，用餐结束前拿出来，刚好软化得恰到好处；整只鹌鹑放进面包里面烤。就像调到最高档、让人感官超负荷的食物：熏玉米壳茶碗蒸蛋、腌炸薯条、布拉塔芝士包青豆和樱桃。还有主厨要求用手吃的食物、网红食物以及想要成为网红食物的食物。

在侍者穿着上浆的亚麻布制服的餐馆吃过一连串晚餐后，我们的友谊开始变得有点正式。我们尝试了其他活动：早上 6 点远足，7 点吃早餐。最后，我意识到晚餐只是帕特里克的休闲方式——这是他时间表上唯一固定的私人时间。

人们很自然地会询问每个人与权力和地位的关系，虽然他们不会问我。我不在乎帕特里克经营着一家公司,但是我知道其他人在乎。我很荣幸他愿意跟我做朋友,也很惊讶他投入了时间和精力。这暴露了我个性中不值得骄傲的阴暗面。在那些对其他朋友不依不饶的事情上,我轻易放过了他:他不是一个可靠的沟通者,他可能很失礼,他询问各种项目需要投入的时间却忘了提供反馈。当他面试我的一个好朋友却没有录用他时,我感到羞愧和烦恼,但是什么也没有说。帕特里克要接电话、要开会、要跨越时区、要赶飞机、要管理团队、要聘用高管、要取悦投资人。他的时间并不比我的时间更宝贵,他的生命并不比任何人的生命更重要;但是从生态系统的角度,他的确更重要。

穿过教会区去跟伊恩吃晚餐的路上,我遇到一位数据分析创业公司的客户支持工程师。"我的战友。"他说,拥抱了我。他闻上去有芒果味。我笑了,没有意识到他是认真的。他继续说:"我们一起经历过糟糕的日子。你哭得好像心都要碎了、好像世界末日一样的时候,我把你抱在怀里。"我喜欢他,但是我不记得在任何人的怀里哭过——我总是小心翼翼地一个人躲在洗手间里哭——我可以肯定没有过这种事,我这么说。他耸耸肩。"你当然不记得了。"他说,"在那样的环境下,这种事太正常了。"我没有告诉他我最近考虑过回归。

我们站在街上,手插在口袋里,给通勤者、购物者和一个推着一车个人物品的女人让路。客户支持工程师告诉我,他已经离开公司了。CTO——那个大眼睛、自学成才的天才也离开了。

"我听说他卖掉了一些股票，"客户支持工程师继续说，"一夜暴富。毫无疑问。"实际上并不是毫无疑问：我们不可能知道他是否卖掉了股票，赚了几百万美元。不过，这个故事似乎足够可信。一想到我们认识和喜欢的人梦想成真，我就激动不已。虽然 CTO 有管理头衔，但我总是把他当成自己人。

"你认为他下一步想做什么？"我问道。我想知道 CTO 是不是在开发他自己的游戏。我为他感到兴奋。

客户支持工程师想了一会儿。"问得好。"他说，"我觉得他什么都不想做。"

23

我加入了一个叫做"服务条款"的新团队。近来,对平台上争议素材的投诉和牵涉到法律的问题越来越多,已经堵塞了客户支持请求队列,服务条款团队就是为了处理这些问题而成立的。开源平台的核心是文件托管服务,用户可以上传文本、图像、动画和文档。虽然界面对非程序员来说不太友好,但是像任何其他依赖免费的用户生成内容的社交技术一样,这款公共产品被滥用了。

服务条款团队处理版权撤销、商标侵权、垃圾邮件、用户死亡和违反儿童在线隐私保护法案的情况。我们接手了危险品小组的工作,评估暴力威胁、加密货币诈骗、钓鱼网站、自杀留言和阴谋论。我们认真钻研关于"翻墙"的报告。我们通过翻译软件查看了据称来自俄罗斯政府的电子邮件,加上旋转问号的表情包转发给司法部。我们筛选关于性骚扰、垃圾邮件、报复性色情、儿童色情和恐怖主义内容的报告。我们让更懂技术的同事检查恶意软件和据称的恶意脚本。

我们成了不情愿的内容管理员,意识到我们需要内容政策。我的同事们聪明、有思想、有主见、能够公平地处理问题,但是，为一个平台代言几乎是不可能的，我们当中没有人有资格这样做。我们如履薄冰：开源软件社区的核心参与者对公司监管非常敏感，我们不想成为国家伸得太远的手臂，破坏任何人的技术乌托邦。

我们想站在人权、言论自由、表达自由、创造力和平等的一边。与此同时，这是一个国际化的平台，我们当中有谁能够讲清楚国际人权问题呢？我们坐在公寓里，敲击着从一家消费级硬件公司采购的笔记本电脑。这家公司鼓吹多元化和自由主义的职场原则，却在亚洲的血汗工厂生产自己的产品，使用从刚果的铜矿和钴矿开采的原料——这些地方的矿工在极其恶劣的条件下像苦役一样工作。我们都来自北美。我们都是白人，都是二三十岁。这不是我们个人道德上的缺陷，但事实就是如此。我们意识到，我们有盲点。它们仍然是盲点。

我们努力划清界限。我们努力区分政治行动和政治观点，区分崇尚暴力和崇尚施加暴力的人，区分评论和意图。我们努力破译网络暴民的战术讽刺。我们会犯错误。

当然，做出决策并不容易——决策和内容本身一样复杂、微妙、需要解释。甚至色情图片都是一个灰色地带：同样是乳头的照片，需要结合背景来考虑。但是，我们也不想变成清教徒。一幅女性哺乳的艺术照片与动画人物的巨乳喷出乳汁的动图不一样。但是，归根结底，什么是艺术，该由谁来定义呢？

我们互相提醒，目的很重要。例如，包含性教育网站的代码库应该是可以接受的。平台希望有教育意义，但是这不意味着我们希望人们用软件包管理器在文件夹中搜索生殖器的图片。

有时候,我纳闷高管团队知不知道平台上有色情图片或者新纳粹的不当言论;我纳闷他们知不知道客户支持部门的员工——那些因为"良好的判断力"和"注重细节"等无形的品质而被雇用的人——出于善意一直在骚扰司法部,要求明确或巩固公司在言论自由问题上的立场。

公司的大多数人似乎没有意识到,我们的工具被滥用的情况有多么普遍。他们甚至不知道我们这个团队的存在。这不是他们的错——我们很容易被忽略。平台有 900 万用户,而我们只有 4 个人。

论坛的数量还在增加:拉丁裔、神经多样性、四十不惑、章鱼学徒、章鱼酷儿、NB、黑猫。多元化和包容性顾问已经成为全职员工,担任一个称为"社会影响"的新团队的副总裁。在她的指导下,公司正在慢慢变得更加多元化。活动人士加入进来,一些最直言不讳的批评者也加入进来。其中有一个叫达尼洛的,他出生在波多黎各的一个单亲家庭,在公共住房里长大,从小自学编程。他本来可以成为精英制度的典范,但是他公开表达对硅谷顽固的个人主义叙事的蔑视,喜欢在社交媒体上嘲笑风险投资人和狂热的技术自由主义者。显然,他让我的一些同事感到紧张。

对我来说,达尼洛对技术的愿景是全新的。和流行时尚一样,它也依赖于颠覆,只不过它颠覆的是硅谷。他喜欢指出,参与技术的成本正在直线下降。随着教育、硬件和工具越来越便宜，更多的人会参与进来。产品和公司将更加多元化，权力结构将发生变化。"新一代的技术人员将结束运行我们的整个系统。"一天下午，我们一起在总部工作，坐在空荡荡的活动室里时，他对我说，"我们现在的环境对社会变革有着前所未有的影响力，我们还有在宽带环境下成长起来的整整一代人，这代人会闹个天翻地覆的。"甚至风险投资人最后也会被颠覆、被淘汰。我觉得这一切非常令人兴奋。通过这种方式，我能够将对科技行业的怀疑转变为对未来的乐观主义。

深秋时节，社会影响团队副总裁安排了住房与城市发展部部长来访。公司一直致力于他的一项倡议：通过为低收入家庭提供高速互联网、计算机和教育项目来消除数字鸿沟。我在华盛顿度过了一个星期，参加关于这项倡议的会议，听到民选官员——而不是行业自封的无国界数字社会的领袖——谈论技术如何改变世界，感觉非常振奋。

部长来访那天，办公室热闹非凡。CEO 在内部留言板上发帖，提醒我们真的有特勤局的人在。一大群记者和不同级别的保安护送着部长来到总部时，社会影响团队的成员显得焦虑不安、心惊肉跳。特勤局的人穿着优雅的西装，别着领带夹，与我们的"章鱼猫"T 恤形成鲜明的对比，让我自惭形秽。

他们带他参观椭圆形办公室了吗？我问一个同事。她闭上眼睛，说："我们可真够尴尬的。"

在指定的时间，大家鱼贯进入三楼的圆形会场。我一边打量着我和同事们身上的宽松 T 恤和旧鞋子，一边想：我们好像没有表现出足够的尊重。许多中层管理者跑来跑去，指导员工在哪儿就坐。自从假日派对以来，我还没有在办公室见过这么多人。

达尼洛做了一个简短的介绍。"互联网是增长的加速器，消除了阶级壁垒。"他说，"这是一个全球化的课堂和社区。"我用余光看到公司的一名律师正在面无表情地吃着迷你糖果棒。

"最重要的是，这是通往 21 世纪繁荣的入场券。"他继续说，"作为一名技术人员，我觉得，帮助所有有需要的人得到互联网的馈赠，是一种道义上的责任。"我听到摩擦锡箔纸包装和咬碎脆花生仁的嚓嚓声。律师双眼直视前方，嘴巴嚼个不停。

部长和社会影响团队副总裁讨论了这项倡议。他们指出，四分之一的美国家庭没有电脑，数字素养的鸿沟也是机会的鸿沟。部长穿着全套正装和闪亮的布洛克皮鞋，看上去就像政客们通常那样，光鲜得不像个真人。他显得很不自在。作为一名公仆——顺着梯子往上爬，积累资历，如履薄冰，可能还得穿着正装礼服——却发现自己要迎合硅谷日益成长的权力中心，我不知道他是什么感觉。那些娃娃脸的暴君，那些昙花一现的传奇人物，辍学自己当老板，还以为他们知道世界是如何运行的，以为他们知道如何解决所有的问题。所有从政治顾问公司挖来内部游说者的独角兽公司，所有抵制监管和专业知识的亿万富翁，或许跟迎合华尔街、制药工业和大农业的感觉是一样的，或许就像嫉妒：毕竟，科技反衬了政府的官僚主义和繁文缛节。任何去过车管所的人都能举出腐败的例子。不过，话说回来，我能想象，一个由创业公司运营的监管机构绝对是个噩梦。

演讲结束时,我们的 CEO 穿着低腰牛仔裤和休闲西装,再次上台发表结束语。他昂首阔步地走上舞台,胳膊上搭着一件员工运动衫——和我们著名的本地工程师们穿的一样。他和部长握了手。CEO 说,为了表示感谢,他很骄傲能够送给部长一件定制连帽衫。

一天早上,在去总部的火车上,我刷着手机上的社交媒体应用,算法程序推荐了一张在数据分析创业公司的假日派对上拍的照片。照片上是两个以前的同事,他们都在开怀大笑,牙齿和我记忆中一样白。"真高兴能够成为这支队伍的一员,你们太棒了!"配文写道。派对有自己的主题标签,我点了进去。

主题标签链接到一系列我不认识的人的照片——俊男美女,很适合穿运动休闲装的类型。他们看起来充满活力,很放松、很开心。他们和我一点也不像。

我点开一张照片,肯定是晚餐前的助兴节目表演:一个穿着连体紧身衣的杂技演员跪在台座上,双腿弯曲,用脚握住一副弓箭,摆出准备射箭的姿势。她的目标是一颗印有公司 logo 的心。我浏览了陌生人在动画照相亭里接吻和做鬼脸的 GIF 动图,能够感觉到他们的骄傲。我理解他们的成就感。这一年不好过,但是他们挺过来了,他们赢得了胜利。我的心情有点复杂,就像是勾起了童年时代被人忽视的不愉快回忆。

我不停地刷着屏幕,直至看到一段派对结束后的视频:看起来像在一家俱乐部或者一次昂贵的受戒礼上拍摄的，只不过墙上投射着创业公司的 logo。闪烁的彩灯照亮了西装革履的男人和穿着晚礼服的女人，他们都在电子舞曲的伴奏下跳跃着，挥舞着荧光棒和光剑。他们晋级了，我想。公司最近又筹集到 6 500 万美元。他们有了战争基金。他们注定要超速发展。他们不惜任何代价。

"昨晚太棒了！"一个我不认识的人评论道。我离开已经一年多了。我发现我在努力寻找自己的脸。

24

新年伊始，伊恩的机器人工作室搬到了山景城，与搜索引擎巨头的秘密研发机构合并。这家机构的所在地曾经是加州第一家室内购物中心，被称为"登月工厂"——一本正经、大言不惭——员工们被要求在电子邮件签名和职业简历中使用这个名称，他们的主管被称为"登月队长"。我仍然不知道伊恩究竟在做什么，只是偶尔会从新闻中听说一点消息。报纸有专门报道搜索引擎巨头的记者和板块，就好像它是一个外国政府、一种新型的国家。

时不时地，公司还会分发印有内部代号的T恤——又一个线索。什么是"Hi-Lo"？当伊恩穿着一件像从前卫摇滚音乐会带回来的公司T恤出现时，我问他。他不能说出来。我告诉他这很让人恼火：如果已经到了发放宣传T恤的阶段，员工就应该可以谈论他们的工作。"好吧，当然了。"他说，"但这不是乐趣的一部分吗？"

公司是乐趣。它是乐趣——乐趣！——而且它希望每个人都知道这一点，特别是员工和未来的员工。工程师骑着自行车和小摩托飞快地穿过购物中心。"登月队长"总是穿着旱冰鞋，在各种任务之间滑行,提高工作效率和自己的心率。伊恩带着一个四足军用机器人参加了一次野餐,好像一个能够自己开门、像骡子那么大的金属块是一个正常的用餐伙伴似的。公司举办了一个亡灵节派对,有墨西哥食物、墨西哥流浪乐队和一个烛光祭坛,祭奠那些发布前就胎死腹中的产品。公司还在红树林中的一个前童子军营地举办了一次为期几天的户外活动——沉重的比喻,我想。

搜索引擎巨头提供的特别待遇介于大学生和封建领主之间。伊恩在健康中心做了体检,带回来的避孕套是公司 logo 的颜色,上面印着"手气不错"的字样。员工有机会进行各种体育锻炼,不仅仅是轮滑。伊恩开始在午餐时间参加强化的功能性健身课。他开始举重、增肌、量化;我开始在吸尘器滤网里找到蛋白棒的包装纸。"我担心我正在变成一个兄弟程序员[1]。"他说,打开一个应用程序给我看他的状态。我不担心伊恩会变成兄弟程序员,我更担心他在公共更衣室里看见同事的裸体。他向我保证那是一家大公司。

母公司雇用了大约 7 万名员工,是世界历史上工程人才的巅峰——一个可以无限探索的源泉、一个组织奇迹。但是,在外人看来,它似乎陷入了某种程度的僵化。伊恩有时候说,这是最值得为之工作的大公司,但是其核心业务仍然是数字广告,而不是硬件。

---

[1] 指善于社交、喜欢出外玩乐的程序员。

| 成长 | 213

随着一轮又一轮的收购，人们开始觉得，"登月工厂"似乎把机器人领域最具创新性的公司收入麾下，然后搁置了好几年。后来，我们在新闻中看到针对伊恩所说的大老板们的一系列性骚扰指控。这至少为该组织的停滞提供了一些可能的解释：大老板们一定很忙。

往返山景城通勤需要四个小时。以前，伊恩晚上骑自行车在城里兜风，或者跟朋友们一起做晚餐，或者去上我们一起报名的新世纪芭蕾课。现在，这些时间都花在了公司的班车上。早上，伊恩拿着装咖啡的保温杯，一路冲刺到上车地点。晚上，班车把他送回雾中。我能从凸窗看到他拖着沉重的脚步走过街区，无精打采，脸色苍白。

我有时候想，从事技术工作的人，特别是我们这些开发和维护那些只存在于云端的软件的人，是不是有一种独特的精神负担。知识工作的抽象性已经得到了充分的证明，但是这种感觉是全新的。不仅是因为科技公司已经变得如此富有、如此强大，它们的工具却没有实体存在而产生的认知上的不协调，而且因为所有的软件都是如此脆弱，可能在任何时候被完全抹去。工程师们花费数年时间编写程序，然后更新、重写和迭代。他们把大量的时间精力投入到从未发布的产品上。虽然很惹人嫌，但我还是想知道亡灵节派对有没有让那些从未问世的产品的作者在心里画上句号。

我自己的精神负担是，我可以要求六位数的薪水，却什么事也不会做。不管我在快30岁时学会了什么，都是从网上教程中学到的：如何清除窗台上的霉菌；如何慢炖鱼；如何拉直卷发；如何进行乳腺自查。每当我把自组装家具的一个部件拧到合适的位置，或者加固一颗松动的纽扣时，我都体验到一种陌生而过时的满足感。我甚至买了一台缝纫机，就好像故意想让自己难堪似的。

我不是一个人。我认识的22岁到40岁之间的程序员中，有一半的人发现他们的手指有多种用途，大部分是男人。"用我的双手做点什么的感觉真好。"他们说，然后开始滔滔不绝地讲起木工、自酿啤酒或者酵母烘焙。就像五年前的布鲁克林，只不过这一批手工业爱好者们不是腌制蔬菜，而是查看彼此的面包屑的照片。在工作中，一些工程师迷上了真空烹饪，周末他们烤肉、切片、摆盘，记录制作过程，在社交媒体上骄傲地分享高分辨率的照片。

我羡慕伊恩，他习惯从硬件和实体世界的角度思考问题。他也整天盯着电脑，但是物理定律仍然有效。他与互联网的关系和我不同：他没有任何社交媒体账号，不熟悉模因，也不关心其他人生活中的细枝末节。一天结束时，他不会像我一样站起来，想到：哦，我还有一个身体。

我离开公寓，和帕特里克去一家电影主题餐馆共进晚餐。谈话很快转向技术，一如既往；一如既往，我开始把我对硅谷的焦虑和沮丧投射到他身上。我们就科技行业的分歧还在继续，就像任何一个头脑正常的人都不会去听的播客。同样的信息把我们引向截然相反的结论，我认为是个警世故事，他却解读为一张蓝图，反之亦然。但是，我享受这些对话，它们让我的论点框架更完备、棱角更分明。只是偶尔，当我在黑暗中走回家，听着嘈杂的音乐，心情阴郁，才会希望自己在另一个行业工作，或者在另一座城市生活（比如，一个我可以讨到一支烟抽的城市）。

"我更喜欢一个只产生有意义的公司的假想中的硅谷吗？"厚厚地涂满酸奶和杜卡香料的炸鸡盛在相配的盘子里端上来时，他问道，"当然。但是，我认为基因组创业公司和混蛋的创业公司都是同一个过程的产物，有一些弱点，有一些自毁倾向。如果我们能够拥有理性、明智、冷静、谨慎、完全适应环境的硅谷，产生同样理性、明智、冷静、谨慎、完全适应环境的公司，那当然很好，但是恐怕我们办不到。"

我们当然办得到，我说。不在那些骚扰或排斥女性的人的管理之下，大多数创业公司同样可能取得成功，甚至更成功。无意冒犯，但是它们可能和由年轻的白人男性来管理同样富于创新性。归根结底，我们是如何定义成功的？我有点激动地问，虽然是我先提到成功的。难道不应该允许更多不同类型的人失败吗？我得意洋洋地呷了一口酒。

"首先声明，我同意这些批评。"帕特里克说，给我的杯子倒满酒，"我也希望硅谷变得更好——更包容、更有抱负、更有意义、更严肃、更乐观。"在这点上，我们意见一致，虽然我怀疑，对其具体表现我们可能有不同的看法。他说："我认为真正值得关注的是硅谷只有一个，而我很担心这团火焰会熄灭。或许问题在于，你想要两个硅谷，还是一个都不要。对我来说，答案非常清楚。"

我拨弄着盘子里的一块鸡皮。我不想要两个硅谷。我开始认为我们现在拥有的这个已经造成了足够的破坏。或者，或许我想要两个硅谷，但是第二个必须完全不同，就像一对恶魔双胞胎中的一个。我想要一个母系的硅谷，一个分离主义者-女权主义者的硅谷，一个小规模、慢动作、研究充分、受到管制的硅谷。男人们可以承担领导角色，但是他们再也不能使用"闪电战"这个词，或者把商业比作战争。我知道我的想法在某些方面是矛盾的。

"进步是如此罕见，我们都出发去寻找传说中的黄金国，"帕特里克说，"几乎每个人都空手而归。头脑清醒、负责任的成年人不会放弃工作和生活，去创办那些到头来可能根本不值得付出的公司。这需要一种发自内心的自我牺牲精神。"直到后来我才想到，他可能是想告诉我什么事情。

我的朋友们在萨克拉门托三角洲举办了一场狂欢派对，他们称之为激进的自力更生运动。"干旱的土地，需要用你的汗水灌溉。"邀请函上写着，"我们希望在农场里看到快乐、饥饿的身体。"我想成为快乐的身体，至少想尝试一下。为了做准备，我带上了一条黑色哈伦裤、一个小吹风机、一本小说和《艺术家之路》。"我不认为人们会在狂欢派对上读书。"伊恩看着我的手提包说，但他没有管我。

当我们把车停在农舍前时，一群赤膊的男人正在搭建一个圆顶。他们的胸肌绷得紧紧的，他们在柱子上系上一串串 LED 灯，在室内铺上枕头和蒲团。户外厨房里，人们正在切比萨的配料。一只小羊羔在他们脚边跳来跳去，寻找食物残渣。便携式扬声器播放着电子摇摆舞曲。

派对主人是一个信仰共产主义的农场主，性格随和，喜欢探索。农场主帮我们在胡桃树林里搭帐篷时，我问他小羊羔的故事。他一边把一根杆子抛过来，一边说，计划是明天下午把它烤了。"你把它按倒在地，安抚它，直到它放松下来，"他解释道，就好像在分享一份水果沙拉的菜谱，"然后你就伸出手割断它的喉咙。"

傍晚时分，一男一女从树林中走出来。他们穿着宽松的白色亚麻布衣服，宣布要举行一个仪式。他们脸上涂着油彩，皮肤被太阳晒得红红的。所有人排成一队，手拉手走到小溪边，脱掉衣服。我们的领袖还穿着衣服。他们走到水中，轮流往后仰，浸在水里，就像受洗一样。亚麻布像泡沫一样浮在水面。我不干，我对伊恩小声说：这太做作了。我躲到后面，穿着衣服，等仪式结束才加入进来。

人们赤裸着身体顺流而下。他们爬上岸边，抚摸对岸的牲畜，躺在太阳下晒干身体。啤酒罐漂浮在溪水里。我感到一种熟悉的孤独，好像参与了某种比我自己更大的事物，却无法成为它的一部分。

过了一会儿，我从水里爬上岸，感到很难为情。我抖开一条毛巾，坐在伊恩和一个熟人旁边，这个人是靠跟老男人拥抱赚钱的。拥抱治疗师盘腿坐着，他的睾丸坦然地耷拉在一小丛野花上。我钻进伊恩的臂弯。我们询问了他的治疗情况：实现渴望的目标是什么感觉？人们会哭吗，还是会忏悔？他的工作繁重吗，感觉像一项重要的服务吗？如果有人勃起了，怎么办？"如果是这样，你必须站起来。"拥抱治疗师带着无限的耐心说。伊恩漫不经心地弄乱了我的头发。

即便在农场，人们也在谈论创业公司。对工作和收入不稳定的厌倦终于战胜了不情愿，诺亚和伊恩的朋友们开始进入科技行业——该生态系统有办法吸收所有拥有大学学历和熟悉中产阶级社交方式的人。一所公立小学的校长在一家开发日程软件的教育创业公司找到了工作；一位音乐评论家为健身和冥想应用写文章；记者转型成为企业公关；艺术家进驻人人喊打的社交网络；电影制作人发现自己成了大型科技公司的内部员工，拍摄旨在增强员工凝聚力的内部宣传片。

每个人都需要加快脚步：艺术家、音乐家、蓝领工人和公仆正在离开旧金山，新来的人却没有取代他们的位置。在那些专门为想在咖啡馆里开会的人开设的黄木咖啡馆里，咖啡师已经不像刚来这座城市时那么年轻了。他们更年长、更温和，至少到目前还受到房租管制的保护——这是不祥之兆。连喜剧演员也开始为公司提供进修课程，通过这种令人尴尬的共同经历，来巩固创业公司员工的团队关系。"你对编程训练营怎么看？"拥抱治疗师问伊恩。

那天晚上，在果园里，一群音乐家演唱了关于加州的歌曲，他们正乘着一辆改装的蓝色校车在西海岸巡回演出。天色渐暗。有人在一个移动式厕所里发现了黑寡妇蜘蛛，吓得大家转移了阵地。五六个人消失了，去一个冷库里做爱。其他人服了氯胺酮，伴随着浩室音乐慢慢舞蹈；或者躺在圆顶下的人造毛皮毯子上，吸食芳香剂。一个穿着亮片短裙的女人吸了迷幻剂，坐在一堆木柴上。"要看的东西太多了。"她说，充满敬畏地睁大双眼。

有时候，好像每个人都看过六七十年代自由主义运动的精彩集锦——随心所欲的裸体主义、快乐的乱交、同吃同住、男女共浴。有人在谈论购买门多西诺附近的集体土地。有人在谈论共同抚养孩子——虽然没有人有孩子。在我看来，一切就像一场不完美的历史重演——追求解放和纯粹的快乐。

我没想到自己会成为60年代反主流文化的执行者，也没想到它能够一直持续到今天。连创业公司的创始人都在海滨牧场举办公司团契。在其他地方，反主流文化都是一个历史话题、一个化妆舞会的主题、一种俗气的艺术。当然，我在纽约的朋友们不喜欢60年代的这一面。他们也有某种回归大地的幻想：在哈德逊河上翻修谷仓，加上菜园、复古皮卡和水槽。乌托邦主义并不是今天才有的。我不知道这意味着清醒的现实主义还是想象力的失败。

午夜时分，我独自回到帐篷里，钻进睡袋，枕着伊恩的羊毛露营枕头。我不知道这一切是否只是某种形式的抵抗。技术正在侵蚀人际关系、社区、身份和日常。物质仿佛正在从世界上消失，或许怀旧只是对这种感觉的一种本能反应。我想找到自己的集体。

我脚下的土地又冷又硬，伴随着地球的脉搏永恒地律动。

25

有时候，行业外的朋友会发布关于就人人喊打的社交网络进行心理实验的文章，加上令他们自己都困惑的评论，分享到人人喊打的社交网络上。他们会通过电子邮件给我发送关于人脸识别软件，或者打车软件公司能够通过一种叫做"上帝视角"的工具跟踪乘客的新闻。"你知道这件事吗？"他们写道。当他们冷不防被互联网吓了一跳时——比如刚刚从某个零售商那里买过东西，微博平台就向他们推送广告；或者刚刚在地铁上遇见某个好久没见的熟人，照片分享应用就给他们推荐链接——他们或是觉得可疑，或是觉得有趣，然后给我发消息问："这种……是正常的吗？"外卖服务会在他们去远方度假时推荐当地的餐馆，他们父母的语音助手会自动蹦出信息。

"看看这个。"一起喝酒时，一个朋友把他的手机递过来，给我看他最常去的地方：家、工作室、健身房、火车站、一个不知道是哪儿的住址——我也没有问。"我的手机为我的行为建立了一份小档案，就像一个私家侦探。我不知道应该感到荣幸还是被出卖了。"

我没有表现出惊讶，或者试图解释发生了什么，甚至承认其中一些实际上与我工作过的数据分析创业公司有关；我朋友们的反应让我感觉自己像个反社会者。这些谈话并没有让我产生知情者的优越感，它们让我害怕。挂上电话，我怀疑这是不是国安局的告密者对我们这一代企业家和科技工作者的第一次道德测试，而我们搞砸了。我看着桌子对面那些聪明、充满希望、消息灵通的公民社会参与者困惑的脸，沮丧地想到：他们真的不知道。

在工作中，开源平台的一些角落变得越来越怪异、越来越邪恶。服务条款团队注意到，平台上有人自称恐怖组织成员；有人人肉搜索政府公务员、跟踪我们的同事。我们注意到包含死亡威胁的内容。其中之一足够可信，让总部关闭了一天。

我们讨论如何处理一款玩家比赛杀死犹太人的游戏的代码。我们盯着充斥着侮辱同性恋语言的 ASCII 艺术代码库。我们传阅模仿希特勒形象的卡通动物头像，在聊天室里回复模仿我们自己形象的耸肩的表情包。

大多数时候，我都在处理版权撤销和商标报告，带着巨大的满足感，遵循冗长的流程，像个骄傲的开源社区律师帮办一样。其他时候，我给用户发送礼貌的电子邮件，请他们更换纳粹党徽头像，或者考虑删除他们上传到代码库的反犹太漫画。

我经常不得不退一步想，这类资料只占开源平台活动的一小部分。从大局看，这家公司很幸运：与传统的社交网络不同，它不提供直播暴力画面的方式。与民宿共享平台和打车软件不同，它不涉及面对面的互动。比较起来，这种工具促成了一种非常特殊的良性数字公民生活。没有人是为了就堕胎问题或者地球曲率达成共识而注册的，也没有人是为了听取新闻汇报而注册的。大多数用户都是按照预期参与网站的。

  我早已不再以我自己的名义处理公事。在所有的外部通信中，我都使用男性假名；谢天谢地，我们从来不用电话。我这样做的部分原因是，这项工作可能很敏感，可能得罪某些数字货币巨头；我不是团队中唯一使用假名的人，而且使用男性假名可以化解与缓和交流中的紧张感，即使在最无害的客户支持请求中也很有用。当我抹杀了自我时，我的工作是最有效率的。我发现，男人对男人有不同的反应。我的男性假名比我更有权威。

  这还是社交网络的时代。每个人都下了水，无论独自一人，还是成群结队。社交网络的创始人声称，社交网络是联系和信息自由流动的工具。社交将建立社区，打破壁垒。不要关注幕后的广告技术；社交会使人们更善良、更公平、更有同情心。在全球经济日益无国界化的背景下，社交是一项公共事业；或者将会成为一项公共事业，如果硅谷有人能想出办法跑赢中国的话。

  社交将给世界带来自由民主。社交将重新分配权力，让人们获得自由，用户将自己决定自己的命运。根深蒂固的专制政府不是设计思维和 PHP 应用程序的对手。创始人提到开罗，他们提到莫斯科，他们提到突尼斯，他们用余光看着祖科蒂公园[①]。

  并不是说平台本身背叛了潜在的革命。它们看上去人畜无

[①]"占领华尔街"示威活动的大本营。

害，因为它们看上去都是一样的：僵硬、扁平、灰色、蓝色，客观冷漠但又尽可能友好；由程序员建立，为程序员考虑；由那些对基础架构怀有强烈兴趣的人打造，也为他们服务。人们习惯于查看列表数据，认为代码具有创造性、好的代码应该干净，认为个性化是算法的责任。系统思考者，即那些认为系统仅限于计算并不延伸到社会领域的人。

软件是事务性的、可扩展的、快速的、分散的。胰岛素众筹请求和反疫苗接种宣传同样迅速、有效地传播。滥用被认为是极端情况，是细枝末节；是缺点，但是通过垃圾邮件过滤器、版主或者不拿报酬的社区成员的自我管理就能得到纠正。没有人愿意承认滥用在结构上是不可避免的：系统指标是为了用户黏性、扩张性和无休止的参与而优化的。这些指标不仅健康，而且完全按照设计目标运行。

第二年春天，一份极右翼出版物的博客发表了一篇关于社会影响团队副总裁的文章，聚焦于她对科技行业多元化举措的批评。她指责这些举措往往让白人女性获得了过多的好处。文章在"反白人议程大起底"的标题下配了一幅"章鱼猫"的拼贴画。

文章在评论区掀起了轩然大波，有数百条回复。

评论区炸了锅。关于我同事的恶毒言论在社交媒体上传播开来。销售热线被激愤的网民打爆了。这份出版物似乎动用了水军，在政治讨论的幌子下，利用任何可用的渠道，不遗余力地宣传极右翼思想。一天结束时，副总裁、CEO和一些直言不讳的员工已经成了一场恶意网络骚扰运动的目标。这种事情不是第一次发生在我同事身上了。据我所知，这已经是一年内的第三次了。

这轮猛攻持续了好几天。其中一些威胁非常具体，以至于公司雇用了安保人员。总部弥漫着不安的气氛。员工入口的门上被人贴了一张威胁字条。

我向一个同事提到：多么奇怪，现在所有的互联网暴力似乎都是按照同一套剧本来的——极右翼评论者采用的方法——与我们18个月前见过的针对女性游戏玩家的网络暴力惊人地相似。就像是整整一代人运用互联网论坛的风格和基调，在网上建立了自己的政治身份。

只有现在是这样吗？我问道。让我奇怪的是，两个不同的集团居然有着同样的语言和战略战术。

我的同事是网络论坛和公告牌的内行。他鄙夷地看着我。"哦，天真的小女孩，"他说，"他们就是同一拨人。"

26

硅谷已经成为一种姿态、一种思想、一种扩张、一种消除、一种速记法和罗夏测试[①]、一个梦或一个幻想。南湾是旧金山的睡城，还是恰恰相反，是个令人困惑的问题。两种说法好像都对。

科技工作者只占全部劳动人口的 10%，却产生了巨大的影响。城市正在发生翻天覆地的变化。人们持续涌入。教会区贴满了致新来者的传单。"没人关心你的技术职位。"传单上写道，"在公众场合要对人有礼貌，收起你们追求名利的职业玩笑。"

租金上涨。咖啡馆不再收现金。路上堵满了打车软件公司旗下的车辆。墨西哥快餐馆关门大吉，重新开张时变成高档的有机玉米饼店。廉价出租屋被烧毁，代之以空置的托管公寓。

在旧金山，街道用工会组织者和墨西哥反帝国主义斗士命名的一侧，投机者抢购塑料墙面的起步房，以刚刚超过七位数的价格卖给早期员工和外国投资者。这个价格在若干年内都被认为是一笔好买卖。20多岁的年轻人变成娃娃脸的房东，满怀歉意地

[①] 利用墨渍图版进行的著名的投射法人格测试。

援引晦涩的住房建筑法，驱逐继承租约的长期租客，为公寓转手扫清道路。房地产开发商计划建设微型公寓街区，坚称它们不只是周末的临时住所，而是千禧一代生活的新前沿：从小处开始，发展壮大。

在昔日的工厂和残留的维多利亚式建筑、汽车修理厂与皮革酒吧的背景下，市中心的新开发项目显得格格不入。为了让自己与众不同，开发商加入了电子锁和 Wi-Fi 冰箱，称之为智能公寓。他们提供地堡、攀岩壁、游泳池、烹饪课和门房服务。有些还主办了到塔霍湖的滑雪旅行和到葡萄酒农庄的周末旅行。他们夸耀自行车储物柜、木工工作室、宠物洗浴中心、电动汽车充电桩。其中一半设有技术工作室和公共休息室：商业中心设计得像办公室，而办公室设计得像家。

在我的工作室外，一辆皮卡撞死了一棵茶树。死树被移走后，在原来的地方摆放了一个与街对面一模一样的移动厕所。二者都不是为附近越来越多的无家可归者准备的，他们中的一些人仍然在多肉植物的花盆和车库屋檐的阴影里便溺；厕所是为每天早晨到来的建筑工人准备的，他们要在面向维多利亚式建筑的地下室里修建简易单人房。这是一个房东市场。

两个厕所都上了锁，但是经常有人闯进去。晚上，我躺在床上看着凸窗的窗台，听着人们跟门锁较劲，然后是塑料门打开、颤抖着关上的声音。

我的邮箱里开始出现发型一丝不乱的房地产经纪人的照片，

印在光面卡纸上，字体也很漂亮。经纪人兴奋地介绍装备了泡泡浴缸和智能家电的世外桃源，他们高兴地分享充满原创细节、带有早餐座的可爱小屋。经纪人把定位设在接近高速公路的地方，插入按公司颜色标识的科技通勤路线图。"梦寐以求的地方。"小册子上写道，"绝好的投资房产，没有房租管制。"我站在公寓楼的台阶上，看着经纪人的大头照，想去漂白我的牙齿。

旧金山陷入了全面的住房危机。每当媒体报道一家新科技公司向美国证券交易委员会提交证券发行保荐书（S-1）时，人们就开始研究租户权利、交流心得。要在 IPO 之前买房，我的同事们开玩笑说。这是一个笑话，不是因为它很有趣，而是因为面对百万美元起步的房价，一夜暴富的人们报价高出 60%，并且用现金支付。

我租住的受房租管制的大楼有六套公寓，其中四套的租户是中年夫妻，有些人至少从上一次经济繁荣时期就住在这里了；他们熟悉社区和革命的语言，这些他们早就听过了。最近这波热情高涨的年轻人追求职业冒险的浪潮，以及随之而来的现金的洪流，让他们感到压力，却不是什么新鲜事。我怀疑我们大楼里没有人想要购买用来收租的房产或者 100 万美元的公寓。我怀疑他们只是想继续住下去。

房地产宣传册定期送达。它们开始用于游说大楼的产权人，提出一些诱人的条件。但是，产权人不住在这里。"你好，邻居！"宣传册上写道，"关于你的社区近期在售的房产，我有一些重要消息想要分享。"

"我们认识已经做好充分准备的买家,渴望在你的社区投资。"

"如果你的房子能卖个好价钱,你会卖掉它吗?"

邮箱顶上堆着的宣传册就像一种挑逗和奚落——提醒着我们运气反复、世事无常。

那一年有许多关于城市建筑的讨论,特别是在企业家阶层中。每个人都在阅读《权力掮客》,至少阅读了摘要。每个人都在看《女巫的季节》。安乐椅里的城市规划专家在博客上发表关于简·雅各布斯[1]的文章,发现了奥斯曼[2]和勒·柯布西耶[3]。他们幻想着宪章城市[4]。他们开始注意到一些有趣的事情——或许是一个潜在的机会——正在他们搭乘的顺风车的车窗外发生。他们突然理解了公民生活的价值。

在一个派对上,我遇到一个男人。他凑到我跟前,温暖的呼吸喷到我脸上。他说他正在参与一个令人兴奋的新城市规划项目。他的 T 恤有几何形状的折痕,好像是当天送达、一个小时前

---

[1] 简·雅各布斯(Jane Jacobs),美国城市规划思想家、作家、学者、社会活动家。

[2] 奥斯曼(Haussmann),法国城市规划师,因主持 1853—1870 年的巴黎重建而闻名。

[3] 勒·柯布西耶(Le Corbusier),20 世纪最著名的建筑大师、城市规划家和作家。

[4] 诺贝尔经济学奖得主保罗·罗默提出的一种战略构想,采用相对先进的制度、法律、体系、思想、理念来构建一种重视制度和公平规则的城市。

刚刚拆包的——在这个随叫随到的时代凌乱得恰到好处。我问他是在市政府还是在城市规划部门工作。他说，他一开始跟我们其他人一样。他随手朝四周一比划：屋里全是技术人员。但是，他一直想多读一些关于都市主义的书，还问我有什么推荐。

我想起了本科时学过的城市研究课程的教学大纲，萌生出一丝优越感，却想不起任何书名了。我问他说的项目是怎么回事，他犹豫了，就像一个喝醉酒的人心痒难耐地想要说出一个秘密，但是还没有醉到可以毫无顾忌地犯错误的程度。我等待着。

城市很重要，他开始说，好像在为一场演讲热身，好像我们不是站在一座著名城市市中心的一间客厅里。城市的重要性早已是心照不宣的了。"但是，城市可以更智能。"他说，"它们应该更智能。如果我们面对的是一张白纸呢？我们能解决什么问题？"

男人们总是在谈论我们的问题。"我们"是谁？"所有这些可供使用的新技术，"他说，"自动驾驶汽车、预测分析、无人机，我们怎样才能把它们完美地组合在一起呢？"我忍住了没有拿中央计划经济开玩笑。

我问他第一座一张白纸的城市会是哪里，期待他说出加州的某个地方，或许是萨克拉门托周边、通勤距离以内的某个地方，能够缓解旧金山的部分压力。

洪都拉斯，他说，也许是萨尔瓦多。"某个人们想努力工作而不是解决犯罪问题的地方。"他解释道。我饶有兴趣地看着啤酒瓶的底部。"我的观点是像精益创业公司那样。城市一开始很小，像一家年轻的创业公司，必须迎合前100名用户，而不是前

100万名。"我问他打算如何规模化。他一说出答案,我就后悔了:集装箱。

住在里面?我问。社区呢?人不是凭空出现的。地方经济呢?我开始抓狂,开始亮出我的底牌。"理想情况下,它应该是一个经济特区。"他说,"你知道深圳吗?"我知道深圳:一个光鲜的城市,经济的飞速增长鼓励了高端房地产的发展,公民分享了现代化和进步。他知道深圳吗?我真希望我喝醉了,那样我就可以变得刻薄。我问他种子轮是什么,打算开个玩笑。

他们依靠自己的努力,他说,主要是自掏腰包,团队仍然很小。到目前为止,他们已经筹集了5 000万美元。

对于那些资金雄厚的人来说,城市建设是一种自然而然的兴趣,而他们的员工几乎负担不起湾区的生活。他们的公司赞助人和风险投资人向他们灌输这样一种信念:创业公司创始人不仅能够改变世界,而且应该成为世界的拯救者。这是检验生活方式第一性原理[①]的试验场。

第一性原理思维:源于亚里士多德的物理学,但是用于管理科学领域。技术人员分解了基础架构,检查了各个部分,用他们的方式重新设计了系统。大学辍学生重新构建了大学,把它变成了在线贸易学校。风险投资人在计算中排除次贷危机的影响,为

[①] 古希腊著名思想家亚里士多德提出的一个哲学术语:"在任何一个系统中,存在第一性原理,是一个最基本的命题或假设,不能被省略,也不能被违反。"

提供住房贷款的创业公司提供资金。多名创始人筹集资金，在那些人们因为生活在公共生活空间而被驱逐的地方建立公共生活空间。

有一个流传很广的笑话说，科技行业只是在重新发明早已存在的商品和服务。很多企业家和风险投资人都不喜欢这个笑话，不过我认为他们应该感谢它转移了话题：它回避了为什么某些事物——比如公共交通、住房或者城市发展——从一开始就存在问题的结构性问题。

在审美层面上，我不相信企业家阶层会建立一个大多数人想要在其中安居乐业的大都市。他们对旧金山的影响不是特别喜人，这也不完全是他们的错。这座城市到处都是新企业，向新贵们强行推销五花八门的产品和服务：摆满极简主义茶壶的商店；供应鱼子酱、虾片的香槟酒吧；在散发着桉树香味的体育馆里，开设高档健身课程的会员制合伙办公俱乐部；提供松露、薯条的乒乓球俱乐部；向数字游民出售文具盒和便当盒的商店；放松关节的健身工作室——模拟骑行、模拟冲浪。

有时候，从第一性原理出发进行推理是一个漫长而乏味的过程，最终还会回到原点。还没有烧光风投资金的电子商务网站开设实体旗舰店，第一性原理显示这是一个吸引顾客参与的智能平台。一家只在线上销售的眼镜零售商发现，购物者希望检查视力；一家销售豪华自行车的创业公司发现，豪车骑行者喜欢和其他人一起骑行。床垫供应商开设了样品间；化妆品创业公司开设了试用柜台。网络电商将开设书店，书架上装饰着打印出来的顾客评价和数据驱动的标识：电子书读者在三天之内读完的图书、4.8 星及以上的图书。

这些地方总是有点别扭，好像哪里不对劲。发现书架上有灰尘令人不安；看到活的植物让人感觉也很奇怪。这些商店都具有某种短暂性、某种贫瘠感、某种网络化的风格。它们似乎是在一夜之间出现，固定在物理空间里的：白墙壁、圆体字和露天座位，像它们所取代的世界的一个粗糙拟像。

6 月，种子加速器宣布了一项新举措。加速器要完全从零开始，建立一座新城市。哇哦，读到宣布这项举措的博客文章时，我想，每个人都在参与这项游戏。文章称：世界上有很多人没有意识到他们在大环境中的潜力，因为他们的城市没有提供成功所必需的机会和生活条件。通过让城市更美好，能够释放这一巨大的潜力；这是一种高杠杆的方式，能够让世界变得更美好。建设新城市是终极的全栈创业，是最复杂的，也是最理想的。文章以一系列问题结束：我们如何衡量城市的效率？城市的 KPI 是什么？城市应该为什么而优化？

KPI，优化：这让我想起了数据分析软件。我想知道，谁拥有这些数据集？他们会用它们做什么？

项目负责人是一个幽默图片和视频存储网站的前任 CEO；这些图片和视频为社交媒体传播做了优化，大多是关于猫咪做一些不可能的事情的，比如猫咪骑扫地机器人，或者猫咪被夹在汉堡包里。网站已经筹集了近 4 200 万美元的风险投资。他将与另一位企业家共同开发这个项目。合作者是一位女性，创办了一个按需家政服务平台,但在一系列诉讼中关闭了。真是无知者无畏。

我不明白为什么有人如此热切地想把社区的钥匙交给那些没有做过基础调研的人、那些只是从好奇心出发的人。我不是急于为更古老的行业或机构辩护,但是的确有一些关于历史、背景的需要慎重考虑的东西,有一些关于专业性的东西。同时,我想,如果专业性是可以放弃的,那么为什么不是我的朋友们得到数百万美元,来开展如何建设更美好的城市的研究项目呢?

我没有意识到的是,技术人员对都市主义的热衷不仅是出于对城市的热情,或者对建设大型系统的热情。当然,他们对这些也很感兴趣。这是一种入门练习、一个沙盒、一个入口:适应新得到的政治权力的第一阶段。

"你恨你自己吗?"伯克利的一位心理治疗师问。

我本以为自己是来参加一个迎新会的,但是第二天,我发现自己在微博平台上关注了一群风险投资人。这不是一种自我保护的行为。

风险投资人正在讨论全民基本收入,让我无法移开目光。他们关心城市贫困人口释放的经济潜力。随着冰川融化和海洋温度上升,到了不适宜人类居住的程度,他们担心人工智能——特别是谁会拥有人工智能的问题——将带来第三次世界大战。他们希望看到自动化和人工智能启动一场复兴:机器将完成工作,我们这些变得没用的人类可以专注于艺术。

可能有人猜测,风险投资人想要全额资助政府服务;或者让人工智能掀起革命,为他们在新西兰拥有装满枪支和花生酱的地堡提供一个理由。一旦风险投资人开始学习陶艺，一旦他们的工作被自动化取代，我就会相信人工智能复兴。

风险投资人非常高产。他们说话的方式跟我认识的任何人都不一样。有时候，他们谈论自己的书。不过，大多数时候，他们谈论思想：如何掀起启蒙运动，如何将微观经济学理论应用于复杂的社会问题；媒体的未来和高等教育的衰落；文化停滞和建设者心态。他们谈论如何通过启发式教学法产生更多的思想，大概是为了有更多的事情可以谈。

虽然他们狂热地鼓吹开放市场、放松管制和持续创新，但是要为资本主义提供周到的防御，风险投资阶层是靠不住的。他们嘲笑在智能手机上批评资本主义是一种结构性的虚伪，仿佛在智能手机上为资本主义辩护就不足为奇似的。他们通过创业公司的万花筒看世界："如果你想消除经济不平等，最有效的方法就是取缔自主创业。"种子加速器的创始人写道。"我遇到的每一个直言不讳地反对资本主义的人都是失败的企业家。"一位天使投资人这样表示。"旧金山湾区就像古代的罗马或雅典，"一位风险投资人在博客文章中说，"把你最好的学者送去，向大师们学习，遇见同时代最杰出的人，然后带着你需要的知识和人脉回家。"这么大言不惭，他们知道人们会看见吗？

风险投资人并没有超越激励文化。他们分享阅读清单和产品推荐，并建议他们的粉丝保持谦卑。健康饮食，他们说，少喝酒。旅行，冥想，寻找你生活的意义；为你的婚姻努力，永不放弃。他们宣扬每周工作 80 小时的信条，大谈勇气和毅力的重要性。每当他们说工作-生活平衡的理念是软弱，或者与创业公司成功所必需的决心背道而驰时，我就想知道他们当中多少人有行政助理，或者生活助理，或者二者都有。

我无法想象有人每年赚数百万美元，然后选择把时间浪费在社交媒体上。他们的网瘾几乎是一种病态。注销吧，我想，给你们彼此发邮件就够了。

话说回来，如果说互联网有什么好处，这不就是吗？提供透明度：让人们看到业界精英都在想什么。想知道哪些风险投资人关心身份政治对生产率的影响，或者禁欲主义实践进展如何，没有比这更好的办法了。如果不是这些相互交织的社交平台，我们又怎么会知道，说软件正在吞噬世界的投资人偏爱重金属音乐，并保存着标题为"重金属女声Ⅰ"和"重金属女声Ⅱ"的缓存播放列表呢？我们又怎么会知道，风险投资阶层中哪些人会为那些自大狂的创始人辩护，说他们是没能规模化的企业家呢？哪些人会把批评当成骚扰，把自己当成数字暴民的受害者呢？我们又怎么能理解，那些正在改变社会的人被刻意放大的身份、意识形态和投资策略呢？我所做的一切正是在帮助这些人致富。

硅谷的知识分子文化是互联网文化：思想领袖、思想实验，以及反映在留言板上的知性主义。这里有经济学家和理性主义者、实际的利他主义者、加速主义者、新古典主义者、千禧主义者、客观主义者、生存主义者、考古未来主义者、君主主义者、新反动主义者、海岸先行者、生物黑客、超越者、贝叶斯派、哈耶克派,有半开玩笑的、无比严肃的、有意的、无意的。确实有些东西值得期待。

在诺伊谷的一次聚会上,我和一个理性主义线上社区的热情参与者发生了争论。理性主义被认为是一场追求真理的运动,至少它的实践者是这样认为的。为了更清楚地认识世界,理性主义者从行为经济学、心理学和决策理论中取样。他们谈论辩论技巧、思维模式和钢铁工人,使用经济学、哲学和自然科学的语言;他们会说,"总的来说","n 是正的"——或者"n 是负的""n 被高估了""n 被低估了"。

我可以加入追求真理的队伍。根据我的理解,理性主义主要是为自助生活提供了框架。这说得通:宗教机构受到侵蚀,公司要求精神层面的承诺,信息泛滥,社交联系被外包给互联网。每个人都在寻找某种东西。

但是,理性主义也可能是一种与历史脱节的模式,对严重的权力失衡视而不见。一个流行的理性主义播客涵盖了诸如自由意志和道德责任、认知偏见、选票交易伦理等话题。有一期节目邀请了一位进化心理学家——一个超人类主义者、双料古典主义-自由主义者。她和主持人讨论了人为优化的定制婴儿的话题,一次也没有提到种族问题或优生学的历史。围绕一个根本不现实的世界展开激烈的争论,在我看来多少有点不道德。往好处说,这是对权力的谄媚。这种亚文化令我震惊,尤其是因为它在成年人当中大行其道。

我很难与理性主义者本人就这个问题达成一致,虽然她是一个讨人喜欢、充满好奇的人。我们坐在厨房的餐台前，这是一座爱德华时代的下沉式建筑，最近刚刚翻修过，橱柜和墙壁熠熠生辉。柜门没有把手，一切都是白色的，像一部智能手机或者平板电脑。一群人站在岛式厨房中央的操作台周围，谈论那个相信软件正在吞噬世界的风险投资人。他们交换了各自从他那里学到的最有价值的见解，我错过了。

谈话转向一位自由主义经济学家、学者和一家保守主义研究中心的主任。这家中心是由两位情同手足的石油巨头、右翼亿万富翁资助的，几十年来他们一直发挥着不受约束的政治影响力，这位经济学家却把自己塑造成一个持不同意见者。他的博客文章话题包括：在紧急状态下哄抬价格是否真的有益；美国的种族暴力增加是否有乐观的解释；国家能否成为创业企业——非洲国家看起来最有希望。他推测，或许慈善事业过于民主了；或许低收入群体转投摩门教能够带来更大的上升空间；或许我们能从拉各斯得到启示，考虑一下民族主义的建设性能力。他的作品在硅谷自诩的持不同意见者当中非常流行。我是通过帕特里克知道他的。令人沮丧的是，帕特里克是他博客的热心读者。

我主动提出，这位经济学家的许多看似叛逆的观点，打着旨在颠覆主流偏见的轻松愉快的思想实验的幌子，实际上暴露了一个比他的粉丝们愿意承认的更加黑暗的社会愿景。他的大部分思想并不新鲜；作为一种文化，我们已经经历过那个阶段。有没有可能，这位自由主义经济学家只是为了反对而反对？只是问问。

理性主义者把她的头发别到耳后。逆向思维被低估了，她说，其智力上的贡献是积极的。此时此刻，很难判断哪种思想能够站得住脚；因此，宁可选择争论更多的一方，而不是更少的一方。她说："比如，就拿废奴主义者来说吧。"我问她废奴主义者与自由主义－逆向思维有什么关系。"是这样，"她说，"有时候少数派的观点能够得到积极和广泛的采纳，而且效果很好。"

这种中立的表述让人很难有异议。一些少数派观点确实带来了积极的改变。我姑且愿意相信她。但我们不是在谈论一种中立的表述，我们在谈历史。

我从一个杯子里啜了一口红酒——但愿这个杯子是我的——大胆地提出废除奴隶制或许不是少数人的立场。奴隶自己肯定是废奴主义者，我说，只是因为没人让他们投票，并不意味着他们不存在。我尽量说得轻松，我努力表现得温和。我不想让我们俩难堪，虽然可能已经无法挽回了。

理性主义者转过头，渴望地看着客厅里的另一群人，他们正在开心地指导一个智能音箱播放健身音乐。她叹了口气。"好吧，"她说，"仅仅是为了讨论，如果我们将样本仅限于白人呢？"

风险资本的干预是一股强硬的力量。去年夏天，开源创业公司进行了 2 500 万美元的 B 轮融资，估值 20 亿美元。资金带来了新的期望。毕竟，风险投资人在一个以发行自由软件为基础的企业身上下了双倍赌注。

风险资本的驱动价值是增长、加速度和快速回报，而这些可能带来变化。这解释了为什么搜索引擎巨头从世界知识的学术档案向广告巨头转型；为什么越来越多的企业"请求原谅而不是许可",把"完成比完美更重要"当成信条；为什么"软件利润"实际上成了圣卡洛斯以南的春药。开源创业公司又一次需要成长，这次还要成长得更快一点。

自从我加入以后，公司增加了近 200 人，现在已经发展到 500 人，并且开始变得和其他公司一样。至少表面上如此。人们开始谈论时间表和指标。一批经验丰富的企业玩家加入了管理团队，也有一批离开了。领导层像一扇旋转门。每隔几个月，工程部就要经历一次重组。没有人知道其他人在干什么，没有人知道谁负责。一位高管负责战略；当我问他具体做什么时，他说他负责安排战略会议。

董事会任命了一名新的 CFO（首席财务官），对福利和一些工作职能进行了重新评估。椭圆形办公室被拆除了，改建成一间咖啡馆（这是为了向公司的去中心化传统致敬，公司就起源于一家咖啡馆），这里和其他所有的咖啡馆一样——人们和咖啡师调情，刷社交媒体的时候假装在工作——只不过咖啡是免费的。程序员的洞穴被一个露天办公空间取代。免费购物店被一台自动售货机取代。政策收紧了，预算削减了。社会影响力团队的成员和其他员工挤在一起喝茶，看起来疲惫而严肃。我们相信，我们离被收购不远了。

我和同事们纷纷猜测我们的新东家会是谁。只有两个现实的选项：搜索引擎巨头和喜欢诉讼的西雅图软件巨头。后者有过试图通过挑起诉讼，将开源软件社区扼杀在摇篮里的黑历史，但是它最近关闭了自己的竞争性项目，我们的创始人也没有公开表示幸灾乐祸。

创业公司的投资人之一在社交媒体上发布了一张照片。照片中，巨头的 CEO 正和我们的 CEO 在一次创业峰会上深入交谈。这张照片通过私人聊天和秘密渠道迅速流传，我们以留言板侦探处理悬案的执着精神对它进行了仔细审查。"风险投资人喜欢炫耀。"我在工程部的一个朋友说，他相信我们要被西雅图的巨头收购了，"否则没理由贴出来。说实话，我很高兴。我可能为它们当中的一个工作到退休。"

销售人员追随资本，他们被潮水冲了进来。他们每天都来办公室，带着转基因的抗过敏宠物狗，把它们关在电梯里，或者就让它们在办公桌底下大便。他们在酒吧喝冰啤酒，不时冒出缩写词。他们垄断了三楼的音响系统，播放排行榜 Top 40 的歌曲和轻柔的电子舞曲，工程师们则转移到下面两层。

当我看到男人们在一楼的吧台旁边悠闲地打乒乓球时，当我走进残留着须后水气味的空电梯时，当我打开销售部楼层的冰箱，发现里面的东西都只剩下半瓶时，我想，这幅情景很眼熟，我在电影里看到过，我在书里读到过。

我认识的科技工作者中，似乎有一半的人加入了一个民主社会主义者的新组织，或者至少在社交媒体上关注了它；这个组织的旧金山分会在社交媒体上发布了有趣的猫咪表情包，拿颠覆资本主义开玩笑。人们第一次通过白领工作进入政坛。他们在互联网上发展理论框架；他们开始认同自己是工人阶级。在公司的酒吧里，他们一边喝着免费鸡尾酒，一边谈论全民基本收入。

在社交媒体上，有些用自己的兽设①形象做头像的人表示异议。网站可靠性工程师在工作时间发表了详尽的马克思主义批评。要和科技公司做清算的劳工队伍似乎正在慢慢成型。

诺亚与数据分析公司的另一名早期员工一起设计了一个应用程序原型，为职场中的集体行动提供便利。"当然，有人批评我们正在把劳工组织货币化。"我去伯克利看诺亚时，他说。他的联合创始人认为这是一种使资本主义更好、更有效运行的方式；不用说，后者将是迎合投资人的重点。他们已经考虑过种子加速器，花30秒就完成了调研——"任何仍然有工会的行业都有潜在的能量，能够被创业公司释放"，种子加速器的创始人曾经在微博中写道。加速器说它想得到那些希望打破系统的人，但是一种用来组织工人的工具对系统的打击或许太大了。协作软件不是用来做这个的。

在总部，我谨慎地向一位工程师表达了我对成立技术工人工会的兴奋之情。如果有了共同的利益，或许人们会跟保安打招呼，我说。或许钱会更分散一点；或许制造工具的人能够对如何使用这些工具有发言权；或许我们不应该这么快就被CEO的个人魅力折服；或许我们不应该假定钱、特别待遇和就业市场会永远存在；或许我们应该考虑到自己会老去、过时的可能性。归根结底，我们在做什么，帮助别人成为亿万富翁？亿万富翁是一个

---

① 受卡通文化影响，喜好具有人格或其他人类特质的拟人化动物的虚构角色的人群称为兽迷，兽设是他们在网络上使用的虚拟卡通形象。

病态社会的标志。他们不应该存在。没有一种道德结构能够接受如此巨大的财富积累。

"请不要开始引用马克思的话，说我们的同事需要掌握生产资料。"工程师摇摇头说。他提醒我，他出身贫寒；在开始自学编程以前，他在真实的流水线上工作过好几年。"对他们来说，这不是为了团结起来、斗争到底，只是个人的杠杆。我暴露在石棉中时，在常春藤盟校学习计算机的人们可没有来帮忙。"我没有选对听众，对他的反驳毫无防备。

工程师说，这就像手工崇拜的下一个阶段，像角色扮演游戏，像火人节。"这是工人阶级的 MMOG（大型多人在线游戏）。"他用嘲讽的眼神看着我说，"我们不是弱势群体。"

我为自己的阶级特权、为我认为理所应当的一切感到羞愧。我与体力劳动最亲密的接触就是在一家独立书店的地下室里拆纸箱。我又给我们取了一些橘子味的苏打水。我们开了一些尴尬的玩笑，说技术工人工会会为之罢工的理由包括：人体工学键盘，允许在办公室养狗。我提不起精神。我们俩都无法释怀。

"人们需要工会才能有安全感？"工程师说，"工会能保护我们免受什么伤害呢？令人尴尬的对话？"

我们的远程办公的同事有话说。他们经常说感觉自己像二等公民。随着公司变得越来越企业化，文化从远程优先转向了远程友好。创业公司早期的技术乌托邦没有实现规模化，虽然不是没有尝试过。

在一次内部讨论中，一些远程员工发起了争取特别待遇的运动。旧金山总部提供食品和饮料，一个自称数字游民的女人指出（似乎只有为远程员工提供零食和饮料津贴才公平）。"我在一家咖啡馆办公，"她写道，"我在这里时必须买点什么，而我甚至不喝咖啡。"

总部还有清洁工，有人指出。"如果提供一笔清洁工津贴，我是绝对不会拒绝的。"他补充道，生怕自己说得不够清楚。

"每年为家庭办公室提升改造提供适当的预算会非常有用。"一个工程师写道。他列出了不能报销的项目：办公室绿植、迷你冰箱、墙壁装饰、家具维护。

"超过4小时的长途飞行应该允许订商务舱。"一个销售人员写道，"如果能在飞机上睡一会儿，我能更好地代表公司工作。"

家庭健身器材，还有人建议。公路自行车，或者一双好跑鞋；冲浪板，或者滑雪板。"我们可以联名申请一个零食订购箱。"一个客户支持代表建议。还真是够客气的。

"我希望健身津贴更灵活一些。"另一个工程师写道，"我不喜欢健身房，所以我的健身方式主要是玩彩弹游戏。如果能用津贴来买装备或者喷漆就好了。"

我的工程师同志把这个话题的链接发给我。"这正是我要说的。"他写道，"看看这个，然后告诉我你还想给这些人任何权力。"

一位我通过共同的朋友认识的软件开发人员决定不请自邀到

开源创业公司的总部吃午餐。他从来没进过我们的办公室，他说，他太想看看了。在一家深受工程师喜爱的公司工作，让我自然而然地获得了别人的信任；我没有告诉他，这些天我几乎都是穿着松松垮垮的打底裤在家工作的。

开发人员到办公室时，看起来和平时不太一样——有点虚张声势。他的日常装扮一向是可机洗的风格，但是这天他穿了一件皮夹克，戴了一副飞行员墨镜。当他审视着一排排的空办公桌时，我警惕地审视着他。"所以，这就是一切发生的地方。"他说，赞许地点点头。我已经忘记了开源创业公司对外面的人意味着什么。开发人员只为大公司工作过，他告诉我：就像机器上的一个齿轮。没有像这样的。

我们把午餐带到屋顶天台上，坐在阳光下。一串串咖啡馆的彩灯在加宽的折叠式躺椅上方摇曳，周围棕榈叶的掩映提供了隐私屏障。隔壁公寓大楼的游泳池里，一个女人优雅地来回游着。天气使人昏昏欲睡。我想拿上一本小说，躺在有软垫的白色躺椅里。我希望有权威人士提醒我要涂防晒霜。

开发人员和我吃了荞麦面，聊了一会儿天。大约半个小时后，他叠好餐巾，放在外卖盒子里，漫不经心地问我有没有听说最近的新闻：有匿名来源泄露了一批文档。这件事发生在几个月前，但是上了好几天的头版头条：文档暴露了大量知名政治家、亿万富翁和商界人士的个人信息。这是对富豪不民主行为的控诉。报纸仍然在报道这件事情的余波。

当然，我说。我问他为什么提起这个。

开发人员靠在椅背上，斜眼朝我得意地笑了一下。他神秘兮兮地抬起双手，两个大拇指指着自己的胸口。

我很生气。我不想知道这个信息。我不知道该拿它怎么办。开发人员解释说，他告诉我这件事，是因为他对媒体报道感到失望。他想传达的信息是，普通公民也可以揭露权力的滥用——他没有情报背景，他只关心结构性的不平等——而且大多数阴谋都没什么稀奇的。他说，改变历史的事件往往是偶然和随机的。他想找到合适的人选，以更有行动力、更有个性的方式传播他的故事。他认为，我在纽约认识的一些记者可能帮得上忙。

纽约的记者告诉我，这件事情已经过去了。尽管如此，我还是忍不住去想它。我很愿意看到，仍然有一些工程师认为他们的能力具有潜在的颠覆性，能够服务于更大的利益，而不仅仅是带来个人的财富。所有这些人，二三十岁的时光都花在十年来最有价值的上市公司的开放式办公室里，从给人类用的喂鸟器里取食燕麦片，捏扁果味汽水的空罐子，无聊得发疯，但是无法放弃直接存款。这简直无法想象。硅谷有如此多的人才，都集中在广告技术上，这成了互联网经济的泄洪通道。

我喜欢想象，有些我每天在街上遇见的程序员可能也对企业越来越失望。他们想要更多、更好的东西。他们私底下了解他们正在为之做出贡献的全球体系，想要改变它，而且愿意冒这个险。作为一个喜欢循规蹈矩的人，这让我害怕，但是也让我心头涌起一种类似兴奋或者希望的感觉。

27

在北加利福尼亚，时间的流逝不符合自然的人类经验。到处是我不认识的后殖民时代的非本地植物。我总是喝过期酸奶。我总是需要努力回想才知道现在是什么季节。我三年没见过下雨了。难怪旧金山被称为彼得·潘的城市，难怪那么多人试图活在永恒的当下。很容易忘记人们在变老，或者人总要变老的。

"我已经这样生活了十多年了，像个20多岁的人一样。"一天下午，我们在公司的酒吧闲聊时，一个同事说，"我都快40岁了。为什么我每周去听三次音乐会？我不应该有孩子了吗？"

我们的一群同事已经在调鸡尾酒了。有人打开了一瓶粉色的普洛塞克①。两个穿着情侣连帽衫的男人在玩沙狐球，乒乓球桌旁的两名工程师陷入了拉锯战。透过DJ台后面的落地窗，我看到一个男人躺在人行道上，裤子脱到大腿中间，侧着身子在阳光下打盹。

"我老家的朋友们正在跟他们的配偶为房贷吵架。"我的同事说，看着她的咖啡杯，叹了口气，"当我们大家都老了，一切会

---

① 一种意大利葡萄酒。

是什么样子？从什么时候起，我们不再觉得生活充满乐趣？"

生活充满乐趣吗？曾经充满乐趣吗？那年夏天，我度过了29岁生日，我开始想要那些25岁时不想要的东西。我养成了如饥似渴地浏览房地产应用的坏习惯，就好像我在等着科尔谷的一座翻新的维多利亚式建筑来主动找我，询问我的MBTI性格测试[①]类型。

我开始对街上的婴儿指指点点，就好像我只在百科全书里看见过婴儿似的。"看，"我会对伊恩说，"一个宝宝！"好像我们在观鸟一样，好像我刚刚看到了一颗流星一样。

为了庆祝生日，帕特里克在穆尔森林附近的一处营地举办了一个小型派对。严格说来，这个地方是一个养马场。"欢迎自告奋勇，维护马的利益。"邀请函上写道，"热情鼓励骑马前来。"

接下来的那个周末，伊恩和我来到养马场，发现一群计算机科学家穿着户外服装，不太有效率地拌着一盆沙拉。烤架上放着几片三文鱼。畜栏是空的。当我询问什么是马的利益时，一个穿着羊毛背心的企业家开心地说："啊，你知道，在旧金山，连马都疯疯癫癫的。"

伊恩和他崇拜的一个工程师聊了起来，对方是一个概念性、实验性的用户界面设计师。我很少听伊恩谈论计算机科学。谈到

[①] 一种流行的职业人格评估工具。

他的工作时，他总是有所保留，以至于我都快忘了他是多么热爱他的工作、谜题和魔法。野餐桌旁有两个工程师正在讨论青少年文学，我试图加入他们的谈话。

我没怎么和帕特里克的朋友们在一起过，不过已经足够让我知道，我是他社交圈子的局外人。他的圈子主要由科学家、企业家和技术人员组成。告诉这些人我在客户支持部门工作经常让我感到尴尬，然后又为自己的尴尬感到愤怒。每当我缺乏安全感时，我就会变得好斗，或者咄咄逼人，或者晕头转向。这当然没有什么帮助。我总是为众包评论网站算不算一种"文学"的问题跟创始人陷入争论。我总是主动提出反对私有化的观点，挑起争端。

气氛是积极、礼貌的。我设法控制住自己。谈话时断时续。我注意到，当帕特里克说话时，他周围的人都安静下来倾听。当然了，我也想听。

我们把三文鱼从烤架上拿下来，拌到沙拉里，围坐在野餐桌旁大快朵颐。晚餐吃到一半时，另一个穿着户外服装的瘦子带着一个塑料袋来到营地。帕特里克兴奋地跳了起来。他解释说，袋子里有两个带数字显示屏的血糖持续监测仪。监测仪在美国很难买到，显示屏必须进口。我们一块看着他打开包裹，皱着眉头，把一个传感器戳进自己的肩膀。我和伊恩交换了一个意味深长的眼神。帕特里克没有糖尿病。"什么？"伊恩说，"太酷了，我也要试试。"

过了一会儿，有人拿出一块小蛋糕和一根蜡烛。我们唱了

《生日快乐》歌,帕特里克脸红了。"好了,"当歌声停止而谈话没有继续时,他说,"我们把火扑灭,好吗?"我建议让它继续烧着。我们可以搭帐篷,然后喝着威士忌聊天,直到太晚或者太冷。这是露营当中我最喜欢的部分:充满信任的亲密时刻,人们相互依偎着,任时间慢慢流逝。我盼望这个时刻,我想看到每个人都放松下来,找到一些共同点。帕特里克似乎很困惑。

我环顾其他人,很快明白过来:计划从来就不是露营。只有伊恩和我带了帐篷。在十分钟之内,派对结束了,人们把东西装进纸袋,拆除了烤架,把垃圾分类装好,带着剩菜和冷藏箱,商量好拼车方案,各自上车,驶入茫茫夜色。车灯照亮了道路,转过弯不见了。还不到十点。

"我想,这个地方属于我们了。"伊恩环顾四周,说道。一切突然显得很荒谬:我们俩在马林县的一个户外马厩中央独自露营。这个地方大得可笑,没遮没拦。畜栏里闪烁着灯光。我不知道护林员会不会来,如果他来了,我们能不能骑马逃走。我们会被罚款吗?这是州属土地。我们违法了吗?为什么我会以为我们都要在这里过夜,像那些第二天无所事事的人一样?我有些难过,因为他们周末都有其他事情要做,而我唯一的计划是做一个果蝇陷阱。我还有些愤愤不平。我不想因为无所事事、因为想喝威士忌和仰望星空而感觉羞耻。

我们应该回去,我说。伊恩摇了摇头。他已经喝了几瓶啤酒,而我不会开手动挡汽车。道路蜿蜒曲折,没有路灯照明。我们搭了帐篷,刷了牙,把漱口水直接吐在地上,然后并肩钻进睡袋，听着风吹过红树林的声音。

虽然我不想要帕特里克和他的朋友们想要的东西，但是他们选择的生活中仍然有一些东西吸引着我。我羡慕他们的专注、他们的投入，羡慕他们知道自己想要什么并且能够大声说出来。我一向羡慕这些东西。他们都是那么学识渊博、那么擅长运动。我几乎不知道他们都是做什么的，我只知道他们很擅长。

28岁时，帕特里克就做出了错综复杂的东西，而且是人们喜欢的、有用的东西。我不知道如果他和他的朋友继续从事这个行业——这似乎是很有可能的——未来会怎样。我不知道这在个人层面意味着什么。我们的友谊已经需要在一定程度上划清界限，大概双方都需要。我不知道金钱和地位会不会改变他，我不知道我会不会成为一个累赘。我担心处在他那个位置上的人往往别无选择，只能活成别人期望的样子：他们要对一个强大的系统、一台机器负责。像许多正在开发的技术一样，受欢迎的意识形态之所以受欢迎，是因为人们喜欢它们的短期承诺，尽管其逻辑上的终点可能是毁灭。看着他成为一个公众人物让我倍感压力：时不时地，在社交媒体上，他会对那些令我咋舌的出版物、政策和立场表示支持。这让我感到紧张。他这个人私下里是风趣、体贴、思想开放的。但是，他的公众形象，那个经常让我不能认同的形象，却有着越来越大的权力和影响力。

伊恩正在车头灯下读书，我向他说了其中一些想法。他耸耸肩，光线抖动着。"我认为你低估了你可能拥有的东西，而他们没有。"他说。"你？"我问道，翻身转向他，"你这么说真好。"他说: "不过，我说的是更重大的东西——一些值得考虑的东西。"

在我看来，在非物质的意义上，我拥有而硅谷的男人们没有的，正是我在过去四年中想要努力升华的东西。在科技行业工作曾经是一种逃避——逃避我个性中不切实际的、情绪化的、梦想的、怀旧的、矛盾的和麻烦的那一部分。那一部分的我想知道每一个人的感受，为读小说设定最后的期限，只想被感动，没有明显的市场价值。

最终，我承认，从非经济的角度，我能够提供的价值与企业家们提供的价值没有高下之分，只是不一样。价值取决于我为谁而活。虽然这算不上什么顿悟，但接受它还是需要一定程度的反洗脑。我迟疑和拖延的原因很实际——金钱、社会的肯定，但也是因为我自己想要这些。我想，唯一比想要什么东西更尴尬的就是大声说出来。加入一个自以为高人一等的团体，对我来说是一种安慰，能够帮我抵消不确定性、孤立感和不安全感。

遗憾的是，我的动机经不起考验。我努力想讨好的人没有什么过人之处。他们大多聪明、善良，但许多人都是这样。新奇感正在耗尽，结局越来越不明朗。我仍然坚信我应该在工作中找到意义或成就感，这是20多年的教育、父母的鼓励、社会经济特权和世代神话造就的结果。但是，我没有感到满足，反而感到困惑和幻灭。或许，我同情硅谷年轻企业家的根源就在于此: 我为自己在25岁时的选择感到道德上、精神上和政治上的不安；而他们中的许多人在十几岁时就选择了自己的生活，并且已经这样过了 10 年。肯定有些人想下车。我非常确信。

　　我确实想过，留下来会怎样。我能想象自己作为一名科技行业的非技术女性追求成功：成为中层经理，然后是高管，然后是咨询师或者导师，在大会上演讲，激励更多的女性。我能想象自己站在舞台上，努力挤出微笑，手里拿着遥控器，感觉得到自己的卷发跟着颤动。我能想象在博客上发表文章，大谈个人商业哲学：如何浪费机会；如何不去谈判；如何在你的老板面前哭。我能想象比男性同事加倍努力工作，得到的重视却只有他们的一半。我能想象根据市场做出决策，而市场会回报我，我会因为自己是对的而得意。

　　我当然希望自己是对的。我爱死了这种感觉。但是，我也愿意相信直觉，开心就好。我希望对生活充满热情。

　　很长时间以来，我一直相信在企业家的野心当中存在一种渴望、一个没有人愿意承认的温柔的维度。在内部瑜伽课、冥想应用程序、选择性的禁欲主义和思想领袖互助小组的表面之下，有某些精神方面的东西。否则，要如何解释那些仪式和社团、峰会和团建、公司复兴会议、创业公司的忠诚和狂热、现代化和最优化的福音呢？我对这个脆弱的观点深信不疑。

　　这些彷徨、敏感、多疑、容易走极端的大男孩，不断与世界对抗，直到发现某些部分会对他们低头。我假设他们有想打动的人、想取悦的父母、想胜过的兄弟姐妹、想打败的对手。我假设他们真正的渴望是理解和共鸣：社团，或者亲密关系，或者爱和理解。我知道构建系统并使之运行本身就是一种深深的满足感，但是我假设每个人都想要更多。

我一直在寻找感情上的叙事、心理学上的解释，以及个人的历史。我想听到辩解，好让我的同情心有用武之地。这不像相信成年期就是青春期的心理延续那么简单，这不是历史修正主义。我对企业家阶层在精神上、情感上和政治上的可能性抱有徒劳的期望，一方面是为了减轻自己对参与一个全球化数据挖掘项目的负罪感，但是更重要的，是因为我相信他们将成为下一代权力精英。我想要相信，随着代际更替，那些未来的经济和政治力量能够建设一个不同的、更好的、更广阔的世界，而且不仅仅是为了那些和他们一样的人。

以后，我会哀悼这些妄想。不仅是因为这个未来愿景在本质上就不可能实现——归根结底，这种随心所欲、不负责任的权力正是问题所在——而且因为我在重复自己。我在寻找故事。我早该看到系统的全貌了。

硅谷的年轻人过得很好。他们热爱他们的行业，热爱他们的工作，喜欢解决问题；他们没有良心不安。他们天生就是建设者，至少他们是这样认为的。他们在每件事情上看到市场和机遇。他们对自己的思想和潜力有着毫不动摇的信念。他们对未来欣喜若狂。他们拥有权力、财富和控制力。我才是那个心存幻想的人。

28

我们已经过了拿天真当借口的年纪。傲慢,或许是。冷漠,成见,理想主义。最近这些年日子过得不错的人难免会自鸣得意。我们以为一切都会过去,我们一直忙忙碌碌。

但是,我们错了。或许一个曾经在电视真人秀节目中扮演成功商人角色的房地产开发商真的可能成为美国总统。每个人都来最后努一把力,公民参与万岁。一群创始人将大量资金投入公民投票运动,试图通过移动端应用程序和社交网络投放定向广告,鼓励千禧一代亲自参与投票。数字捐款源源不断。开源创业公司决定在选举日打出广告横幅,提醒美国用户今天是选举日。

在这个充斥政治危机和社会动荡的时期,我也继承了生活在海滨城市的富裕美国白人的伟大传统,转向了保守。我认为,我们已经稳操胜券。我把硅谷看做一列不可阻挡的列车;我接受科技公司的自我吹捧,相信事情会朝着有利于它的方向发展。我不知道谁的想法更加不切实际:是认为自己能够改变历史轨迹的企业家阶层,还是相信他们的我。

11月初,我打开笔记本电脑,发现服务条款部门正在努力破译一个代码库。这个代码库声称,它研究的是华盛顿一家比萨饼店外的性交易和恋童癖问题。我浏览了聊天记录,试图了解情况。内容与总统选举期间泄露的电子邮件有关,但是一切扑朔迷离,带有一丝阴谋论的味道。

我无法参与其中。我不知道自己在看什么,也不想看。我的同事们似乎已经控制了局面。他们愿意解决突发事件,我对他们心存感激。他们能够怀着幽默感和好奇心,深入互联网错综复杂的底层。他们在团队群聊中发送旋转的比萨饼的表情包时,我把注意力转向版权撤销。直到相关新闻满天飞,我才再一次想起这个代码库。

后来,我一直在想,我错过了它,是不是因为我毕竟还是科技行业的产物,比我自己愿意承认的更甚——对环境的厌恶、对速度和规模的强调,以及压倒一切的短视。或许我不是一个系统思考者。

不过,即便如此,系统思考者们也错过了它。

帕特里克和我共进晚餐。我发现他坐在餐厅最里面,读着家装杂志。他等着我脱掉大衣,从桌子那头靠过来。"科技行业的冬天要来了吗?"他问。旧金山从来没有冬天,我想;这里永远是冬天,就像马克·吐温说的那样。[1] 然后,我才意识到他指的是一本流行奇幻小说[2]:冬天意味着另一只鞋子落下来了。

---

[1] 马克·吐温曾经说:"我经历过最寒冷的冬天,是旧金山的夏天。"
[2] 指乔治·马丁的《冰与火之歌》,其中北方史塔克家族的族语为:"凛冬将至。"

大选期间，硅谷受到了越来越多的关注。就在不久前，同样的出版物还在分析科技公司的自助餐厅菜单，其详细程度通常只有在美国证券交易委员会开始重新考虑狂热支持者的立场时才会看到。人们开始谈论反垄断、消费品安全条例、专利和版权法。他们开始用批判的眼光看待网瘾，以及科技公司加剧经济不平等的方式。他们捕捉社交网络上传播的错误信息和阴谋论。这个行业已经习惯了获得关注，但不是像这样。

科技行业会没事的，我说，用一片面包蘸上橄榄油。如果科技行业面临清算，而结果是只有更少的创业公司开发协作软件、销售有领扣的衬衫，或者克扣合同工的工资，在我看来这算不上世界末日。我不担心科技行业。无论如何，似乎还有更严重的可能性。帕特里克点点头。他看上去和我一样疲惫。现在不是重新列举硅谷优点的时候。

我真希望能对可能发生的事情保持乐观，我说。他会如何回答？我已经习惯了他的反驳，习惯了他会鼓励我，让我感觉未来焕然一新。他是那么有能量、有效率，他当然有解决办法。帕特里克低头看着他的双手。"我真的不知道。"他说，"这太可怕了。"

晚餐快结束时，他道歉说，有个工作电话必须要接，但时间不会太长。他的公司已经进入新一轮融资的最后阶段——未来的又一个锚点。有太多的政治不确定性。我们各自付账，然后离开餐馆，在冷风中拉上黑色羽绒服的拉链。

我们走过福尔瑟姆街时，帕特里克加入了一个视频会议。街道一片漆黑，空无一人。他从背包里拿出平板电脑，打开电子邮件，用一根手指潦草地签署了几份文件。他对这个世界是如此应对自如、充满自信，深深地触动了我。我努力放松紧紧握住托特包提带的手指。

我们从高架桥下经过，朝市场街南区走去。我瞥了一眼帕特里克：他愉快地聊着天，滔滔不绝。我想知道，如果冬天真的来了，对他意味着什么。我对赌注没有概念。我不能肯定我们两个谁会失去更多。

几个星期后，我阅读了受到严格审查的留言板，得出了一个简单的结论。评论者在讨论帕特里克的创业公司，公司的最近一轮融资一直是新闻报道的焦点：其估值在硅谷的私人企业中名列前茅。那天晚上，在高架桥下的路灯下，他成了世界上最年轻的亿万富翁之一。

我打电话给声称对著名黑客事件负责的开发人员。你能做些什么吗？我问道，像个小孩子似的用脚蹭着地毯。

他沉默了一会儿。"我不确定你到底想要什么。"他说，"这事急不得。可能需要好几个月，而且没有保证。"我也不确定我到底在追求什么：验证对信息乌托邦的信仰？证明网络规模化的合理性？无论如何，不能是好几个月。只能有几天。

我和大学时代的两个朋友，以及销售团队的一个同事，一起开车去了里诺。我们来到一个以海底世界为主题的赌场，就像参加一个没有什么事情要庆祝的单身女郎派对。赌场有游泳池，但是我们谁也没有想到带件泳衣。我们没有人玩老虎机。我们到处闲逛，把我们的不安发泄到社交媒体上，没完没了地发照片：赌场里的棕榈树和有灯光照明的水景设计，喷水的人鱼喷泉和蓝色背光的海豚。那天晚上，我们两人同睡一张床，谁也没睡好。

第二天早晨，我们去了一个志愿者中心，跟在一辆加州牌照的电动汽车后面拐进一条商业街。排队拿写字板时，我意识到我不知道我们在哪儿。我们把地址输入一个地图应用，盲目地跟着它走，就好像我们刚从旧金山开车过来一样。我们可能在任何地方。

接下来的两天里，我们在郊区奔走，四处拉票。我讨厌这种惹人注目、强人所难的感觉，讨厌我们一踏上门廊他们就知道我们要干什么。在工人阶级社区，街道安安静静，几乎所有停着的车挡风玻璃上都贴着打车软件公司的贴纸。我的同事听说销售团队要开始裁员，惶惶不安。"上帝保佑，降低通胀率吧。"——一辆汽车的保险杠上贴着这样一张贴纸。

选举日那天，我满怀焦虑和乐观，在夹克上别了一个子宫形状的珐琅别针，然后去吃早餐。一排男人坐在吃角子老虎机前，抽着烟。赌场咖啡吧的女招待叫我取餐时，我问她那天是否打算去投票，背诵了我还需要努力回想的开场白。"今年不去了。"她摇了摇头说。我吃了一惊。"我不怪你。"我说，不确定自己到底是不是这么想的。

那天，没几个人给我们开门。我们拖着沉重的脚步，坐在路边分享水和零食。我大学时代的一个朋友戴着一条有铭牌的项链，上面印着"下流女人"；穿着一件小猫图案的 T 恤，上面印着"这只猫咪会挠人"。我在手机上看到：名人穿着朴素的裤装，看起来光彩照人；陌生人在妇女参政论者的坟墓上涂写"我投票了"。一个风险投资人贴出了一张照片，照片上有一瓶香槟和一瓶伏特加，加上营造出历史效果的灰度滤镜。朋友们分享投票站外的自拍照，他们的表情坚定而乐观，沐浴在秋日的阳光下。公司聊天室一反常态地冷清。

注意力经济时代的生活让我变得健忘。我的社交媒体上充斥着女权主义的口号、肖像和产品：形状像裸胸的陶瓷花瓶、印着"未来是女性"的婴儿连体衣。几个月来，我一直在看这些网站。

不过，这一切没有波及内华达郊区。我们拿着写字板和爱国主义贴纸，作为经过粉饰的沿海城市大公司女权主义的代表；女人们站在纱门后面看着我们，只是摇摇头。在一条死胡同的拐弯处，有一个停满了紧凑型 SUV、院子打理得很漂亮的富裕小区；我们靠着租来的车，低头看着手机。我摘下子宫形状的别针，装进口袋里。这里的一切是如此封闭、如此慎之又慎。

投票站关闭了。天气开始变凉了。

尾声

29

大选之后的几个月,我的朋友和同事们过得不太好:胃疼、失眠、运用占星术。他们喝了太多的酒,适度地吸电子烟。他们尝试了冥想浴缸,考虑使用微剂量的药物来缓解抑郁或者恢复生产力。他们在电子邮件的问候语中加入"鉴于目前的情况"和"尽管有新闻称"等短语。每个人都陷入了不负责任的幻想。

在受到严格审查的留言板上,评论者在讨论理性的马歇尔计划——一场新的启蒙运动。在社交媒体上,一家教育软件公司的销售主管建议用众筹的私人飞机飞跃红色阵营,投放禁行令的传单;数据分析创业公司的一位前任高管问他的联系人,谁能推荐一个购买金条的地方。每个人都说,是时候学习加密技术了。我们这些科技行业的业内或相关人士,都建议朋友和家人下载加密的通信应用程序。一如既往,我们的解决方案是:更多的技术。

CEO 和风险投资人是负有信托责任的爱国者,他们向民选官员伸出橄榄枝。行业领袖在机场抗议,或者至少去摆个姿势拍照。他们主张更宽容的移民政策,优先考虑那些会编程的移民。

每个人都熬夜到很晚,焦虑地浏览着网页,广告算法紧随其后。我的朋友们买了社交媒体向他们推销的、专为有感觉障碍的人设计的加重毛毯,然后躺在毛毯下,胳膊放在身体两侧,等待着催产素水平下降。法西斯主义的意识形态和偏激的阴谋论四处流传。长期以来,谎言、错误信息和模因一直是留言板文化的标志,现在这些东西进入了公民领域。钓鱼帖成为一种新的政治货币。

新闻里有纳粹标志的图像,服务条款团队的收件箱里有纳粹的言论。我们的领域还是全新的,没有统一。在不同的公司,我们的工作被称为"政策""公共政策""信任与安全""社会与安全",或者干脆就叫"安全";在不同的公司,团队的历史可能有六年或者六个月。没人有资格对生活在互联网上的数百万人的言论做出评判。在科技行业之外,人们就《第一修正案》争论不休。在行业内部,我们在计算风险,确定威胁的严重性,努力做出周密而又敏捷的反应。网络暴力的性质变化很快,事情总是有那么一点失控。

在一次业内人士的聚会上,有一家家喻户晓的创业公司的一名高层员工主动跟我聊起科技行业的新责任。我们小心翼翼地端着盛满奶酪和水果的纸盘,焦虑在我们俩之间来回传递。对方神秘兮兮地靠近我。"白宫里没有成年人。"他带着一丝笑意说,"现在我们就是政府。"

有一段时间,我以为一切都会改变。我以为派对结束了。我以为科技行业要面临清算,这是终场的序幕:我在旧金山经历的是人类堕落前最后的伊甸园时代,是我们这一代淘金热的结束,是一个不可持续的过剩时代。

然后,我走出家门,发现世界上还是有瘾君子、慢跑者和流浪汉,还是有皮革精品店和沙沙作响的桉树。仓库里塞满新移栽的植物,起重机的悬臂从上空掠过。通勤车装点着山丘,下山时踩着刹车。城市和行业在生态系统的制约下,继续循环往复。

我可以永远留在这个工作岗位上,正因为如此,我知道是时候离开了。金钱和舒适的生活方式不足以减轻工作带来的情绪负担:倦怠、重复、间歇性的毒副作用。日子一成不变。我感到越来越大的空虚,每天早晨在我的单身公寓里膨胀、在我的办公椅上旋转。我能够做点什么,不管算不算得上勇敢。

还有:我认识的一个女人在公司外遭遇了性侵犯。这本身就很糟糕,在结构性的层面更糟糕。当我从别人那里听说这个案件的处理结果时,我再也不想帮助这个行业的任何人致富了。我不想帮任何人做任何事。

2018年初,我离开了开源创业公司。我渴望改变,我渴望写作。过去几年里,我渴望从自己的生活中抽离出来,从外围观察,试图理解载体、框架和正在运行的系统。心理学家可能称之为"分离"。我认为这是社会学的方法。对我来说,这能帮我摆脱烦恼。这确实让事情变得更有趣了。

离开一个远程办公的公司,感觉有些虎头蛇尾。我最后一天上班时,通过视频聊天进行了60秒的离职面谈。我在服务条款团队的聊天室里发了一个告别的表情包,在公司的内部留言板上发了一个简短的告别帖子。"我不知道你在这里工作。"一个同事在评论中写道。然后，我坐在床上，抱着笔记本电脑，看着我的内部平台访问权限被一个接一个地取消。每个"404错误"都像一盏灯熄灭了。这个世界来得容易、去得也快，就像拉上拉链那么简单。

在工作了三年半之后，我的大部分员工期权已经可以兑现了。尽管有公司正在等待收购的传言，但我对于这些期权的态度很矛盾：这些股份不便宜，我不确定它们到底值多少钱。

我告诉自己必须遵守游戏规则。在我为期90天的购买窗口的第90天，我向总部递交了一张支票，用我全部的存款购买尽可能多的期权。当我站在访客入口，等待股权计划管理员来取文件时，我看着以前的同事们在公司的咖啡厅里愉快地聊天，心情苦涩，觉得离开是一个巨大的错误。

某些不讨人喜欢的事实：躲在权力的高墙后，让我感觉自己无懈可击。社会在变化，身处帝国内部、机器内部让我感觉更安全。宁可站在监视的一边，不要站在被监视的一边。

开源创业公司的前员工仍然在聊天室出现，聊天室是一个不隶属于任何机构的"校友俱乐部"。在关于我们的股票期权是否有价值的讨论中间，人们试着为各自的创业公司互相挖墙脚。他们不负责任地胡说八道，交换投机性的金融建议。他们继续交换家庭办公设备和"章鱼猫"毛绒玩具的照片。他们怀念早期员工峰会、失去的周末和办公室狂欢派对；怀念他们搞过的团队建设寻宝活动，包括与脱衣舞女的自拍；怀念他们在总部藏起来的一批硫酸。他们的回忆变成了共同的神话。我所知道的故事仍然是一段不为人知的口述历史。

6月，传出了开源创业公司被西雅图的软件巨头以75亿美元的价格收购的消息。20世纪90年代，这家巨头曾经试图打压开源软件运动；但是，所有参与交易的人都坚称，这是一个新时代。

在前员工聊天室里，人们比较着关于股价的二手信息；他们贴出自己穿着"章鱼猫"T恤的照片以示庆祝。"当你醒来时，你已经退休了。"一个早期员工写道。另一个早期员工表达了她对这笔飞来横财的矛盾心理。"这就像拥有一颗血钻，"她写道，"价值连城，但是付出了不可原谅的代价。"

这不仅仅是一颗钻石，更是一座矿山。我以前的同事中有相当一部分成了百万富翁和千万富翁；创始人成了亿万富翁。风险投资人收回了成本。我为朋友们感到高兴，特别是那些工作格外卖力的低级别员工；我也为他们的家人感到兴奋——带着六位数离职将改变他们的生活。我想知道公司是否会形成一种内部的等级制度，然后想起，现在已经有了。

我行使的股权价值20万美元——税前。以我的标准，这是一笔横财了，虽然在科技行业这算不了什么：这低于人人喊打的社交网络的薪资中位数，低于直接存入早期客户支持代表银行账户的60万美元，低于那些我怀疑可能给同事们造成了不可磨灭的伤害的人得到的数百万美元。我没有感到骄傲，只有解脱和内疚。

我很幸运。对我来说，用全部的银行存款来行使股权只是最低限度，因为我知道，我可以向家人，甚至向伊恩借钱。我的一些同事——主要是非技术岗位上的女性——她们的工作是公司的基础，但是在一个全美国生活成本最高的城市，她们的薪水却让她们存不下钱。公司给她们提供了慷慨的股票奖励，但是她们离开公司时却无法兑现。我听说，有些女性得到承诺，可以延长她们的行权窗口期，但是在股权到期后，董事会否决了延长期的要求。这次收购是一个千载难逢的机会，而她们只能错过了。

扁平化结构、精英管理、不容协商的合同条款——系统的确是按照设计运行的。

同年春天，数据分析创业公司的 CEO 卸任了。"我需要休息，"他对一位财经记者说，"这是一场马拉松。"在社交媒体上，他加入了行业思想领袖的行列，成为创始人-现实主义流派的贡献者，推荐疗法和社团，在微博上实时发布自己的情绪状态。

在数据分析创业公司的前员工聊天室里，我的前同事们对这个决定表示赞赏。他们开玩笑说要邀请 CEO 加入这个论坛。他们在他那些励志帖子下面发送翻白眼的表情包。他们争论 CEO 到底带走了几千万美元；像所有还未上市的创业公司的前员工们一样，讨论我们自己的股票期权是否有价值。我不知道对于 CEO 来说，离开自己创建的公司是不是一种损失、一种创伤。我不知道他是不是后悔过，并且这种后悔感会持续多久。

CEO 离开后的一年内，CTO 和几位工程师回到数据分析创业公司，帮助公司渡过难关。我不知道他们是否对产品怀有一种忠诚；是否只有问题从技术上得到解决，他们才会满意。我理解重返数据分析创业公司的吸引力，但是我知道自己永远不会回去了。不仅是因为我已经放弃了科技行业带来的安全感，转而从事创意工作，而且是因为我想，我再也不会那样唯命是从、那样不知疲倦地工作了。我现在的创意工作虽然困难重重，但我还是希望能够坚持下去。

几个月后，有一天，我在教会区闲逛，消磨时间，等着和一个朋友共进午餐。瓦伦西亚街上的一家希腊快餐厅外，有两个男人坐在那里兴致勃勃地交谈，他们的餐巾在桌子上揉成一团。将近五年过去了，但我立刻就认出了数据分析创业公司的 CEO：抹了发胶的头发，瘦削的身材，绿色的夹克。他显得轻松愉快，也老了一点。他看上去和其他人没什么两样。

工作日在城里吃午餐，我想，这对他有好处。然后，我转过身，快步朝相反的方向走去。我相信他没有看见我。

致　谢

非常感谢 Daniel Levin Becker、Molly Fischer、Henry Freedland、Jen Gann、Sam MacLaughlin、Manjula Martin、Emily Nakashima、Meaghan O'Connell、Hannah Schneider 和 Taylor Sperry，感谢他们的智慧和编辑的洞察力。感谢 Nick Friedman 在本书创作之初与我进行了基础性的谈话。感谢 Moira Weigel 的友谊和智慧，感谢她总是提供系统的观点。

感谢 Mark Krotov 为本书提供了不可或缺的投入和源源不断的支持。感谢 Dayna Tortorici 在 2015 年鼓励我写作关于旧金山和创业公司文化的故事，并在我的写作过程中提供了明智的编辑建议。感谢 *n*+1：谢谢你们给我这个机会。

感谢 Chris Parris-Lamb 陪我一起创作了这本书，给我智慧、建议、解释、幽默和支持，帮助我超越自己。感谢 Sarah Bolling 准确、高效的笔记。感谢 Rebecca Gardner、Ellen Goodson Coughtrey

和 Will Roberts 把这本书带给海外读者。

感谢 Emily Bell 从一开始就相信这个项目，推动我挖得更深，在每一个阶段积极支持我。感谢 MCD×FSG 团队，特别是 Jackson Howard、Naomi Huffman、Sean McDonald 和 Sarita Varma。感谢 Rebecca Caine 在编辑书稿时的细心和冷静。感谢 Greg Villepique、Chandra Wohleber、Kylie Byrd、Kathleen Cook、Nina Friedman、Jonathan Lippincott 和 Gretchen Achilles 的关心与照顾。感谢 Anna Kelly、Caspian Dennis 和 Sarah Thickett 在英国为这本书站台。

感谢 Emily Stokes 在本书各个部分的密切合作，感谢她明智而慷慨地发表意见。感谢 Leah Campbell、Danilo Campos、Patrick Collison、David Gumbiner、Cameron Spickert 和 Kyle Warren 的友谊与信任。感谢 Parker Higgins 鼓励我在这个十年内写作这本书。感谢我在数据分析和开源创业公司的前同事，特别是那些花时间跟我讨论这个项目的人，他们冒了不小的风险。感谢加州和纽约的朋友们，他们当中的许多人帮我厘清了关于劳动、生活、艺术和资本主义的思想，并帮我理顺了手头的工作。

感谢北方和南方的 Sherman 一家，感谢他们的善良和勇气。感谢我的家人，特别是 David 和 Marina Wiener。感谢 Dan Wiener 和 Ellen Freudenheim，感谢他们的爱、热情和指导。感谢 Ian Sherman 对我写作的坚定支持，感谢他总是能提出正确的问题。

UNCANNY VALLEY: A MEMOIR

by Anna Wiener

Copyright © 2020 by Anna Wiener

Simplified Chinese version © 2020 by China Renmin University Press.

All Rights Reserved.

图书在版编目(CIP)数据

神秘硅谷/(美)安娜·维纳著;唐奇译.—北京:中国人民大学出版社,2021.1

ISBN 978-7-300-28587-0

Ⅰ.①神… Ⅱ.①安… ②唐… Ⅲ.①回忆录-美国-现代 Ⅳ.①I712.55

中国版本图书馆CIP数据核字(2020)第195333号

神秘硅谷

[美]安娜·维纳 著
唐奇 译
Shenmi Guigu

出版发行	中国人民大学出版社		
社　　址	北京中关村大街31号	邮政编码	100080
电　　话	010-62511242(总编室)	010-62511770(质管部)	
	010-82501766(邮购部)	010-62514148(门市部)	
	010-62515195(发行公司)	010-62515275(盗版举报)	
网　　址	http://www.crup.com.cn		
经　　销	新华书店		
印　　刷	北京联兴盛业印刷股份有限公司		
规　　格	148mm×210mm　32开本	版　　次	2021年1月第1版
印　　张	8.75 插页2	印　　次	2021年1月第1次印刷
字　　数	175 000	定　　价	59.00元

版权所有　侵权必究　印装差错　负责调换